JAMES PATTERSON

Vor aller Augen

Buch

Er ist hochintelligent und völlig gewissenlos – Alex Cross begegnet dem schlimmsten Killer in seiner Karriere: Man nennt ihn nur den Wolf. Einem Mann, dessen Skrupellosigkeit selbst dem abgebrühtesten Verbrecher Angst einjagt. Kaum hat Alex Cross seine Arbeit als Kriminalpsychologe bei der Polizei von Washington, D.C. beendet, um zum FBI zu gehen, wird er in einen Fall gezogen, der seine neuen Kollegen ratlos macht. Immer wieder werden am helllichten Tag und vor aller Augen Männer und Frauen entführt. Die Opfer verschwinden spurlos, und obwohl sie oft wohlhabend sind, wird kein Lösegeld gefordert. Alex Cross ahnt, dass diese völlig unbescholtenen Bürger Opfer eines grausamen Geschäfts sind. Nur ein Mann kann hinter diesem brutalen Menschenhandel stehen. Niemand kennt seine wahre Identität, man nennt ihn nur »den Wolf« …

Autor

James Patterson, geboren 1949, war Kreativdirektor bei einer großen amerikanischen Werbeagentur. Seine Thriller um den Kriminalpsychologen Alex Cross machten ihn zu einem der erfolgreichsten Bestsellerautoren der Welt. Inzwischen feiert er auch mit seiner neuen packenden Thrillerserie um Detective Lindsay Boxer und den »Club der Ermittlerinnen« internationale Bestsellererfolge. James Patterson lebt mit seiner Familie in Palm Beach und Westchester, N. Y.

Von James Patterson bereits erschienen:

Die Alex-Cross-Romane:

Stunde der Rache (35892) · Mauer des Schweigens (35988) · Vor aller Augen (36167) · Und erlöse uns von dem Bösen (36232) · Ave Maria (36406)

Der Club der Ermittlerinnen:

Der 1. Mord (36075) · Die 2. Chance (36392) · Der 3. Grad (Limes Verlag, geb. Ausgabe, 2497) · Die 4. Frau (Limes Verlag, geb. Ausgabe, 2498)

James Patterson
Vor aller Augen

Thriller

Aus dem Amerikanischen
von Edda Petri

blanvalet

Die Originalausgabe erschien 2003
unter dem Titel »The Big Bad Wolf«
bei Little, Brown and Company, New York.

Umwelthinweis:
Alle bedruckten Materialien dieses Taschenbuches
sind chlorfrei und umweltschonend.

Einmalige Sonderausgabe Februar 2007 bei Blanvalet, einem
Unternehmen der Verlagsgruppe Random House GmbH,
München.

Umschlaggestaltung: Design Team München
Umschlagfoto: plainpicture/Boep
ES · Herstellung: WAG
Druck und Einband: GGP Media GmbH, Pößneck
Printed in Germany
ISBN 978-3-442-36682-8

www.blanvalet-verlag.de

Für Joe Denyeau

Prolog

Die Paten

Man erzählte von einer völlig unglaublichen Mordgeschichte, durch welche der Wolf Eingang in die Polizeimythen gefunden und die sich schnell von Washington nach New York, London und Moskau ausgebreitet hatte. Niemand wusste mit Sicherheit, ob es tatsächlich der Wolf gewesen war. Doch erfolgte nie ein offizielles Dementi, und die Geschichte fügte sich nahtlos in andere ungeheuerliche Vorkommnisse im Leben dieses russischen Gangsters ein.

Laut dieser Geschichte hatte sich der Wolf an einem Sonntagabend im Frühsommer Zutritt in das Hochsicherheitsgefängnis in Florence, Colorado, verschafft. Er hatte sich den Zugang erkauft, um drinnen den italienischen Mafioso Don Augustino »Little Gus« Palumbo zu treffen. Vor diesem Besuch stand der Wolf in dem Ruf, impulsiv und zuweilen äußerst ungeduldig zu sein. Doch diese Zusammenkunft mit Little Gus Palumbo hatte er nahezu zwei Jahre lang sorgfältig geplant.

Er traf sich mit Palumbo im Sicherheitstrakt des Gefängnisses, wo der New Yorker Gangster seit sieben Jahren einsaß. Ziel des Treffens war, ein Arrangement zu erreichen, wonach sich die Palumbo-Familie der Ostküste mit der Russischen Mafia verbünden sollte, um eines der mächtigsten und skrupellosesten Verbrechersyndikate der Welt zu bilden. So etwas war noch nie zuvor versucht worden.

Palumbo wurde nachgesagt, extrem skeptisch zu sein. Aber er stimmte dem Treffen mit dem Wolf zu, nur um zu sehen, ob der Russe es schaffen würde, in das Gefängnis in Florence hineinzukommen – und auch wieder hinaus.

Von Anfang an benahm sich der Russe dem sechsundsechzigjährigen Don gegenüber äußerst respektvoll. Er neigte den Kopf, als sie sich die Hände schüttelten, und machte einen beinahe schüchternen Eindruck – ganz im Gegensatz zu seinem Ruf.

»Jeglicher Körperkontakt ist strikt verboten«, sagte der Captain der Wachen durch die Sprechanlage. Er hieß Larry Ladove und er hatte 75 000 Dollar kassiert, um das Treffen zu ermöglichen.

Der Wolf ignorierte Captain Ladove. »In Anbetracht der Umstände sehen Sie recht gut aus«, sagte er zu Little Gus. »Sogar sehr gut.«

Der Italiener lächelte verkniffen. Er war klein, aber sein Körper war hart und muskulös. »Ich mache dreimal täglich Gymnastik – jeden Tag. Außerdem trinke ich fast nie Alkohol – allerdings nicht ganz freiwillig. Ich ernähre mich gesund, ebenfalls nicht ganz freiwillig.«

Der Wolf lächelte und sagte: »Das klingt ja, als rechneten Sie damit, nicht die gesamte Strafe abzusitzen.«

Palumbo lachte kurz und trocken. »Darauf können Sie einen lassen. Dreimal lebenslänglich gleichzeitig? Aber ich bin von Natur aus diszipliniert. Die Zukunft? Wer weiß schon genau, wie sich die Dinge entwickeln?«

»Ja, wer weiß das schon. Ich bin mal aus einem Gulag unterhalb des Polarkreises geflohen. In Moskau habe ich einem Bullen erklärt: ›Ich war in einem Gulag, glaubst du, dass *du* mir Angst einjagen kannst?‹ Womit beschäftigen Sie sich ansonsten hier drinnen? Abgesehen von körperlicher Ertüchtigung und gesundem Essen?«

»Ich versuche mich um meine Geschäfte in New York zu kümmern. Manchmal spiele ich mit einem kranken Irren Schach. Er war früher beim FBI.«

»Kyle Craig«, sagte der Wolf. »Halten Sie ihn für so verrückt, wie man behauptet?«

»Ja, absolut. Aber jetzt erklären Sie mir mal, *pakhan* mein Freund, wie kann diese Allianz, die Sie vorschlagen, funktionieren? Ich bin ein disziplinierter Mensch und pflege alles sorgfältig zu planen – auch hier, trotz der gegenwärtig erniedrigenden Umstände. Soweit ich gehört habe, sind Sie ein Hitzkopf. Den Finger schnell am Abzug. Ein ›Macher‹. Sie kümmern sich selbst um die kleinsten Operationen. Schutzgeld, Prostitution. *Gestohlene Autos*? Wie kann das mit uns beiden funktionieren?«

Der Wolf lächelte und schüttelte dann den Kopf. »Ich habe den Finger schnell am Abzug, aber ich bin kein Hitzkopf. Und schon gar nicht, wenn's um viel Geld geht. Ich werde Ihnen ein Geheimnis verraten, das niemand sonst kennt. Es wird Sie überraschen und vielleicht meinen Standpunkt untermauern.«

Der Wolf beugte sich vor. Er flüsterte dem Italiener sein Geheimnis ins Ohr. Dessen Augen weiteten sich vor Furcht. Mit verblüffender Schnelligkeit packte der Wolf den Kopf von Little Gus. Er drehte ihn kraftvoll und mit einem lauten Knacken brach das Genick des Gangsters.

»Vielleicht bin ich zuweilen doch ein Hitzkopf«, sagte der Wolf. Dann blickte er in die Überwachungskamera und sagte zu Captain Ladove: »Oh, hatte ich ja ganz vergessen – keinerlei Körperkontakt.«

Am nächsten Morgen wurde Augustino Palumbo in seiner Zelle tot aufgefunden. Nahezu jeder Knochen in seinem Leib war gebrochen. In der Moskauer Unterwelt war diese symbolträchtige Art von Mord als *zamochit* bekannt. Man hatte den Gegner »durch die Mangel gedreht«, ihm sämtliche Knochen gebrochen und damit die totale Dominanz des Angreifers bewiesen. Der Wolf hatte überdeutlich klar gemacht, dass er jetzt der Pate war.

Teil Eins

Der Fall
»Weißes Mädchen«

1

Das Phipps-Plaza-Einkaufszentrum in Atlanta war eine aufwendige Komposition aus rosa Granitböden, ausladenden Treppen mit Bronzegeländern, vergoldeten Napoleonsymbolen und einer Beleuchtung, die wie Halogen-Spotlights strahlte. Ein Mann und eine Frau beobachteten ihre Zielperson – »Mom« –, als diese Niketown verließ. Laufschuhe und sonstigen Kram für ihre drei Töchter hatte sie sich unter einen Arm geklemmt.

»Sie ist sehr hübsch. Ich verstehe, warum der Wolf sie mag. Sie erinnert mich an Claudia Schiffer«, sagte der männliche Beobachter. »Siehst du die Ähnlichkeit?«

»Dich erinnert jede an Claudia Schiffer, Slava. Verlier sie nicht. Denn wenn du deine kleine hübsche Claudia aus den Augen verlierst, frisst der Wolf dich zum Frühstück.«

Das Entführungs-Team trug edle Kleidung, wodurch es für die beiden leicht war, in der Phipps Plaza im Buckhead-Distrikt von Atlanta nicht aufzufallen. Um elf Uhr vormittags war im Einkaufszentrum nicht viel los. Das könnte ein Problem werden.

Es half, dass die Zielperson in ihrer eigenen Welt, in einem engen Kokon aus sinnloser Aktivität, umherschwirrte. Rein und wieder raus bei Gucci, Caswell-Massey, Niketown, dann Gapkids und Parisian (wo sie ihre eigene Einkaufsberaterin namens Gina hatte). Dabei achtete sie in keinem Geschäft auch nur im Geringsten darauf, wer sich in ihrer Nähe befand. Sie arbeitete strikt nach den Eintragungen in ihrem in teures Leder gebundenen Kalender und bewältigte ihre Runde schnell, effizient und routiniert. Sie kaufte verwaschene Jeans für Gwynne, ein Lederetui für Brendan, Nike-Tauchbrillen für Meredith und Brigid. Sie vereinbarte sogar noch einen Friseurtermin bei Carter-Barnes.

Die Zielperson hatte Stil und immer ein freundliches Lächeln für das Verkaufspersonal, welches sie in den eleganten Geschäften bediente. Sie hielt sogar für Männer die Tür hinter sich offen, die sich dann überschlugen, der attraktiven Blondine zu danken. »Mom« war sexy, und sie ähnelte tatsächlich dem Supermodel Claudia Schiffer. Doch das sollte ihr zum Verhängnis werden.

Laut der Personenbeschreibung dieses Jobs war Mrs. Elizabeth Connolly Mutter von drei Mädchen, hatte in Vassar Kunstgeschichte studiert und 1987 erfolgreich mit einem Diplom abgeschlossen, das – laut ihrer eigenen Aussage – »in der realen Welt – was auch immer das sein mag – völlig wertlos, doch für mich unschätzbar wertvoll ist«. Sie hatte vor ihrer Ehe als Reporterin für die *Washington Post* und die *Atlanta Journal-Constitution* gearbeitet. Sie war siebenunddreißig, sah jedoch wie dreißig aus. Ihr Haar wurde an diesem Tag von einer Samtspange zurückgehalten. Sie trug einen ärmellosen Rollkragenpullover, darüber eine gehäkelte Jacke und enge lange Hosen. Sie war blitzgescheit und religiös – allerdings mit gesundem Menschenverstand – und – wenn nötig – knallhart und zäh. So stand es in ihrem Dossier.

Nun, schon bald würde sie zäh sein müssen.

Mrs. Elizabeth Connolly würde in Kürze entführt werden.

Sie war *gekauft* worden, und sie war an diesem Vormittag wahrscheinlich das teuerste Verkaufsobjekt der Phipps Plaza.

Ihr Preis: 150 000 Dollar.

2

Lizzie Connolly war es ein bisschen schwindlig. Sie fragte sich, ob ihr Blutzucker wieder verrückt spielte.

Sie notierte im Geiste, dass sie Trudie Stylers Kochbuch kaufen sollte – sie bewunderte Trudie in gewisser Weise, die Gründungsmitglied der Regenwald-Stiftung und außerdem Stings Ehefrau war. Lizzie bezweifelte ernsthaft, am Ende dieses Tages den Kopf noch gerade auf dem Hals zu haben, und musste an dieses bedauernswerte Mädchen in *Der Exorzist* denken. Hieß die Schauspielerin nicht Linda Blair? Lizzie war sich ziemlich sicher. Aber – wen scherte das? Welchen Unterschied machten derartige Trivialitäten?

Der heutige Tag glich einem Karussel. Erst Gwynnets Geburtstag: Die Party für einundzwanzig ihrer engsten Schulfreunde, elf Mädchen, zehn Jungs, war für ein Uhr bei ihr im Haus angesetzt. Lizzie hatte eine Sprungburg gemietet und bereits den Lunch für die Kinder vorbereitet, ebenso natürlich für deren Mütter und Kinderfrauen. Sie hatte sogar für drei Stunden einen Mister-Softee-Eiswagen gemietet. Aber man wusste ja nie, wie diese Geburtstagsattraktionen einschlugen – sicher waren nur jede Menge Gelächter, Tränen, Aufregungen und Schmutzflecken.

Nach der Geburtstagsorgie musste sie Brigid zum

Schwimmunterricht fahren und Merry hatte einen Termin beim Zahnarzt. Brendan, seit vierzehn Jahren ihr Ehemann, hatte ihr eine »kurze Liste« mit dringenden Erledigungen auf den Tisch gelegt. Selbstverständlich brauchte er alles S.S.W.M.L., im Klartext: *So Schnell Wie Möglich, Liebling.*

Nachdem sie bei Gapkids ein T-Shirt mit Strass für Gwynnie gekauft hatte, musste sie nur noch für Brendan ein Lederetui besorgen. Ach ja, und ihr Friseurtermin. *Und* zehn Minuten mit ihrer Retterin Gina Sabellico bei Parisian.

Während der Endphasen blieb sie äußerlich ganz ruhig – *lass niemals jemanden sehen, dass du schwitzt.* Dann eilte sie zu ihrem neuen Mercedes 320 Kombi, der sicher in einer Ecke der Phipps-Tiefgarage stand. Keine Zeit für ihren Lieblingstee im Teavana.

An einem Montagvormittag war kaum jemand in der Tiefgarage, aber dennoch stieß sie beinahe mit einem Mann mit langen dunklen Haaren zusammen. Automatisch lächelte Lizzie ihn an und zeigte dabei ihre perfekten, vor kurzem gebleichten und polierten Zähne. Sie strahlte Wärme und Weiblichkeit aus – auch wenn sie das gar nicht beabsichtigte.

Sie achtete nicht wirklich auf ihre Umgebung. In Gedanken war sie schon bei der immer näher rückenden Geburtstagsparty, als eine Frau, an der sie vorbeigegangen war, plötzlich die Arme um Lizzies Brust schlang, als sei sie ein Stürmer für das Footballteam der Atlanta Falcons und wolle gerade über die »Spinatlinie« rennen, wie ihre Tochter Gwynne es mal genannt hatte. Der Griff der Frau war wie ein Schraubstock – sie war verdammt stark.

»Was wollen Sie? Sind Sie wahnsinnig?«, schrie Lizzie und ließ die Einkaufstüten fallen. Sie hörte, wie etwas zerbrach. »Hallo! Hilfe! *Lassen Sie mich los!*«

Dann packte ein zweiter Angreifer, der Kerl mit dem BMW-Sweatshirt, ihre Beine. Er war grob und tat ihr weh, als er sie samt der Frau auf den harten, mit Öl verschmierten Betonboden der Garage stieß. »Tritt mich ja nicht, du Miststück!«, brüllte er sie an. »Wage ja nicht, mich zu treten!«

Aber Lizzie hörte nicht auf, um sich zu treten, und schrie aus Leibeskräften. »Hilfe! Hilfe! Hilfe!«

Dann hoben die beiden Verbrecher sie hoch, als sei sie eine Feder. Der Mann raunte der Frau etwas zu. Nicht auf Englisch. Möglicherweise eine osteuropäische Sprache. Lizzie hatte eine Haushälterin aus der Slowakei. Bestand da eine Verbindung?

Die Angreiferin drückte sie mit einem Arm nach unten und schob mit der freien Hand Tennis- und Golfsachen auf der Ladefläche des Kofferraums ihres Kombis beiseite, um Platz zu schaffen.

Dann verstauten die beiden Lizzie in ihrem eigenen Wagen. Ein stinkender Lappen wurde ihr so kräftig auf Mund und Nase gepresst, dass ihr die Zähne wehtaten. Sie schmeckte Blut. *Blut? Mein Blut!*, dachte sie. Ein Adrenalinstoß durchfuhr ihren Körper. Sie wehrte sich mit aller Kraft. Sie schlug und trat wie wild um sich. Dabei fühlte sie sich wie ein gefangenes Tier, das sich zu befreien versucht.

»Ruhig«, sagte der Mann. »Still, still, ruhig jetzt … Elizabeth Connolly.«

Elizabeth Connolly? Sie kennen mich. Wie? Warum? Was ist hier los?

»Du bist wirklich sehr sexy, Mom«, sagte der Mann. »Ich verstehe, warum der Wolf dich mag.«

Wolf? Wer ist der Wolf? Was geschah mit ihr? Wen kannte sie, der Wolf hieß?

Dann überwältigte Lizzie der beißende Geruch aus dem Lappen und sie verlor das Bewusstsein. Man fuhr sie in ihrem eigenen Wagen davon.

Doch nur über die Straße zur Lenox-Square-Einkaufspassage. Dort wurde Lizzie Connolly in einen blauen Dodge-Kombi umgeladen, der sofort davonbrauste.

Der Kauf war abgeschlossen.

3

Es war Montagmorgen und noch sehr früh. Den Rest der Welt und ihre Probleme hatte ich vergessen. So sollte das Leben sein, doch leider erwies sich diese Hoffnung häufig als trügerisch. Jedenfalls meiner Erfahrung nach, welche allerdings in Bezug auf das, was man ein »gutes Leben« nannte, ziemlich begrenzt war.

Ich marschierte an diesem Morgen mit Jannie und Damon zur Sojourner-Truth-Highschool. Klein Alex watschelte fröhlich neben mir. Ich nannte ihn »Puppy«.

Der Himmel über Washington, D. C., war teilweise bewölkt, aber ab und zu schickte die Sonne einen Strahl hindurch und wärmte unsere Köpfe und Nacken. Ich hatte bereits Klavier gespielt – Gershwin – fünfundvierzig Minuten lang. Und mit Nana Mama gefrühstückt. Ich musste erst um neun Uhr zu meinem Orientierungsunterricht in Quantico erscheinen. Das ließ mir Zeit, um halb acht mit zur Schule zu gehen. Und genau danach hatte ich mich in letzter Zeit gesehnt: Zeit mit meinen Kindern zu verbringen.

Zeit, mich mit einem Dichter zu beschäftigen, den ich erst kürzlich entdeckt hatte: Billy Collins. Als Erstes hatte ich seine *Nine Horses* gelesen und jetzt war es *Sailing Alone Around the Room*. Billy Collins ließ das Unmögliche so leicht erscheinen – und so möglich.

Zeit, mit Jamilla Hughes täglich zu telefonieren, oft stundenlang. Und wenn das nicht möglich war, dann E-Mails und zuweilen lange liebevolle Briefe. Sie arbeitete immer noch im Morddezernat von San Francisco, aber ich fühlte, dass die Entfernung zwischen uns schrumpfte. Ich wollte das und hoffte, dass es bei ihr ebenso war.

Inzwischen veränderten sich die Kinder in Schwindel erregendem Tempo; besonders Klein Alex schien direkt vor meinen Augen zu wachsen. Ich musste mehr bei ihm sein – und das konnte ich jetzt. Das war mein Entschluss. Deshalb war ich zum FBI gegangen, zumindest zum Teil.

Klein Alex war schon achtundachtzig Zentimeter groß und wog dreizehneinhalb Kilo. Heute Morgen trug er einen Overall mit Nadelstreifen und eine Kappe der Orioles. Er bewegte sich, als triebe ihn ein Wind von Lee vorwärts. Sein Plüschtier – eine Kuh namens Muh –, das er überallhin mitschleppte, wirkte wie Ballast, so dass er ständig eine leichte Linkskrängung hatte.

Damon lief voraus. Er folgte einem schnelleren und zwingenderen Rhythmus. Mann, ich liebte diesen Jungen. Abgesehen von seinen Modevorstellungen. An diesem Morgen trug er abgeschnittene Jeans, Uptowns, ein graues T-Shirt und darüber einen Alan-Iverson-Pullover. Auf seinen dünnen Beinen spross pfirsichfarbener Flaum. Es sah so aus, als würde sein Körper sich aus den Füßen heraus entwickeln. Große Füße, lange Beine, ein jugendlicher Körper.

An diesem Morgen bemerkte ich alles. Ich hatte Zeit dazu.

Jannie trug typischerweise ein graues T-Shirt mit dem Aufdruck »Aero Athletics 1987« in großen roten Buchstaben, dazu eine knöchellange Jogginghose mit einem roten Streifen an den Seiten und weiße Adidas-Turnschuhe mit roten Streifen.

Was mich betraf – ich fühlte mich rundum wohl. Ab und zu sagte mir jemand, dass ich wie der junge Muhammad Ali aussähe. Ich wies das Kompliment stets weit von mir, hörte es aber eigentlich nicht ungern.

»Heute Morgen bist du furchtbar still, Dad.« Jannie hängte sich bei mir ein und sagte: »Hast du Ärger in der Schule? Bei deiner Orientierung? Bist du gern ein FBI-Agent?«

»Bis jetzt gefällt's mir«, erwiderte ich. »Die nächsten zwei Jahre sind Probezeit. Die Orientierung ist gut, aber für mich ist vieles Wiederholung, besonders das, was sie ›Praxis‹ nennen. Schießstand, Waffenreinigen, Übungen, wie man Verbrecher fängt. Deshalb kann ich an manchen Tagen später hingehen.«

»Aha, du bist also schon Lehrers Liebling«, meinte sie und zwinkerte mir zu.

Ich lachte. »Ich glaube kaum, dass die Lehrer von mir oder irgendeinem anderen Cop besonders beeindruckt sind. Wie läuft's denn bei Damon und dir so dieses Jahr? Sind nicht bald Zeugnisse fällig?«

Damon zuckte mit den Schultern. »Wir haben nur Einser. Warum wechselst du immer das Thema, wenn's für dich peinlich werden könnte?«

Ich nickte. »Du hast Recht. Also, *meine* Leistungen in der Schule sind in Ordnung. In Quantico ist man mit achtzig Punkten durchgefallen. Ich erwarte für die meisten Tests hundert.«

»*Für die meisten?*« Jannie zog eine Braue hoch und schaute mich mit einem von Nana Mamas »verstörten«

Blicken an. »Wieso die *meisten*? Wir erwarten, dass du in *allen* Tests hundert Punkte schaffst.«

»Es ist schon ein Weilchen her, seit ich die Schulbank gedrückt habe.«

»Keine Ausreden.«

Ich schlug mit einem ihrer eigenen Zitate zurück. »Ich gebe mein Bestes und mehr kannst du von niemandem verlangen.«

Sie lächelte. »Na ja, schon gut, Dad. Solange du, wenn du dein Bestes gibst, auf deinem Zeugnis lauter Einser stehen hast.«

Ich umarmte Jannie und Damon, wie üblich einen Block vor der Schule entfernt, um sie ja nicht vor ihren – ach so coolen – Freunden zu blamieren. Auch sie umarmten mich und gaben ihrem kleinen Bruder einen Kuss. Dann rannten sie los. »Niederseh'n«, sagte Klein Alex. Jannie und Damon drehten sich um und riefen ihrem Bruder ebenfalls ein »Niederseh'n« zu.

Ich nahm Klein Alex auf den Arm und wir gingen heim. Ich, der zukünftige Agent Cross des FBI, musste zur Arbeit fahren.

»Dada«, sagte Klein Alex auf meinem Arm. Ja, das klang gut: *Dada*! In der Familie Cross rückte langsam alles an seinen Platz. Nach all den Jahren war mein Leben endlich beinahe im Gleichgewicht. Ich fragte mich, wie lang dieser Zustand andauern würde. Hoffentlich für den Rest dieses Tages.

4

Das Training der neuen Agenten an der FBI-Akademie in Quantico, zuweilen »Club Fed« genannt, erwies sich als ein anstrengendes, straffes und anspruchsvolles Programm. Größtenteils gefiel es mir und ich bemühte mich, meine Skepsis zu unterdrücken. Aber ich war zum FBI mit dem Ruf gekommen, Serienmörder zu fangen, die nach einem bestimmten Muster vorgingen, und hatte bereits den Spitznamen »Drachentöter«. Ironie und Skepsis könnten daher durchaus zu einem Problem werden.

Die Ausbildung hatte vor sechs Wochen an einem Montagmorgen begonnen. Ein breitschultriger SSA, ein Supervisory Special Agent, Dr. Kenneth Horowitz, stand vor unserer Klasse und versuchte es mit einem Witz. »Die drei größten Lügen der Welt lauten: ›Ich will nur einen Kuss.‹ ›Der Scheck ist in der Post.‹ Und ›Ich bin vom FBI und nur hier, um Ihnen zu helfen.‹« Alle lachten, vielleicht weil der Witz so banal war. Aber Horowitz hatte sich zumindest bemüht, sein Bestes zu geben, und vielleicht ging es genau darum.

FBI-Direktor Ron Burns hatte dafür gesorgt, dass mein Training nur acht Wochen dauern würde. Er hatte in Bezug auf mich noch weitere Zugeständnisse gemacht. Das Höchstalter für den Eintritt ins FBI war siebenunddreißig. Ich war zweiundvierzig. Burns hatte für mich die Altersbegrenzung außer Kraft gesetzt und seine Meinung dargelegt, dass diese diskriminierend sei und geändert werden müsse. Je mehr ich von Ron Burns sah, desto mehr spürte ich, dass er eine Art Rebell war, vielleicht, weil er selbst ein Cop in Philadelphia gewesen war. Er hatte mich beim FBI als GS13 eingestellt, der höchsten Gehaltsstufe, die ich als

Polizist erreichen konnte. Außerdem hatte man mir eine Beratertätigkeit versprochen, was noch mehr Geld bedeutete. Burns wollte mich unbedingt beim FBI haben, und er hatte mich bekommen. Er sagte mir zu, dass ich jede vernünftige Unterstützung bekommen würde, die ich brauchte, um eine Aufgabe zu erledigen. Ich hatte mit ihm noch nicht darüber gesprochen, aber ich hätte gern zwei Detectives von der Washingtoner Polizei gehabt: John Sampson und Jerome Thurman.

Nur über meinen Trainingsleiter in Quantico, einen hohen Agenten namens Gordon Nooney, hatte er kein Wort verloren. Noony war für das Training der Agenten verantwortlich. Davor war er als Profiler tätig gewesen, und ehe er FBI-Agent wurde, hatte er als Gefängnispsychologe in New Hampshire gearbeitet. Freundlich ausgedrückt hielt ich ihn für einen Erbsenzähler.

An diesem Morgen stand Nooney da und wartete, als ich zu meinem Kurs über abnormes Verhalten eintraf. Eine Stunde und fünfzig Minuten über die Möglichkeiten, psychopathisches Handeln zu verstehen. Während meiner nahezu fünfzehn Jahre im Polizeidienst in Washington hatte ich das *nie* tun können.

Gewehrfeuer war zu hören, wahrscheinlich vom Marineinfanteriestützpunkt in der Nähe. »Wie war der Verkehr von Washington?«, fragte Nooney. Mir entging der Stachel in dieser Frage nicht. Man gestattete mir, abends nach Hause zu fahren, während die anderen Agentenanwärter in Quantico schliefen.

»Kein Problem«, antwortete ich. »Fünfundvierzig Minuten fließender Verkehr auf der 95. Ich bin auch früher als nötig losgefahren.«

»Das FBI ist nicht dafür berühmt, für Einzelne die Regeln zu brechen«, sagte Nooney. Dann schenkte er mir ein sehr schmallippiges Lächeln, das einer Rüge gleichkam. »Aber Sie sind ja Alex Cross.«

»Ich weiß das zu schätzen«, erwiderte ich – und beließ es dabei.

»Ich hoffe nur, dass es die Mühe wert ist«, sagte Nooney und marschierte in Richtung Verwaltung. Ich schüttelte den Kopf und ging zum Kurs, der in einem Raum mit ansteigenden Sitzreihen, wie in einem Theater, stattfand.

Dr. Horowitz' Vortrag an diesem Tag interessierte mich. Er konzentrierte sich auf die Arbeiten von Professor Robert Hare, der grundlegende Forschungen über Psychopathen mittels Hirn-Scans betrieben hatte. Laut Hares Studien reagierten gesunde Menschen, wenn man ihnen »neutrale« und »emotionale« Wörter vorgab, sehr stark auf emotionale, wie *Krebs* oder *Tod*. Psychopathen dagegen nahmen alle Wörter gleich auf. Ein Satz wie: »Ich liebe dich« bedeutete einem Psychopathen nicht mehr als: »Ich möchte eine Tasse Kaffee.« Vielleicht sogar weniger. Laut Hares Datenanalyse machten Versuche, Psychopathen zu bessern, diese nur noch manipulativer. Das war ein wirklich interessanter Standpunkt.

Obwohl ich mit dem Material teilweise vertraut war, schrieb ich mir Hares »Charakteristika« einer psychopathischen Persönlichkeit und des entsprechenden Verhaltens auf. Er nannte vierzig. Während ich diese aufschrieb, stellte ich fest, dass ich dem meisten zustimmte.

Schlagfertigkeit und oberflächlicher Charme
Bedürfnis nach ständiger Stimulation / Neigung, sich zu langweilen
Fehlen von Reue oder Schuldbewusstsein
Kaum spürbare emotionale Reaktionen
Völliges Fehlen von Einfühlungsvermögen …

Ich erinnerte mich besonders an zwei Psychopathen: Gary Soneji und Kyle Craig. Ich fragte mich, wie viele der vierzig »Charakteristika« auf diese beiden zutrafen und schrieb hinter die entsprechenden *G.S.* und *K.C.*

Dann tippte mir jemand auf die Schulter. Ich drehte mich um.

»Agent Nooney möchte Sie sofort in seinem Büro sprechen«, sagte ein Chef-Assistent und ging sofort los, mit der sicheren Gewissheit, dass ich ihm umgehend folgen würde.

Was ich auch tat.

Ich war jetzt beim FBI.

5

Senior Agent Gordon Nooney wartete in seinem kleinen, voll gestopften Büro im Verwaltungsbau. Offensichtlich war er sehr erregt. Dies hatte die gewünschte Wirkung: Ich fragte mich, was ich in der Zeit falsch gemacht haben könnte, seit wir vor dem Unterricht gesprochen hatten.

Lange brauchte er nicht, um mir den Grund seiner Verärgerung mitzuteilen. »Sie brauchen sich gar nicht erst zu setzen. In einer Minute sind Sie wieder draußen. Ich habe gerade einen höchst ungewöhnlichen Anruf von Tony Woods aus dem Büro des Direktors erhalten. In Baltimore gibt es eine ›Situation‹. Offensichtlich möchte der Direktor *Sie* dort. Selbstverständlich ist das wichtiger als Ihre Unterrichtsstunden.« Nooney zuckte mit den breiten Schultern. Durch das Fenster hinter ihm konnte ich den dichten Wald und die Hoover Road sehen, wo einige Agenten joggten. »Zum Teufel, wozu brauchen Sie hier eigentlich eine Ausbildung, Dr. Cross? Sie haben Casanova in North Carolina gefangen. Sie sind der Mann, der Kyle Craig zur Strecke gebracht hat. Sie sind wie Clarice Starling im Film. Sie sind bereits ein Star.«

Ich holte tief Luft, ehe ich antwortete. »Ich habe mit dieser Sache hier nichts zu tun. Und ich werde mich nicht entschuldigen, weil ich Casanova oder Kyle Craig unschädlich gemacht habe.«

Nooney winkte ab. »Warum sollten Sie sich entschuldigen? Sie sind vom Unterricht befreit. Ein Hubschrauber wartet auf Sie drüben beim HRT. Sie wissen doch, wo das Hostage Rescue Team ist?«

»Ja, das weiß ich.«

Vom Unterricht befreit!, dachte ich, während ich zum Hubschrauberlandeplatz rannte. Ich hörte Gewehrfeuer von der nahen Schießanlage. Dann war ich an Bord des Hubschraubers und schnallte mich an. Keine zwanzig Minuten später landete der Hubschrauber in Baltimore. Ich hatte das Gespräch mit Nooney noch nicht verdaut. Hatte er begriffen, dass ich nicht um diesen Auftrag gebeten hatte? Ich wusste ja nicht einmal, *weshalb* ich in Baltimore war.

Zwei Agenten in einem dunkelblauen Wagen warteten auf mich. Der eine, Jim Heekin, übernahm sofort das Kommando und zeigte mir, welchen Stellenwert ich einnahm. »Sie sind ja wohl der SN«, sagte er, als er mir die Hand gab.

Ich kannte diese Abkürzung nicht, daher fragte ich Heekin, was sie bedeutete, als wir ins Auto stiegen.

Er grinste, und sein Partner tat es ihm gleich. »Der Scheiß-Neue«, erklärte er.

»Unser Fall ist echt beschissen und verdammt heikel«,

erklärte Heekin. »Ein Detective aus dem Morddezernat von Baltimore ist darin verwickelt. Wahrscheinlich wollte man Sie deshalb hinzuziehen. Er hat sich in seinem Haus verschanzt. Fast seine gesamte Familie ist bei ihm. Wir wissen nicht, ob er Selbstmord oder Morde begehen will oder beides, aber offensichtlich hat er die Familie als Geiseln genommen. Das scheint eine ähnliche Situation zu sein wie voriges Jahr im Süden von Jersey. Damals war es auch ein Polizist. Seine Familie war zur Geburtstagsfeier seines Vaters zusammengekommen. Was für eine Feier!«

»Wissen wir, wie viele Personen sich mit ihm im Haus befinden?«, fragte ich.

Heekin schüttelte den Kopf. »Schätzungsweise mindestens ein Dutzend, darunter auch Kinder. Der Detective lässt uns mit keinem Familienmitglied sprechen und beantwortet auch keine unserer Fragen. Die meisten Leute in der Nachbarschaft sehen uns dort auch nicht gern.«

»Wie heißt der Mann?«, fragte ich und machte mir ein paar Notizen. Ich konnte es nicht glauben, dass ich mich mit einem Geiselnehmer befassen sollte. Das ergab keinen Sinn – *aber plötzlich schon.*

»Er heißt Dennis Coulter.«

Verblüfft schaute ich ihn an. »Ich kenne Dennis Coulter. Ich habe mit ihm einen Mordfall bearbeitet. Wir haben uns mal bei Obrycki's den Bauch mit Krabben voll geschlagen.«

»Das wissen wir«, erklärte Agent Heekin. »Deshalb hat er nach Ihnen verlangt.«

6

Detective Coulter hatte nach mir verlangt. Was zum Teufel war hier los? Ich hatte nicht geglaubt, dass wir uns so nahe standen. Nun, das taten wir auch nicht. Ich hatte ihn lediglich ein paarmal getroffen. Wir waren freundlich zueinander gewesen, aber keineswegs Freunde. Also – weshalb wollte Dennis Coulter mich hier?

Vor längerer Zeit hatte ich mit Dennis Coulter in einem Fall ermittelt, in dem Drogendealer versuchten, den Handel in Washington, D.C., und Baltimore und in dem gesamten dazwischen liegenden Gebiet zu fusionieren und zu kontrollieren. Ich hatte festgestellt, dass Coulter hart und sehr egoistisch, aber gut in seinem Job war. Ich erinnerte mich, dass er ein Fan vom großen Eubie Blake war und dass Blake aus Baltimore stammte.

Coulter und seine Geiseln steckten irgendwo in diesem Haus mit grauen Holzschindeln im Kolonial-Stil in der Ailsa Avenue in Lauraville, dem nordöstlichen Stadtteil von Baltimore. Die Jalousien waren heruntergelassen. Was sich hinter diesen Fenstern und der Tür abspielte, konnte man nur vermuten. Drei Steinstufen führten zur Veranda hinauf, wo ein Schaukelstuhl und eine Holzrutsche standen. Das Haus war vor kurzem gestrichen worden, was darauf schließen ließ, dass Coulter in der nächsten Zeit wohl keinen Ärger erwartet hatte. Was war geschehen?

Mehrere Dutzend Polizisten, darunter auch ein SWAT-Team, hatten das Haus umstellt. Einige hatten ihre Waffen im Anschlag und zielten auf die Fenster und die Eingangstür. Die Polizeihubschraubereinheit Foxtrot aus Baltimore war ebenfalls zugegen.

Nicht gut.

Ich hatte bereits eine Idee. »Was halten Sie davon, wenn erst mal alle die Waffen senken?«, fragte ich den Einsatzleiter der Polizei. »Er hat doch noch auf niemanden geschossen, oder?«

Der Einsatzleiter besprach sich kurz mit dem Führer des SWAT-Teams. Dann wurden die Waffen gesenkt, zumindest diejenigen, die ich sehen konnte. Einer der Foxtrot-Hubschrauber schwebte immer noch dicht über dem Haus.

Ich wandte mich erneut an den Einsatzleiter. Ich brauchte ihn auf meiner Seite. »Danke, Lieutenant. Haben Sie mit ihm gesprochen?«

Er deutete auf einen Mann, der hinter einem Landcruiser kauerte. »Detective Fescoe hat die Ehre. Seit ungefähr einer Stunde hat er Coulter an der Strippe.«

Ich ging sofort zu Detective Fescoe und stellte mich vor. »Mick Fescoe«, sagte er, schien jedoch nicht übermäßig erfreut, mich zu sehen. »Hab gehört, dass Sie kommen. Hier läuft alles bestens.«

»Diese Einmischung ist nicht meine Idee«, erklärte ich ihm. »Ich habe gerade erst die Polizei in Washington verlassen. Ich will niemandem im Weg sein.«

»Dann tun Sie's auch nicht«, entgegnete Fescoe. Er war ein schlanker, drahtiger Mann, der so aussah, als hätte er mal sehr gut Ball gespielt. So bewegte er sich jedenfalls.

Ich rieb mir das Kinn. »Irgendeine Idee, weshalb er ausgerechnet *mich* hier haben will? So gut kenne ich ihn gar nicht.«

Fescoes Augen wanderten zum Haus. »Er behauptet, er sei von den Leuten vom Büro für Interne Angelegenheiten gelinkt worden. Er traut niemandem, der mit der Polizei in Baltimore zu tun hat. Er wusste, dass Sie zum FBI gewechselt sind.«

»Würden Sie ihm sagen, dass ich hier bin? Und auch, dass ich jetzt gebrieft werde. Ich möchte hören, wie er klingt, ehe ich selbst mit ihm spreche.«

Fescoe nickte. Dann rief er im Haus an. Es klingelte mehrmals, ehe abgenommen wurde.

»Agent Cross ist gerade angekommen, Dennis. Er wird jetzt gebrieft«, sagte Fescoe.

»Erzähl keinen Scheiß. Hol ihn an die Strippe. Zwingt mich nicht, hier zu schießen. Ich bin kurz davor, echte Probleme zu machen. Hol ihn her! *Sofort!*«

Fescoe reichte mir das Telefon. »Dennis«, sagte ich, »hier ist Alex Cross. Ich bin hier, aber ich wollte mich zuerst schlau machen, was eigentlich los ist.«

»Sind Sie wirklich Alex Cross?«, fragte Coulter.

»Ja, ich bin's. Bis jetzt kenne ich kaum Einzelheiten. Ich weiß nur, dass Sie behaupten, von der Dienststelle für Interne Angelegenheiten gelinkt worden zu sein.«

»Das behaupte ich nicht nur. Man *hat* mich gelinkt. Ich kann Ihnen auch sagen, warum. *Ich* werde Sie briefen. Dann hören Sie wenigstens die Wahrheit.«

»In Ordnung«, sagte ich. »Bis jetzt bin ich auf Ihrer Seite. Ich kenne Sie, Dennis. Die Leute für Interne Angelegenheiten kenne ich nicht.«

Coulter unterbrach mich. »Ich will, dass *Sie mir zuhören*. Seien Sie ruhig und hören Sie mich an.«

»In Ordnung«, erwiderte ich. »Ich höre.«

Ich setzte mich hinter dem Landcruiser auf den Boden und bereitete mich geistig darauf vor, einem bewaffneten Mann zuzuhören, der angeblich ein Dutzend Mitglieder seiner Familie als Geiseln hielt. *O Gott*, ich war wieder mitten drin in meinem alten Job.

»Sie wollen mich umbringen«, begann Dennis Coulter. »Die Polizei von Baltimore hat mich im Visier.«

7

Peng!

Ich zuckte zusammen. Jemand hatte eine Dose Limonade aufgerissen und tippte mir damit auf die Schulter.

Ich blickte hoch und sah keinen anderen als Ned Mahoney, den Leiter des Geiselbefreiungsteams in Quantico. Er reichte mir eine Diät-Cola ohne Koffein. Während der Orientierung hatte ich mehrmals an seinem Unterricht teilgenommen. Er verstand sein Handwerk – jedenfalls im Klassenzimmer.

»Willkommen in meiner Privathölle«, sagte ich. »Was soll ich hier überhaupt?«

Mahony zwinkerte mir zu und ließ sich neben mir auf dem Boden nieder.

»Sie sind beinahe so etwas wie ein Star. Sie kennen die Routine. Bringen Sie ihn dazu, mit Ihnen zu reden. So lange wie möglich«, sagte Mahoney. »Wir haben gehört, dass Sie darin Klasse sind.«

»Und was machen *Sie* hier?«, fragte ich.

»Na, was denken Sie? Zuschauen, Ihre Technik studieren. Sie sind doch ein Liebling des Direktors, richtig? Er hält Sie für äußerst begabt.«

Ich trank einen Schluck Cola und drückte die kalte Dose gegen die Stirn. Für einen SN eine selten beschissene Einführung beim FBI.

»Dennis, wer will Sie umbringen?« Ich sprach wieder ins Handy. »Erzählen Sie mir darüber alles, was Sie können. Außerdem muss ich mich nach Ihrer Familie erkundigen. Sind alle wohlauf?«

»Hey!«, rief Coulter empört. »Ich will keine Zeit mit dieser Verhandlungsscheiße verschwenden. Ich stehe kurz vor meiner Exekution. *Darum* geht's! Machen Sie keinen Fehler. Mann, schauen Sie sich doch mal um. Es ist eine Hinrichtung.«

Ich konnte Coulter nicht sehen, aber ich erinnerte mich an ihn. Knapp ein Meter siebzig, Spitzbart, ständig eine schnoddrige Bemerkung auf den Lippen, sehr zäh und knallhart. Alles in allem: ein kleiner Mann mit Komplexen. Dann fing er an, seine Geschichte zu erzählen, seine Seite der Medaille. Unglücklicherweise hatte ich keine Ahnung, was ich von dem halten sollte, was er da ausspuckte. Laut Coulter kassierten Detectives der Polizei in Baltimore große Summen an Bestechungsgeldern aus Drogenkreisen. Selbst wenn er die genaue Zahl nicht kannte, war sie beachtlich hoch. Er hatte die Sache auffliegen lassen. Und als Nächstes war sein Haus von Cops umstellt worden.

Dann ließ Coulter die Bombe platzen. »Ich habe auch abkassiert. Jemand hat mich beim Büro für Interne Angelegenheiten verpfiffen. Einer meiner Partner.«

»Warum sollte ein Partner das tun?«

Er lachte. »Weil ich zu raffgierig geworden war. Ich wollte ein größeres Stück vom Kuchen und dachte, ich hätte meine Partner in der Hand. Aber die haben das nicht so gesehen.«

»Wieso glaubten Sie, die Partner in der Hand zu haben?«

»Ich habe ihnen erzählt, ich hätte Kopien der Belege. *Wer wem wie viel* bezahlt hat. Und das über einige Jahre hinweg.«

Jetzt kamen wir weiter. »Und haben Sie diese Kopien?«, fragte ich.

Coulter zögerte. Was sollte das? Entweder er hatte sie oder er hatte sie nicht.

»Möglich, dass ich sie habe«, antwortete er schließlich. »Jedenfalls glauben die anderen das. Und jetzt wollen sie mich platt machen. Deshalb sind sie heute hergekommen… ich soll dieses Haus nicht lebend verlassen.«

Angestrengt lauschte ich, ob ich im Haus noch andere Stimmen hörte. Aber ich hörte nur seine. *Lebte drinnen noch jemand? Was hatte Coulter seiner Familie angetan? Wie verzweifelt war er?*

Ich blickte Ned Mahoney an und zuckte mit den Schultern. Ich wusste wirklich nicht, ob Coulter die Wahrheit sagte oder ob er nur ein Cop war, der durchgedreht hatte. Mahoney schaute ebenfalls skeptisch drein. Er hatte diesen *Mich-darfst-du-nicht-fragen-Blick*. Ich musste mir irgendwo anders Rat holen.

»Und was machen wir jetzt?«, fragte ich Coulter.

Er stieß ein kurzes Lachen aus. »Ich hatte gehofft, Sie hätten eine Idee. Sie sind doch angeblich der Superexperte, richtig?«

Alle behaupteten das ständig.

8

Die Situation in Baltimore verbesserte sich während der nächsten Stunden keineswegs. Nein, sie wurde eher schlimmer. Es war unmöglich, die Nachbarn davon abzuhalten, auf die Veranden zu gehen und die Vorgänge zu beobachten. Dann begann die Polizei von Baltimore, die Nachbarn Coulters zu evakuieren, von denen viele Coulters Freunde waren. In der Garrett-Heights-Grundschule in der Nähe hatte man eine Notunterkunft eingerichtet. Das erinnerte jeden daran, dass in Detective Coulters Haus wahrscheinlich auch Kinder gefangen gehalten wurden. *Seine Familie. Mein Gott!*

Ich schaute umher und schüttelte den Kopf, als ich die vielen Polizisten, das SWAT-Team und das Geisel-Befreiungs-Team aus Quantico sah. Gaffer mit hassglühenden Augen drängten sich an den Barrikaden. Einige forderten lautstark, Bullen abzuknallen – irgendwelche Bullen.

Ich ging langsam hinüber zu den Polizisten, die hinter einem Notarztwagen warteten. Man musste mir nicht erst erklären, dass sie eine Einmischung vom FBI keineswegs schätzten. Ich hatte das damals auch nicht gewollt, als ich bei der Washingtoner Polizei war. Ich sprach Captain Stockton James Sheehan an, mit dem ich bereits kurz nach meinem Eintreffen geredet hatte. »Was meinen Sie? Wohin soll das führen?«

»Hat er eingewilligt, jemanden rauszulassen?«, fragte Sheehan. »Das ist die erste Frage.«

Ich schüttelte den Kopf. »Er will absolut nicht über seine Familie reden. Weder bestätigen noch bestreiten, dass sie im Haus sind.«

»Und *worüber* redet er dann?«, fragte Sheehan.

Ich teilte ihm das Wesentliche mit, aber nicht alles, was Coulter mir gesagt hatte. Ich ließ weg, dass er geschworen hatte, dass Polizisten aus Baltimore an einem Drogenhandel in großem Stil beteiligt waren und – was noch verheerender war – dass er darüber belastende Unterlagen besaß.

Stockton Sheehan hörte zu. Dann meinte er: »Entweder lässt er einige Geiseln frei oder wir müssen reingehen und ihn erledigen. Er darf seine Familie nicht erschießen.«

»Genau so lautet seine Drohung.«

Sheehan schüttelte den Kopf. »Ich bin bereit, das Risiko einzugehen. Sobald es dunkel ist, stürmen wir. Ihnen ist klar, dass wir hier das Sagen haben sollten?«

Ich nickte, ohne ihm wirklich zuzustimmen, dann ging ich weiter. Es sah so aus, als hätten wir noch eine halbe Stunde Tageslicht. Ich wollte nicht daran denken, was geschehen würde, wenn es dunkel wurde.

Ich rief erneut Coulter an. Er nahm sofort ab.

»Ich habe eine Idee«, sagte ich zu ihm. »Ich halte das für Ihre beste Chance.« Ich hielt es für Coulters einzige Chance, aber das sagte ich ihm natürlich nicht.

»Gut, sagen Sie mir, was Sie denken«, erwiderte er.

Ich erklärte Dennis Coulter meinen Plan…

Zehn Minuten später brüllte mir Captain Sheehan ins Gesicht, dass ich »schlimmer als jedes der beschissensten Arschlöcher vom FBI« sei, mit dem er je zu tun gehabt hätte. Ich nehme an, ich lernte schnell. Vielleicht brauchte ich den Orientierungsunterricht in Quantico gar nicht, den ich verpasste. Nicht, wenn ich jetzt schon der »König der FBI-Arschlöcher« war. Übersetzt hieß das, dass die Polizei von Baltimore meinen Plan, die Situation mit Detective Coulter zu entschärfen, nicht billigte.

Selbst Mahoney hatte Zweifel. »Ich schätze, Sie haben nicht allzu viel für gesellschaftliche und politische Korrektheit übrig«, sagte er, als ich ihm von Captain Sheehans Reaktion berichtete.

»Ich dachte, ich hätte mich korrekt verhalten, aber offenbar war dem nicht so. Ich hoffe, das funktioniert jetzt besser. Es muss funktionieren, Ned. Ich glaube, sie wollen ihn umbringen.«

»Ja, das denke ich auch. Ich glaube, wir tun das Richtige.«

»*Wir*?«, fragte ich.

Mahoney nickte. »Ich bin auf Ihrer Seite. Kein Ruhm ohne Mut. Das ist eine Sache fürs FBI.«

Gleich darauf sahen Mahoney und ich, wie sich die Polizei von Baltimore widerstrebend vom Haus zurückzog. Ich hatte Sheehan gesagt, dass ich nirgends im Umkreis eine einzige blaue Uniform oder einen SWAT-Overall sehen wollte. Der Captain hatte seine eigene Vorstellung über akzeptable Risiken – und ich meine. Wenn sie das Haus stürmten, würde mit Sicherheit jemand sterben. Wenn meine Idee danebenging, würde zumindest niemand verletzt werden – oder zumindest niemand außer mir.

Ich telefonierte noch mal mit Coulter. »Die Polizei von Baltimore hat sich zurückgezogen«, teilte ich ihm mit. *»Ich will, dass Sie rauskommen, Dennis, und zwar jetzt!* Ehe die anderen eine Chance haben, zu begreifen, was soeben geschehen ist.«

Er antwortete nicht sofort. »Ich habe mich umgeschaut«, sagte er schließlich. »Sie brauchen doch nur einen Scharfschützen mit einem Nachtsichtgerät.«

Ich wusste, dass er Recht hatte. Aber es spielte keine Rolle. Wir hatten nur eine einzige Chance.

»Kommen Sie mit ihren Geiseln raus«, forderte ich ihn auf. »Ich treffe Sie persönlich auf den Eingangsstufen.«

Coulter sagte nichts. Ich war ziemlich sicher, dass ich ihn verloren hatte. Ich konzentrierte mich auf die Eingangstür und bemühte mich, nicht an die Menschen zu denken, die drinnen womöglich starben. *Los, Coulter. Benutze deinen Verstand! Einen besseren Deal bekommst du nicht.*

Dann sprach er plötzlich wieder. »Sind Sie sich ganz sicher? Ich bin's nämlich nicht. Ich glaube, Sie sind verrückt.«

»Ich bin mir ganz sicher.«

»Na schön, dann komme ich raus«, sagte er, fügte dann aber hinzu: »Auf Ihre Verantwortung.«

Ich wandte mich an Mahoney. »Sobald er auf der Veranda auftaucht, müssen wir ihn schützen. Befehlen Sie unseren Leuten, sich um ihn zu stellen. Kein Polizist aus Baltimore darf in seine Nähe, ganz gleich, was sie sagen. Schaffen wir das?«

»Verdammtes Risiko.« Mahoney grinste. »Los, machen wir's. Einen Versuch ist es auf alle Fälle wert.«

»Lassen Sie sich von mir rausbringen, Dennis. Das ist sicherer«, sagte ich ins Handy. »Ich komme jetzt zu Ihnen.«

Aber Coulter hatte seinen eigenen Plan. *O Gott, da stand er bereits auf der Veranda.* Er hob beide Hände hoch über den Kopf. Eindeutig unbewaffnet. Vollkommen ungeschützt. Verdammt!

Ich hatte Angst, Schüsse zu hören und ihn zusammensinken zu sehen. Ich rannte los.

Doch schon waren mehrere FBI-Leute vom Geisel-Befreiungs-Team zur Stelle, schützten Coulter nach allen Seiten und schafften ihn in einen wartenden Kleinbus.

»Zielperson in Sicherheit«, hörte ich den Bericht. »Jetzt hauen wir mit ihm ab, so schnell wir können.«

Ich drehte mich zum Haus um. Was war mit der Familie? Wo steckte sie?

Hatte er sich die ganze Geschichte nur ausgedacht? *O Gott, was hatte Dennis Coulter getan?*

Dann sah ich die Familie. Sie marschierte im Gänsemarsch aus dem Haus. Die Szene war unbeschreiblich. Meine Nackenhaare sträubten sich.

Ein alter Mann in weißem Hemd und schwarzer Hose mit Hosenträgern. Eine ältere Frau in einem weiten rosafarbenen Kleid und Schuhen mit hohen Absätzen. Tränen strömten über ihre Wangen. Zwei kleine Mädchen in weißen Partykleidchen. Zwei Frauen mittleren Alters hielten sich an den Händen. Drei Männer, etwa Mitte zwanzig, gingen mit hoch erhobenen Händen. Dann kam noch eine Frau mit zwei kleinen Babys.

Mehrere Erwachsene trugen Kartons.

Ich war ziemlich sicher, dass ich wusste, was sie enthielten. Ja, ich wusste es. *Die Unterlagen, die Beweise.*

Detective Dennis Coulter hatte doch die Wahrheit gesagt. Seine Familie hatte ihm geglaubt. Sie hatten gerade sein Leben gerettet.

Ned Mahoney schlug mir kräftig auf den Rücken. »Gute Arbeit. Wirklich, sehr gut!«

Ich lachte und sagte: »Für einen SN nicht übel. Das war aber doch ein *Test*, richtig?«

»Das kann ich nicht mit Sicherheit sagen. Aber wenn's einer war, dann haben Sie ihn mit Auszeichnung bestanden.«

9

Ein Test? Mein Gott. Hatte man mich deshalb nach Baltimore geschickt? Verdammt, alles nur das nicht!

Ich kam spät nach Hause, zu spät. Ich war froh, dass niemand mehr wach war, besonders Nana. Im Augenblick konnte ich keinen ihrer durchdringenden, tadelnden Blicke ertragen. Ich brauchte ein Bier und dann wollte ich nur noch ins Bett. Schlafen.

Leise schlich ich mich ins Haus, um niemanden zu wecken. Kein Laut, nur das kaum hörbare Summen des Kühlschranks. Ich wollte Jamilla anrufen, sobald ich oben in meinem Zimmer war. Ich vermisste sie schrecklich. Rosie, unsere Katze, kam und strich mir um die Beine. »Hallo, Rote«, flüsterte ich. »Heute war ich richtig gut.«

Dann hörte ich jemanden weinen.

Ich lief die Treppe hinauf zu Klein Alex' Zimmer. Er war wach und wimmerte. Ich wollte nicht, dass Nana oder eines der anderen Kinder aufwachte. Außerdem hatte ich meinen Jungen seit dem frühen Morgen nicht mehr gesehen und wollte ihn in die Arme nehmen. Ich hatte sein kleines Gesicht vermisst.

Er saß da und schien überrascht zu sein, mich zu sehen. Dann lächelte er und klatschte in die Hände. *Oh! Daddy ist da. Daddy ist das größte Weichei im ganzen Haus.*

»Wieso bist du denn wach, Kleiner? Es ist schon spät«, sagte ich.

Alex' Bett ist ein Hochbett, das ich selbst gebaut habe. An beiden Seiten war ein Klappgitter, damit er nicht herausfiel.

Ich klappte ein Gitter herunter und legte mich neben ihn. »Rutsch ein bisschen rüber, damit Daddy auch Platz hat«, flüsterte ich und küsste ihn auf den Kopf. Ich kann mich nicht erinnern, dass mein Vater mich je geküsst hätte, daher küsste ich Klein Alex bei jeder passenden Gelegenheit. Das gilt auch für Damon und Jannie, ganz gleich, wie sehr sie sich darüber beschweren.

»Ich bin müde, mein Kleiner«, sagte ich. »Wir steht's mit dir? Schwerer Tag, Puppy?«

Ich holte sein Fläschchen aus der Spalte zwischen Matratze und Gitter hervor. Er trank und kuschelte sich eng an mich. Dann drückte er sein Plüschtier, die Kuh Muh, an sich und war blitzschnell wieder eingeschlafen.

Wie schön. Zauberhaft. Ich liebe diesen Babyduft. Seinen leisen Atem – Babyatem.

In dieser Nacht schliefen wir beide prächtig.

10

Das Paar verkroch sich für ein paar Tage in New York City, Lower Manhattan. Dort konnte man ganz locker untertauchen und von der Landkarte verschwinden. Und New York war die einzige Stadt, wo sie alles bekommen konnten, was sie wollten und wann sie es wollten. Das Paar wollte harten Sex. Sozusagen als Vorspeise.

Über sechsunddreißig Stunden hatten sie sich außer Reichweite ihres Arbeitgebers gehalten. Schließlich drang ihr Kontaktmann, Sterling, zu ihnen durch und erreichte sie per Handy in einem Zimmer im Chelsea Hotel an der West Twenty-third Street. Vor dem Fenster war eine L-förmige Neonleuchtreklame: HOTEL CHELSEA. Das vertikale HOTEL war weiß, das horizontale CHELSEA rot. Es war in New York eine Art Ikone.

»Seit anderthalb Tagen versuche ich, euch zu erreichen«, sagte Sterling. »Wagt es ja nicht, noch mal die Handys auszuschalten. Nehmt das als letzte Warnung.«

Die Frau, Zoya, gähnte und zeigte dem Telefon den Stinkefinger. Mit der freien Hand schob sie die CD *East Eats West* in das Gerät. Harte Rockmusik ertönte. »Wir waren beschäftigt, Liebling. Und wir sind *immer noch* beschäftigt. Was zum Teufel willst du? Hast du Geld für uns? Geld regiert die Welt.«

»Stell die Musik leiser, bitte. *Bitte*! Jemand juckt es. Er ist stinkreich. Es geht um wirklich *viel* Geld.«

»Wie ich schon sagte, Liebling. Wir sind beschäftigt – mit anderen Dingen. Wie stark juckt's den Kerl denn?«

»So wie beim letzten Mal. Sehr stark. Er ist ein persönlicher Freund vom Wolf.«

Bei der Erwähnung des Wolfs zuckte Zoya zusammen. »Gib mir Details. Verschwende nicht unsere Zeit.«

»Wir machen es wie immer, *Liebling.* Ein Puzzlestück nach dem anderen. Wann könnt ihr aufbrechen? Wie wär's in dreißig Minuten?«

»Wir müssen hier noch etwas zu Ende bringen. Sagen wir – vier Stunden. Dieses *Bedürfnis,* das da jemand verspürt, dieses Jucken – um welche Art von Jucken handelt es sich?«

»Eine Einheit, weiblich. Und nicht weit von New York entfernt. Als Erstes gebe ich euch eine Wegbeschreibung. Die genauen Spezifikationen dieser Einheit später. Ihr habt vier Stunden Zeit.«

Zoya schaute ihren Partner an, der sich in einem Sessel räkelte. Slava spielte mit einer Ledergeißel, während er ihr zuhörte. Er blickte durch das Fenster auf eine Konditorei, eine Schneiderei und einen Express-Fotoladen. Eine typische New Yorker Aussicht.

»Wir übernehmen den Job«, sagte Zoya. »Sag dem Wolf, wir besorgen seinem Freund alles, was er braucht. Kein Problem.« Dann warf sie Sterling aus der Leitung. Sie konnte sich das leisten.

Achselzuckend blickte sie zu ihrem Partner und dann auf das große Bett mit dem dekorativen Kopfteil aus Stahl. Ein junger blonder Mann lag darauf. Er war nackt und geknebelt. Mit Handschellen war er an die vertikalen Stahlstäbe gefesselt.

»Du hast Glück«, sagte Zoya zu dem Blonden. »Nur noch vier Stunden zum Spielen, Baby. Nur noch läppische vier Stunden.«

Dann schaltete sich Slava ein. »Du wirst dir wünschen, es wären weniger. Hast du je von dem russischen Wort *zamochit* gehört? Nein? Ich werde dir *zamochit* vorführen. Vier Stunden lang. Ich habe es vom Wolf gelernt. Und jetzt lernst du es von mir. *Zamochit*. Das bedeutet, dass ich dir sämtliche Knochen im Leib brechen werde.«

Zoya zwinkerte dem jungen Mann zu. »Vier Stunden. *Zamochit*. Die nächsten Stunden wirst du mit in die Ewigkeit nehmen. Vergiss das nie, Liebling.«

11

Als ich morgens aufwachte, schlief Klein Alex friedlich neben mir, sein Kopf auf meiner Brust. Ich konnte der Versuchung nicht widerstehen, ihm noch schnell einen Kuss zu geben. Und dann noch einen. Während ich so neben meinem kleinen Sohn lag, dachte ich unwillkürlich an Detective Coulter und dessen Familie. Als sie aus dem Haus marschierten, war ich gefühlsmäßig stark aufgewühlt gewesen. Die Familie hatte Coulter das Leben gerettet, und wenn es um Familien ging, war ich ein totales Weichei.

Man hatte mich gebeten, im Hoover Building vorbeizuschauen, das man immer »das Büro« nannte, ehe ich nach Quantico fuhr. Der Direktor wollte mit mir über die Ereignisse in Baltimore sprechen. Ich hatte keine Ahnung, womit ich zu rechnen hatte, und war sehr gespannt. Vielleicht hätte ich Nanas Kaffee an diesem Morgen weglassen sollen.

Fast jeder, der das Hoover Building gesehen hat, wird mir zustimmen, dass es sich dabei um einen eigenartigen und extrem hässlichen Bau handelt. Es nimmt einen ganzen Block zwischen Pennsylvania Avenue, Ninth, Tenth und

E-Street ein. Das Netteste, was ich darüber sagen kann, ist, dass es einer »Festung« gleicht. Drinnen ist es noch schlimmer. Das Büro ist so still wie eine Bibliothek und so hässlich wie eine Lagerhalle. Die langen Korridore sind weiß und wirken steril.

Sobald ich die Etage des Direktors betrat, erschien sein Assistent, ein sehr tüchtiger Mann namens Tony Woods, den ich bereits ein wenig mochte.

»Wie ist seine Stimmung heute Morgen, Tony?«, fragte ich.

»Ihm hat gefallen, wie das in Baltimore gelaufen ist«, antwortete Tony. »Seine Hoheit sind in sehr guter Stimmung. Zur Abwechslung.«

»War Baltimore ein Test?«, fragte ich, war aber nicht sicher, wie weit ich bei dem Assistenten gehen konnte.

»Oh, es war das Abschlussexamen. Aber vergessen Sie nicht: *Alles* ist ein Test.«

Er führte mich ins relativ kleine Konferenzzimmer des Direktors. Burns saß bereits da und wartete auf mich. Er hob das Glas Orangensaft und prostete mir lächelnd zu. »Da ist er ja! Ich sorge dafür, dass alle wissen, dass Sie in Baltimore einen Bombenerfolg erzielt haben. Genau so hatte ich mir Ihren Start gewünscht.«

»Es wurde niemand erschossen«, sagte ich.

»Sie haben gute Arbeit geleistet, Alex. Das Geisel-Befreiungs-Team war tief beeindruckt. Ich auch.«

Ich setzte mich und schenkte mir eine Tasse Kaffee ein. Bei Burns herrschte »Selbstbedienung«, ohne Formalitäten. »Wollen Sie meinen Erfolg in Baltimore verkünden, weil Sie große Pläne mit mir haben?«, erkundigte ich mich.

Burns lachte in seiner üblichen konspirativen Art. »Ganz genau, Alex. Ich möchte, dass Sie meinen Job übernehmen.«

Jetzt war es an mir zu lachen. »Nein, vielen Dank.« Ich trank einen Schluck Kaffee, der dunkelbraun, leicht bitter, aber köstlich war – beinahe so gut wie Nana Mamas. Na ja, vielleicht halb so gut wie der beste in Washington. »Möchten Sie mir Ihre anstehenden Pläne mitteilen?«, fragte ich.

Burns lachte erneut. Heute Morgen war er tatsächlich bester Laune. »Ich möchte nur, dass das FBI einfach und effektiv funktioniert. Das ist alles. So habe ich es in meinem Büro in New York gehalten. Ich sage Ihnen ganz offen, dass Cowboys und Bürokraten überhaupt nicht nach meinem Geschmack sind. Besonders Letztere nicht. Ich will kluge erfahrene Leute auf den Straßen haben, Alex. Gestern sind Sie ein Risiko eingegangen, aber Sie haben das wohl gar nicht so gesehen. Für Sie hat es keine Politik gegeben – nur die richtige Art, die Arbeit zu erledigen.«

»Und wenn es nicht funktioniert hätte?«, warf ich ein und stellte meine Tasse auf den Untersetzer, der mit dem FBI-Emblem verziert war.

»Nun, dann säßen Sie jetzt nicht hier und wir würden uns nicht so unterhalten. Nein, im Ernst. Ich muss Sie in einem Punkt warnen. Vielleicht ist es für Sie augenscheinlich, aber es ist viel schlimmer, als Sie sich vorstellen können. Beim FBI kann man nicht immer unterscheiden, wer zu den Guten und wer zu den Bösen gehört. Das kann niemand. Ich habe es versucht, aber es ist fast unmöglich.«

Ich dachte über die Tragweite dessen nach, was Burns mir soeben gesagt hatte. Eine meiner Schwächen hatte er jedenfalls offenbar erkannt: Ich suchte immer nach dem Guten im Menschen. Ich begriff, dass das manchmal eine Schwäche war, aber ich würde mich nicht ändern – vielleicht konnte ich mich auch nicht ändern.

»Sind Sie ein Guter?«, fragte ich.

»Selbstverständlich«, erklärte Burns mit einem so breiten

Grinsen, dass er eine Hauptrolle in *The West Wing* bekommen könnte. »Mir können Sie trauen, Alex. Absolut. Genauso, wie Sie vor einigen Jahren Kyle Craig vertraut haben.«

Gott, bei diesen Worten lief es mir eiskalt über den Rücken. Aber vielleicht versuchte der Direktor nur, dass ich die Welt so sah wie er: *Trau niemandem! Setze dich an die Spitze der Klasse!*

12

Kurz nach elf war ich auf dem Weg nach Quantico. Auch nach meinem »Abschlussexamen« in Baltimore musste ich noch den Kurs »Stress-Management und Polizeidienst« mitmachen. Ich kannte bereits die zu Grunde liegende Statistik: *Es war fünfmal wahrscheinlicher, dass FBI-Agenten sich selbst umbrachten, als bei der Ausübung ihrer Pflicht getötet wurden.*

Ein Gedicht von Billy Collins kam mir in den Sinn: »Noch ein Grund, weshalb ich im Haus keine Waffe habe.« Guter Gedanke, gutes Gedicht, schlechtes Omen.

Das Handy klingelte. Ich hörte die Stimme von Tony Woods aus dem Büro des Direktors. Die Pläne waren geändert worden. Woods übermittelte mir die Anweisung des Direktors, direkt zum Ronald-Reagan-Washington-Flughafen zu fahren. Dort wartete ein Flieger auf mich.

O Gott! Ich steckte schon wieder in einem Fall. Wieder hatte man mir befohlen, die Schule zu schwänzen. Alles entwickelte sich schneller, als ich gedacht hatte. Ich war nicht sicher, ob das gut oder schlecht war.

»Weiß Senior Agent Nooney, dass ich das Ein-Mann-Kommando des Direktors bin?«, fragte ich Woods. *Bestätigen Sie mir das, denn ich brauche nicht noch mehr Ärger in Quantico.*

»Wir werden ihn unverzüglich informieren, wohin Sie fliegen«, versprach Woods. »Ich werde mich persönlich darum kümmern. Sie fliegen nach Atlanta. Dann werden Sie uns ständig über die Vorgänge dort auf dem Laufenden halten. Im Flugzeug wird man Ihnen Einzelheiten des Falls mitteilen. Es geht um eine Entführung.« Mehr sagte mir Tony Woods nicht.

Das FBI fliegt meistens vom Reagan-Washington-Flughafen aus. Ich stieg in eine hellbraune Cessna Citation Ultra, ohne offizielle Embleme. In der Cessna war Platz für acht Personen, aber ich war der einzige Passagier.

»Sie müssen ganz schön wichtig sein«, sagte der Pilot, ehe wir abflogen.

»Bin ich nicht. Glauben Sie mir, ich bin ein Niemand.«

Der Pilot lachte. »Dann schnallen Sie sich mal an, Mr. Niemand.«

Es war mir klar, dass mir ein Anruf aus dem Büro des Direktors vorausgeeilt war. Man behandelte mich hier wie einen ziemlich hohen FBI-Beamten. Der Troubleshooter des Direktors?

Kurz ehe wir abhoben, sprang noch ein Agent an Bord. Er setzte sich so, dass nur der Gang uns trennte, und stellte sich vor. Wyatt Walsh aus Washington, D.C. Gehörte er auch zur »Flugbereitschaft« des Direktors? Vielleicht mein Partner?

»Was ist in Atlanta passiert?«, fragte ich. »Was ist so wichtig – oder unwichtig –, dass man unsere Dienste benötigt?«

»Ach, hat Ihnen das niemand gesagt?« Er schien überrascht, dass ich die Einzelheiten nicht kannte.

»Ich habe vor weniger als einer halben Stunde einen Anruf vom Büro des Direktors erhalten. Man hat mich aufgefordert, hierher zu kommen. Ich sollte im Flieger die Einzelheiten erfahren.«

Walsh knallte mir zwei dicke Aktenordner mit Unterlagen über den Fall auf den Schoß. »Im Buckhead-District von Atlanta wurde eine Frau entführt. Mitte dreißig. Weiß, recht betucht. Sie ist die Frau eines Richters, deshalb ist es ein Fall fürs FBI. Aber noch wichtiger ist: *Sie ist nicht die Erste.*«

13

Plötzlich musste alles sehr schnell gehen. Kaum waren wir in Atlanta gelandet, fuhr man mich in einem Transporter zum Phipps-Plaza-Einkaufszentrum mitten in Buckhead.

Sobald wir auf den Parkplatz vor Peachtree einbogen, war mir klar, dass hier etwas ganz und gar nicht stimmte. Wir kamen an den Hauptgeschäften vorbei: Saks Fifth Avenue und Lord & Taylor. Sie waren nahezu menschenleer. Agent Walsh berichtete mir, dass das Opfer, Mrs. Elizabeth Connolly, in der Tiefgarage bei einem anderen großen Geschäft, das Parisian hieß, entführt worden sei.

Die gesamte Garage war Tatort, besonders aber die dritte Etage, wo man Mrs. Connolly gekidnappt hatte. Jede Etage war mit einer purpurgoldenen Schriftrolle markiert, doch jetzt war alles mit dem hässlichen Klebeband der Tatortsicherung abgesperrt. Auch das Spurensicherungsteam des FBI war anwesend. Die unglaubliche Menge an Aktivität wies darauf hin, dass die Polizei vor Ort den Fall extrem ernst nahm. Walshs Worte gingen mir durch den Kopf: *Sie ist nicht die Erste.*

Es war ein wenig merkwürdig, aber ich fühlte mich wohler, als ich mich mit den hiesigen Polizisten unterhielt als mit den Kollegen vom FBI. Ich sprach mit zwei Detectives aus Atlanta: Pedi und Ciaccio.

»Ich bemühe mich, Ihnen nicht im Weg zu stehen«, sagte ich und fügte dann hinzu: »Ich war früher in Washington auch Polizist.«

»Aussteiger, was?«, meinte Ciaccio und unterdrückte ein Lachen. Es sollte ein Witz sein, aber ich spürte den Stachel dieser Wahrheit schmerzhaft. Der Glanz ihrer Augen wirkte beinahe eisig.

Pedi schien ungefähr zehn Jahre älter als seine Partnerin zu sein. Beide sahen ziemlich gut aus. »Warum interessiert sich das FBI für diesen Fall?«

Ich erzählte ihnen so viel, wie ich vertreten konnte, aber natürlich nicht alles. »Es hat andere Entführungen gegeben, die dieser ähneln, oder zumindest sind Personen spurlos verschwunden. Weiße Frauen aus den Vorstädten. Wir sind hier, um allen möglichen Verbindungen nachzugehen. Und bei dem vorliegenden Fall handelt es sich um die Frau eines Richters.«

»Sprechen Sie über verschwundene Personen aus dem Einzugsbereich von *Atlanta*?«, fragte Pedi.

Ich schüttelte den Kopf. »Soweit ich weiß, nein. Andere sind in Texas, Massachusetts, Florida und Arkansas verschwunden.«

»Lösegeldforderungen?«, bohrte Pedi nach.

»Bei einem Fall in Texas – ja. Ansonsten wurde kein Geld verlangt. Bis jetzt wurde keine der Frauen wieder gefunden.«

»Nur weiße Frauen?«, fragte Detective Ciaccio, die sich Notizen machte.

»Soweit wir wissen, ja. Und alle ziemlich wohlhabend. Aber kein Lösegeld. Und nichts von dem, was ich Ihnen mitgeteilt habe, geht an die Presse.« Ich blickte mich in der Tiefgarage um. »Was haben wir bisher? Helfen Sie mir ein bisschen.«

Ciaccio schaute Pedi an. »Joshua?«, fragte sie.

Pedi zuckte mit den Schultern. »In Ordnung, Irene.«

»Wir haben etwas. In einem geparkten Auto waren zwei Jugendliche, als die Entführung stattfand. Den ersten Teil des Verbrechens haben sie allerdings nicht gesehen.«

»Sie waren anderweitig beschäftigt«, warf Joshua Pedi ein.

»Aber sie haben aufgeschaut, als sie einen Schrei hörten, und sahen, wie *zwei* Entführer – offensichtlich Spezialisten – Elizabeth Connolly überwältigten. Es waren ein Mann und eine Frau. Sie haben die jungen Liebenden nicht gesehen, weil diese hinten in einem Transporter waren.«

»Und sie hielten die Köpfe tief?«, fragte ich. »Anderweitig beschäftigt?«

»Allerdings. Aber als sie Luft schöpften, sahen sie einen Mann und eine Frau. Sie beschrieben sie als Mitte dreißig und elegant gekleidet. Sie hielten bereits Mrs. Connolly fest und warfen sie zu Boden. Dann legten sie sie hinten in ihren eigenen Wagen und fuhren damit weg.«

»Warum sind die Kids nicht ausgestiegen und haben der Frau geholfen?«

Ciaccio schüttelte den Kopf. »Sie haben ausgesagt, dass alles furchtbar schnell gegangen sei und dass sie Angst gehabt hätten. Alles sei ihnen so ›irreal‹ vorgekommen. Ich glaube, sie waren auch nervös, weil sie während der Schulzeit hinten im Wagen rumgemacht haben. Beide besuchen eine Privatschule in Buckhead und hatten die Schule geschwänzt.«

Ein Team hat sie entführt, dachte ich. Mir war bewusst, dass dieses Wissen für uns ein Durchbruch war. Laut den Unterlagen, die ich auf dem Flug hierher gelesen hatte, war bei den anderen Entführungen kein Team beteiligt gewesen – zumindest hatte man keines beobachtet. *Ein Mann und eine Frau als Team?* Das war interessant. Seltsam und außergewöhnlich.

»Würden Sie uns jetzt ein paar Fragen beantworten?«, fragte Detective Pedi.

»Gern, wenn ich kann. Schießen Sie los.«

Er blickte seine Partnerin an. Ich hatte das Gefühl, dass Joshua und Irene auch schon etwas Zeit auf dem Rücksitz eines Autos verbracht hatten – so wie sich die beiden ansahen. »Wir haben gehört, dass die Sache hier mit dem Fall Sandra Friedlander zu tun hat. Stimmt das? Der Fall in Washington ist doch nicht aufgeklärt, oder?«

Ich schüttelte den Kopf. »Davon weiß ich nichts«, antwortete ich. »Sie sind die Ersten, die Sandra Friedlander erwähnen.«

Das war nicht die ganze Wahrheit. Ich hatte ihren Namen in den Geheimakten des FBI auf dem Flug gelesen. *Sandra Friedlander – und sieben weitere Frauen.*

14

Mir schwirrte der Kopf. Aufgrund der flüchtigen Lektüre der Unterlagen wusste ich, dass zurzeit in den Vereinigten Staaten mehr als 220 Frauen vermisst gemeldet waren und dass davon mindestens sieben laut FBI mit »weißen Sklavenringen« in Verbindung gebracht wurden. Das machte die Sache verdammt hässlich. Weiße Frauen zwischen Mitte zwanzig und Mitte dreißig waren in gewissen Kreisen äußerst begehrt. Die Preise konnten ins Exorbitante steigen – wenn die Frauen in den Nahen Osten oder nach Japan verkauft wurden.

Vor einigen Jahren war Atlanta die Drehscheibe für einen Aufsehen erregenden Sexskandal gewesen. Es ging dabei um Frauen, die aus Asien und Mexiko in die Vereinigten Staaten geschmuggelt und dann in Georgia und anderswo zur Prostitution gezwungen worden waren. In diesem Fall bestand möglicherweise eine Verbindung zu Juanita, Mexiko, wo in den letzten Jahren Hunderte von Frauen verschwunden waren.

Diese unangenehmen Gedanken schossen mir durch den Kopf, als ich beim Haus von Richter Brendan Connolly im Tuxedo-Park-Bereich von Buckhead eintraf, in der Nähe des Sitzes des Gouverneurs. Connollys Haus war die Replik eines typischen Südstaaten-Herrenhauses mit zwei Morgen Grund. Ein Porsche Boxter parkte in der kreisrunden Einfahrt. Alles wirkte perfekt – alles an seinem Platz.

Ein junges Mädchen, das noch seine Schulkleidung trug, öffnete die Eingangstür. Das Abzeichen auf dem Pullover sagte mir, dass die Kleine die Pace Academy besuchte. Sie stellte sich als Brigid Connolly vor. Ich sah ihre Zahnspangen. Durch den FBI-Bericht wusste ich bereits über die Familienangehörigen Bescheid. Das Foyer des Hauses war elegant, mit einem prächtigen Kronleuchter und glänzendem Parkett aus Esche.

Ich entdeckte zwei weitere Mädchen, allerdings nur ihre Köpfe. Sie lugten um die Ecke eines Korridors gegenüber dem Eingang. Alle drei Töchter der Connollys waren ausgesprochen hübsch. Brigid war zwölf, Meredith elf und Gwynne sechs. Laut meinen Aufzeichnungen besuchten die beiden Kleinen die Lovett-Schule.

»Ich bin Alex Cross vom FBI«, sagte ich zu Brigid, die für ihr Alter beeindruckend selbstsicher wirkte, besonders in Anbetracht der Krise. »Ich glaube, dein Vater erwartet mich.«

»Mein Dad wird gleich herunterkommen, Sir«, erwiderte sie. Dann schaute sie zu ihren jüngeren Schwestern und runzelte die Stirn. »Ihr habt Daddy gehört. Benehmt euch. Beide.«

»Ich beiße nicht«, versicherte ich den Mädchen, die mich immer noch vom Korridor aus beäugten.

Meredith wurde rot. »Oh, tut uns Leid. Es geht nicht um Sie.«

»Verstehe«, sagte ich. Schließlich lächelten sie. Ich sah, dass Meredith ebenfalls eine Zahnspange trug. Wirklich niedliche, süße Mädchen.

Dann hörte ich eine Stimme von oben. »Agent Cross?« *Agent?* Ich war noch nicht an diese Bezeichnung gewöhnt.

Ich schaute die Treppe hinauf, als Richter Connolly herunterkam. Er trug ein gestreiftes blaues Hemd, eine dunkelblaue Hose und schwarze Mokassins. Er wirkte sportlich und fit, allerdings müde, als hätte er tagelang nicht geschlafen. Ich wusste aufgrund meiner FBI-Unterlagen, dass er vierundvierzig war und an der Vanderbilt Law School studiert hatte.

»Beißen Sie wirklich nicht?«, fragte er mit gequältem Lächeln.

Ich schüttelte den Kopf. »Ich beiße nur Menschen, die es verdienen«, antwortete ich. »Alex Cross.«

Brendan Connolly nickte in Richtung einer großen Bibliothek, die auch als Arbeitszimmer diente. Die Regale an den Wänden waren von oben bis unten mit Büchern voll gestellt. Außerdem befand sich in dem Raum noch ein Stutzflügel. Ich sah Noten für Songs von Billy Joel. In einer Ecke stand eine Schlafcouch – ungemacht.

»Wenn Agent Cross und ich fertig sind, mache ich das Abendessen«, sagte er zu den Mädchen. »Ich werde mich bemühen, keinen zu vergiften, aber ich brauche eure Hilfe, Ladys.«

»Ja, Daddy«, antworteten sie im Chor. Sie schienen ihren Vater zu vergöttern. Er schob die Eichentüren zu und wir beide waren allein.

»Das ist so *verdammt* hart. So schwierig, vor den Mädchen die Fassade zu wahren.« Er stieß einen tiefen Seufzer aus. »Es sind die besten Mädchen der Welt.« Richter Connolly deutete auf die Bücherregale. »Hier ist Lizzies Lieblingsplatz im Haus. Sie spielt hervorragend Klavier. Die Mädchen auch. Wir sind beide Leseratten, aber sie las besonders gern in diesem Raum.«

Er setzte sich in einen rostbraunen Ledersessel. »Ich weiß es zu schätzen, dass Sie nach Atlanta gekommen sind. Ich habe gehört, dass Sie bei schwierigen Fällen sehr gut sind. Wie kann ich Ihnen helfen?«, fragte er.

Ich setzte mich ihm gegenüber auf eine farblich passende Ledercouch. An der Wand hinter ihm hingen Fotos vom Parthenon, von Chartres, den Pyramiden und eine Ehrenplakette vom Chastain-Pferdehof. »Es arbeiteten bereits eine Menge Leute daran, Mrs. Connolly zu finden. Die Ermittlungen gehen in alle möglichen Richtungen. Ich brauche nicht allzu viele Details über Ihre Familie. Das kann die hiesige Polizei erledigen.«

»Danke«, sagte der Richter. »Im Augenblick fühle ich mich kaum noch imstande, all diese grauenvollen Fragen zu beantworten. Und das immer wieder. Sie können sich das nicht vorstellen.«

Ich nickte. »Sind Ihnen irgendwelche Männer oder Frauen hier aus der Gegend aufgefallen, die ein ungewöhnliches Interesse an Ihrer Frau gezeigt haben? Ein langjähriger Verehrer? Jemand, der möglicherweise besessen war? An diesem Bereich der Privatsphäre bin ich interessiert. Ferner an jedem scheinbar unwichtigen Detail, das Ihnen aufgefallen ist. Haben Sie bemerkt, dass jemand Ihre Frau beobachtet hat? Haben Sie irgendwelche Gesichter häufiger als sonst gesehen? Lieferanten? Paketboten oder sonstige Dienstleister? Nachbarn, die aus irgendeinem Grund verdächtig sind? Arbeitskollegen? Sogar Freunde, Bekannte, die Mrs. Connolly verehrten?«

Brendan Connolly nickte. »Ich verstehe, worauf Sie hinauswollen.«

Ich blickte ihm in die Augen. »Hatten Sie in letzter Zeit Streit mit Ihrer Frau?«, fragte ich. »Wenn ja, muss ich das wissen.«

Plötzlich wurden Brendan Connollys Augenwinkel feucht. »Ich habe Lizzie in Washington kennen gelernt, als sie noch bei der *Post* und ich Teilhaber in der Kanzlei von Tate Schilling war. Es war Liebe auf den ersten Blick. Wir haben fast nie gestritten, kaum je die Stimme erhoben. Das ist wirklich so. Agent Cross, ich liebe meine Frau. Und ihre Töchter lieben sie auch. Bitte, helfen Sie uns, sie heimzubringen. Sie müssen Lizzie finden.«

15

Der moderne Pate. Ein siebenundvierzigjähriger Russe, der jetzt in Amerika lebte und als der Wolf bekannt war. Man erzählte sich, dass er keinerlei Angst kenne und die Finger in allem habe, von Waffenhandel, Erpressung und Drogen bis hin zu legalen Geschäften wie Banken und Spekulationsobjekten. Niemand schien seine wahre Identität oder seinen amerikanischen Namen zu kennen. Niemand wusste, wo er lebte. *Clever. Unsichtbar.* Sicher vor dem FBI – und vor jedem, der nach ihm suchte.

Er war Mitte zwanzig gewesen, als er den KGB verlassen hatte und zu einem der skrupellosesten Führer der russischen Mafia geworden war. Sein Namensvetter, der sibirische Wolf, war ein erfahrener Jäger, der allerdings auch gnadenlos gejagt wurde. Der Sibirier war ein schneller Läufer und vermochte selbst deutlich größere Tiere zur Strecke zu bringen – aber man jagte ihn wegen seines Bluts und seiner Knochen. Der menschliche Wolf war ebenfalls ein Jäger, der gejagt wurde – abgesehen davon, dass die Polizei keinen blassen Schimmer hatte, wo sie ihn jagen sollte.

Unsichtbar. Tatsächlich versteckte er sich, wo ihn jeder sehen konnte. An einem schwülen Abend veranstaltete der Mann, der sich Wolf nannte, eine Riesenparty in seiner über zweitausend Quadratmeter großen Villa am Meeresufer in Fort Lauderdale, Florida. Anlass war der Start seiner neuen Männerzeitschrift *Instinkt*, die *Maxim* und *Stun* Konkurrenz machen sollte.

In Lauderdale kannte man den Wolf als Ari Manning, einen reichen Geschäftsmann, der ursprünglich aus Tel Aviv stammte. In anderen Städten bediente er sich anderer Namen. Viele Namen, viele Städte.

Er schlenderte gerade durch sein Herrenzimmer, wo sich ungefähr zwanzig seiner Gäste auf mehreren Fernsehschirmen ein Footballspiel anschauten. Einige Footballfans beugten sich über einen Computer mit einer statistischen Datensammlung. In einem Eisblock stand eine Flasche Stolichnaya. Der Wodka im Eis war das einzige russische Versatzstück, das er sich gestattete.

Mit einsfünfundachtzig und hundertacht Kilo bewegte sich dieser Wolf so geschmeidig wie ein großes, starkes Raubtier. Er ging zwischen seinen Gästen umher, immer lächelnd und scherzend. Dabei war er sich bewusst, dass niemand im Raum begriff, weshalb er lächelte. Keiner dieser so genannten Freunde oder Geschäftspartner hatte eine Ahnung, wer er war.

Sie kannten ihn als Ari, nicht als Pasha Sorokin – und schon gar nicht als den Wolf. Sie hatten keinen blassen Schimmer von den illegalen Diamanten, die er in Sierra Leone kaufte, und auch nicht von den Tonnen Heroin aus Asien, den Waffen und den Jets, die er den Kolumbianern verkaufte, oder den weißen Frauen, welche die Saudis oder Japaner kauften. Im Süden Floridas war er dafür bekannt, gesellschaftlich und geschäftlich ein Einzelgänger zu sein. Heute waren über hundertfünfzig Gäste bei ihm, aber er hatte Essen und Getränke für die doppelte Menge bestellt. Er hatte den Chef vom Le Cirque 2000 in New York einfliegen lassen, dazu einen Sushi-Koch aus San Francisco. Seine Bedienungen waren wie Cheerleader gekleidet, aber oben ohne. Das hielt er für einen frechen Scherz, der garantiert bei allen Anstoß erregte. Das Überraschungsdessert bei der Party waren Sachertorten, die aus Wien eingeflogen worden waren. Kein Wunder, alle liebten Ari – oder hassten ihn.

Spielerisch umarmte er einen ehemaligen Profi-Verteidiger der Miami Dolphins, unterhielt sich mit einem Anwalt, der in Florida zehn Millionen bei einem Vergleich mit der Tabakindustrie gemacht hatte, und tauschte mit ihm Anekdoten über Gouverneur Jeb Bush aus. Dann schlenderte er weiter durch die Menge. In sein Haus kamen zahllose Arschkriecher, die gesellschaftlich aufsteigen wollten und sich deshalb mit den richtigen – oder falschen – Leuten zeigen wollten: wichtigtuerisch, verzogen, egoistisch und – was am schlimmsten war – so langweilig wie laues Spülwasser.

Er ging an der Kante des überdachten Schwimmbads zu dem Außenbecken, das doppelt so groß war. Er plauderte mit Gästen und spendete eine große Summe für eine Privatschule. Er war nicht überrascht, von der Frau eines Geschäftsfreundes angebettelt zu werden. Er unterhielt sich ernsthaft mit dem Besitzer des wichtigsten Hotels im Staat, einem Mogul, der mit Mercedes handelte, und einem Aufsichtsratsvorsitzenden, der einer seiner Jagd-»Kumpane« war.

Er verachtete all diese Blender, besonders die älteren. Keiner von ihnen war je im Leben ein echtes Risiko eingegangen. Dennoch hatten sie Millionen, sogar Milliarden, gescheffelt und hielten sich für ganz heiße Nummern.

Und dann dachte er zum ersten Mal seit ungefähr einer Stunde an Elizabeth Connolly. Seine süße sexy Lizzie. Sie sah aus wie Claudia Schiffer, und er erinnerte sich an die Zeit, als die Fotos des deutschen Models überall auf den Reklametafeln in Moskau klebten. Er hatte Claudia begehrt – alle russischen Männer hatten sich nach ihr verzehrt –, und jetzt hatte er ihr Abbild in seinem Besitz.

Warum? *Weil er es sich leisten konnte.* Das war die Philosophie, die ihn sein ganzes Leben lang angetrieben hatte.

Genau aus diesem Grund hielt er sie hier in seiner Prachtvilla in Fort Lauderdale gefangen.

16

Lizzie Connolly vermochte nicht zu begreifen, warum all diese grauenvollen Ereignisse ausgerechnet ihr zustießen. Es schien nicht möglich. Es *war* nicht möglich. Und dennoch war sie hier. Eine Geisel!

In dem Haus, in dem man sie gefangen hielt, waren viele Menschen. Viele! Es klang, als fände eine Party statt. Eine Party? Wie konnte er das wagen?

War ihr wahnsinniger Entführer sich seiner Sache so sicher? War er so arrogant? So unverschämt? War das möglich? Selbstverständlich war es das. Er hatte vor ihr geprahlt, dass er eine Art Gangster sei, der König der Gangster – vielleicht der größte, der je gelebt hatte. Er hatte widerliche Tätowierungen: auf dem rechten Handrücken, auf den Schultern, dem Rücken, um den rechten Zeigefinger und auch am Penis und an den Hoden.

Lizzie hörte, dass im Haus eindeutig eine Party gefeiert wurde. Sie hörte Unterhaltungen. Ein geplanter Ausflug nach Aspen. Gerüchte über die Affäre einer Kinderfrau und einer Mutter hier vor Ort. Der Tod eines Kindes in einem Pool, eine Sechsjährige, wie ihre Gwynne. Footballgeschichten. Ein Witz über zwei Ministranten und eine Siamkatze, den sie schon in Atlanta gehört hatte.

Wer zum Teufel waren all diese Leute? Wo hielt man sie fest? *Verdammt, wo bin ich?*

Lizzie gab sich alle erdenkliche Mühe, nicht den Verstand zu verlieren, doch war das schier unmöglich. Alle diese Menschen, ihr läppisches Geschwätz.

Sie waren nicht weit entfernt von dem Raum, wo sie gefesselt und geknebelt war, Geisel eines Wahnsinnigen, wahrscheinlich eines Mörders.

Während Lizzie zuhörte, strömten Tränen über ihre Wangen. Diese Stimmen, ihre Nähe, das Gelächter – alles nur wenige Meter von ihr entfernt.

Ich bin hier! Ich bin direkt hier! Verdammt, helft mir. Bitte, helft mir.

Ich bin hier, ganz nahe.

Um sie herum herrschte Dunkelheit. Sie konnte nichts sehen.

Die Menschen befanden sich auf der anderen Seite einer dicken Holztür. Lizzie war in einem kleinen Raum eingesperrt, der teilweise als Wandschrank diente. Seit Tagen hielt man sie hier fest. Man gestattete ihr, das Badezimmer aufzusuchen, aber mehr nicht.

Mit einem Seil verschnürt.

Mit Klebeband geknebelt.

Lizzie konnte nicht um Hilfe rufen, konnte nur in ihrem Kopf schreien.

Bitte, helft mir!

Irgendjemand, bitte!

Ich bin hier! Ganz in der Nähe.

Ich will nicht sterben.

Er hatte ihr erklärt, dass eines feststand: *Er würde sie töten.*

17

Aber niemand konnte Lizzie Connolly hören. Die Party ging weiter, wurde lauter, extravaganter und vulgärer. Elfmal setzten protzige Limousinen weibliche Gäste in Schuhen mit hohen Absätzen vor der Ufervilla in Fort Lauderdale ab. Die Limousinen fuhren davon und warteten nicht auf ihre Fahrgäste. Das fiel niemandem auf, zumindest zeigte es niemand.

Es achtete auch niemand darauf, wenn dieselben Gäste, welche nachts eingetroffen waren, in Autos wegfuhren, mit denen sie nicht gekommen waren. Sehr teure Autos, die besten der Welt – und samt und sonders gestohlen.

Ein Footballspieler verließ die Party in einem dunkelbraunen Rolls-Royce-Corniche-Cabrio, Wert 363 000 Dollar, maßgefertigt, von der Farbe über das Holz bis zur gesamten Ausstattung.

Ein weißer Rap-Star fuhr mit einem azurblauen Aston Martin Vanquish davon, Preis 228 000 Dollar, von null auf hundert in unter zehn Sekunden.

Die teuersten Autos waren die in Amerika gebauten Saleen 57 mit den Möwentüren, die wie Haie aussahen und 550 PS unter der Haube hatten.

Insgesamt wurden elf sehr teure, sehr *gestohlene* Autos an Käufer im Haus geliefert.

Ein silberner Pagani Zonda für 370 000 Dollar. Der Motor des italienischen Rennwagens bellte, heulte und brüllte.

Ein silberner, mit orangefarbenen Streifen versehener Spyker C8 Double 12 mit 620 PS.

Ein bronzefarbener Bentley Azure Mulliner für 376 000 Dollar.

Ein Ferrari 575 Maranello – 215 000 Dollar.

Ein Porsche GT2.

Zwei Lamborghini Murcielagos – goldfarben –, 270 000 Dollar pro Stück, wie alle Lamborghinis nach einem berühmten Stier benannt.

Ein Hummer H1 – vielleicht nicht ganz so heiß wie die anderen Schlitten, aber *ihm* kam *nichts* in die Quere.

Der Gesamtwert der gestohlenen Autos belief sich auf über drei Millionen, verkauft wurden sie für knapp zwei.

Damit konnte man durchaus mehr bezahlen als die Sachertorten, die aus Wien eingeflogen worden waren.

Außerdem war der Wolf ein Fan schneller, schöner Autos … von *allem*, was schnell und schön war.

18

Am nächsten Tag flog ich zurück nach Washington, D. C., und um sechs Uhr abends war ich zu Hause. Mein Tagwerk war vollbracht. In Zeiten wie diesen hatte ich beinahe das Gefühl, wieder richtig zu leben. Ich hatte wohl doch das Richtige getan, als ich zum FBI wechselte. Möglicherweise … Als ich aus dem uralten schwarzen Porsche stieg, sah ich Jannie auf der vorderen Veranda. Sie spielte Geige, denn sie wollte die nächste Midori werden. Ihr Spiel war beeindruckend – jedenfalls für mich. Wenn Jannie etwas wollte, dann ließ sie nicht locker.

»Wer ist die wunderschöne junge Lady, die diese Juzek so perfekt hält?«, fragte ich, als ich über den Rasen zu ihr ging.

Jannie blickte in meine Richtung, sagte nichts, lächelte aber so wissend, als ob nur sie das Geheimnis kannte. Nana und ich waren an ihrer Ausbildung beteiligt, das war die Suzuki-Unterrichtsmethode. Wir hatten die Methode leicht für unsere Bedürfnisse abgeändert. Eltern nahmen am Üben teil, und das schien sich auszuzahlen. Bei der Suzuki-Unterrichtsart wurde großer Wert darauf gelegt, dass Wettbewerb und dessen negative Auswirkungen vermieden wurden. Eltern mussten sich zahllose Bänder anhören und am Unterricht teilnehmen. Ich war selbst zu vielen Stunden gegangen, Nana hatte den Rest übernommen. Auf diese Weise wuchsen wir in die Doppelrolle des »Heimlehrers« hinein.

»Das klingt wunderschön. Was für herrliche Klänge beim Heimkommen«, sagte ich zu Jannie. Ihr Lächeln war jede Anstrengung meines Arbeitstages wert.

»Um das wilde Tier zu besänftigen«, sagte sie schließlich. Die Geige unter einem Arm, den Bogen nach unten gerichtet, verneigte Jannie sich tief. Dann spielte sie weiter.

Ich saß auf den Verandastufen und lauschte. Nur wir beide, die untergehende Sonne und die Musik. *Das wilde Tier war besänftigt.*

Nachdem sie mit dem Üben fertig war, aßen wir zu Abend und fuhren dann schnell zum Kennedy Center zu einem der Gratisprogramme im Grand Foyer. Heute Abend ging es um »Liszt und Virtuosität«. Morgen wollten wir die Kletterwand im Capital Y in Angriff nehmen. Danach stand mit Damon eine Video-Orgie mit *Eternal Darkness* und *Warcraft III* auf dem Programm.

Ich hoffte, dass wir so weitermachen konnten. Sogar mit den Video-Spielen. Ich war jetzt auf dem richtigen Weg und es gefiel mir. Und Nana und den Kindern gefiel es ebenfalls.

Um den Tag richtig schön abzuschließen, rief ich um halb elf Uhr abends Jamilla an. Zur Abwechslung war sie mal zu einer halbwegs vernünftigen Zeit nach Hause gekommen. »Hallo«, sagte sie, als sie meine Stimme hörte.

»Auch hallo. Kannst du reden? Passt dir die Zeit?«

»Ein paar Minuten kann ich für dich schon reinquetschen. Ich hoffe, du rufst von daheim aus an, Alex.«

»Seit sechs Uhr bin ich hier. Wir hatten einen Familienabend im Kennedy Center. Riesenerfolg.«

»Ich bin eifersüchtig.«

Wir redeten über ihre Pläne, meinen herrlichen Abend mit den Kindern und schließlich über mein Leben und meine Arbeit beim FBI. Nach fünfzehn Minuten aber hatte ich das Gefühl, dass Jamilla keine Zeit mehr hatte. Ich fragte nicht, ob sie an diesem Abend noch etwas vorhatte. Wenn sie wollte, würde sie es mir sagen.

»Ich vermisse dich im so weit entfernten San Francisco«, sagte ich. Ich hoffte, es klang nicht so, als mache ich mir keine Sorgen um sie. Mir lag sehr viel an Jam. Sie war immer in meinen Gedanken.

»Ich muss los, Alex. Bye«, sagte sie.

»Bis bald.«

Jamilla musste los. Und ich versuchte, endlich ins Bett zu gehen.

19

Am nächsten Morgen teilte man mir mit, dass ich an einer Besprechung der Schlüsselpersonen teilnehmen sollte, die für die Connolly-Entführung zuständig waren und sich mit der Möglichkeit auseinander setzten, dass dieser Fall mit anderen aus den vergangenen zwölf Monaten in Zusammenhang stand. Man hatte den Connolly-Fall als »bedeutend« eingestuft und ihm den Code-Namen »Weißes Mädchen« gegeben.

Ein Spezialteam des FBI war bereits nach Atlanta geschickt worden. Satellitenfotos des Phipps-Plaza-Einkaufszentrums waren angefordert worden, in der Hoffnung, dass wir damit das Fahrzeug identifizieren könnten, mit dem die Entführer gekommen waren, ehe sie mit Mrs. Connollys Wagen weggefahren waren.

In einem fensterlosen Raum im Büro in Washington waren ungefähr zwei Dutzend Agenten versammelt. Als ich hereinkam, erfuhr ich, dass Washington das »Basis-Büro« sein würde, was bedeutete, dass der Fall Direktor Burns wichtig war. Die CID, die Criminal Investigative Division, hatte für ihn bereits die wichtigsten Informationen zusammengestellt. Der Grund für den Einstieg des FBI war, dass die Frau eines Bundesrichters verschwunden war.

Ned Mahoney vom Geisel-Befreiungs-Team setzte sich neben mich. Er wirkte freundlich und begrüßte mich mit einem Zwinkern. »Hallo, Star.« Links von mir ließ sich eine zierliche dunkelhaarige Frau in schwarzem Overall nieder. Sie stellte sich als Monnie Donnelley vor und erklärte mir, dass sie als Analytikerin für Gewaltverbrechen an diesem Fall arbeitete. Sie sprach ungewöhnlich schnell, mit fast zu viel Energie.

»Ich schätze, wir arbeiten zusammen«, sagte sie und schüttelte mir die Hand. »Ich habe schon viel Gutes über Sie gehört. Ich kenne Ihr Dossier. Ich habe auch den Abschluss an der Hopkins gemacht. So ein Zufall, was?«

»Monnie ist unsere Beste und Gescheiteste«, unterbrach Mahoney sie. »Und das ist noch totale Untertreibung.«

»Er hat absolut Recht«, stimmte ihm Monnie Donnelley zu. »Bitte, verbreiten Sie diese frohe Kunde. Ich habe es satt, eine Geheimwaffe zu sein.«

Mir fiel auf, dass mein Unterrichtsleiter, Gordon Nooney, nicht im Raum bei den inzwischen fast fünfzig Agenten war. Dann begann die Besprechung über den Fall »Weißes Mädchen«.

Ein Senior Agent namens Walter Zelras stand vor uns und zeigte uns Dias. Er war ein Profi, aber schrecklich trocken. Ich hatte beinahe das Gefühl, als sei ich bei IBM oder der Chase Manhattan Bank eingetreten, nicht beim FBI. Monnie flüsterte: »Keine Angst, es wird noch schlimmer. Er läuft sich gerade erst warm.«

Zelras hatte eine eintönige Stimme, die mich an einen Professor erinnerte, den ich vor langer Zeit an der Hopkins-Universität gehabt hatte. Zelras und mein ehemaliger Professor sprachen völlig ohne Betonung und schienen wegen des Materials, das sie vorlegten, weder aufgeregt noch beunruhigt zu sein. Zelras' Thema war, dass die Connolly-Entführung möglicherweise eine Verbindung zu einigen anderen in den letzten Monaten haben könnte. Eigentlich hätte sein Vortrag faszinierend sein müssen.

»Gerrold Gottlieb«, flüsterte Monnie Donnelley. Ich grinste und hätte beinahe laut gelacht. Gottlieb war der Professor, der an der Hopkins alles heruntergeleiert hatte.

»Attraktive weiße Frauen der Oberschicht«, sagte Zelras, »sind im vorigen Jahr dreimal häufiger verschwunden, als es statistisch die Norm ist. Das trifft hier in den Vereinigten Staaten zu und in Osteuropa. Ich werde einen Katalog herumreichen, in dem Frauen abgebildet sind, die vor drei Monaten zum Verkauf angeboten wurden. Leider waren wir nicht imstande, den Katalog dorthin zurückzuverfolgen, wo er hergestellt wurde. Es gab eine Miami-Verbindung, aber sie führte in eine Sackgasse.«

Als der Katalog zu mir kam, sah ich, dass es sich um Schwarzweißaufnahmen handelte, wahrscheinlich aus dem

Internet heruntergeladen. Ich blätterte ihn schnell durch. Es waren siebzehn Frauen abgebildet, alle nackt, dazu Details über Brust, Taille, »echte« Haar- und Augenfarbe. Diese Frauen trugen ungewöhnliche Fantasienamen wie Candy, Zobel, Foxy, Madonna und Ripe. Die Preise reichten von 3500 bis zu 150 000 Dollar. Es gab keinerlei weitere biografische Informationen über diese Frauen und nichts über ihre Persönlichkeit.

»Wir haben eng mit Interpol zusammengearbeitet, weil wir den Verdacht haben, dass es einen ›weißen Sklavenring‹ gibt, der mit diesen Frauen handelt. Zu Ihrer Information: ›weiße Sklavin‹ bezieht sich auf Frauen, die eigens zum Zwecke der Prostitution gekauft und verkauft werden. Heutzutage sind es meistens Asiatinnen, Mexikanerinnen und Südamerikanerinnen, keine Weißen. Ausnahme ist Osteuropa. Sie sollten Ihre Aufmerksamkeit auch darauf richten, dass Sklaverei heute globalisierter und technisierter ist als je zuvor in der Geschichte. Einige Länder in Asien verschließen die Augen, wenn Frauen und Kinder verkauft werden – besonders nach Japan und Indien. In den letzten paar Jahren hat sich ein Markt für weiße Frauen eröffnet, besonders Blondinen, die teilweise für ein kleines Vermögen verkauft werden. Wie ich schon sagte, ein signifikanter Markt ist Japan. Ein anderer ist der Nahe Osten. Die Saudis sind die größten Käufer. Sie können es glauben oder nicht, selbst im Iran und Irak gibt es einen Markt. Fragen an dieser Stelle?«

Es gab etliche Fragen, die meisten davon fundiert, was mir zeigte, dass es sich hier um ein gutes Team handelte.

Schließlich stellte ich eine Frage, obwohl ich als SN Hemmungen hatte. »Warum glauben wir, dass Elizabeth Connolly mit den anderen in Verbindung steht?«

Zelras antwortete sofort. »Ein Team hat sie entführt. Im

Sklavenhandel sind Teams die Regel, besonders in Osteuropa. Bei Entführungen sind sie erfahren und äußerst effizient und sie sind untereinander vernetzt. Meist gibt es einen Käufer, ehe sie sich eine Frau wie Mrs. Connolly schnappen. Sie stellt ein hohes Risiko dar, aber der Profit ist *sehr* hoch. Ein Merkmal bei dieser Art von Entführung ist, dass es keine Lösegeldforderung gibt. Die Connolly-Entführung passt genau in unser Profil.«

»Könnte ein Käufer eine spezielle Frau anfordern?«, fragte jemand. »Ist das möglich?«

Zelras nickte. »Wenn das Geld stimmt, ja, durchaus. Der Preis kann eine sechsstellige Summe sein. Wir arbeiten an diesem Punkt.«

Der Rest der langen Besprechung wurde mit einer Diskussion über Mrs. Connelly verbracht und ob wir sie schnell finden könnten. Die einhellige Meinung lautete: nein. Ein Dctail war besonders verwirrend: Warum hatte man die Frau an einem so öffentlichen Ort entführt? Profit/Lösegeld schien die logische Möglichkeit zu sein, aber es hatte keine Lösegeldforderung gegeben. Hatte jemand speziell nach Elizabeth Connolly verlangt? Wenn ja – wer? Was war das Besondere an ihr? Und warum im Einkaufszentrum? Es gab doch sehr viele Örtlichkeiten, wo man viel leichter jemanden entführen konnte.

Während wir über Mrs. Connolly sprachen, blieb ein Bild von ihr und ihren drei Töchtern auf dem Bildschirm an der Wand des Konferenzzimmers. Die vier sahen so glücklich aus. Traurig. Es machte mir Angst. Unwillkürlich dachte ich an den gestrigen Abend, als ich mit Jannie auf unserer Veranda gesessen hatte.

»Wurde eine dieser anderen entführten Frauen je gefunden?«, fragte jemand.

»Nicht eine Einzige«, erwiderte Agent Zelras. »Wir befürchten, dass sie tot sind. Dass die Entführer – oder die Käufer – die Frauen für Wegwerfgegenstände halten.«

20

Nach der Mittagspause kehrte ich zu meinem Orientierungsunterricht zurück und kam gerade rechtzeitig für einen von Horowitz' schrecklichen Witzen. Er hielt ein Klemmbrett hoch, damit wir sein Material sehen konnten. »Das ist die offizielle Liste von David Koreshs Liedern. ›You Light Up My Life‹, ›I'm Burning Up‹, ›Great Balls of Fire‹. Mein Lieblingssong: ›Burning Down the House‹. Ich liebe die Talking Heads.« Dr. Horowitz schien zu wissen, dass seine Witze schlecht waren, aber schwarzer Humor kam bei Polizisten gut an, und er brachte alles mit ausdrucksloser Miene vor. Außerdem wusste er, wer »Burning Down the House« aufgenommen hatte.

Wir hatten eine Stunde Unterricht über »Management integrierter Fälle«, gefolgt von »Kommunikation im Polizeidienst« und danach »Dynamik bei Morden nach bestimmtem Muster«. Im letzten Kurs erklärte man uns, dass Serienmörder sich verändern, dass sie sich »dynamisch« verhalten. Mit anderen Worten: Sie werden klüger und töten raffinierter. Nur die »rituellen Charakteristika« bleiben die gleichen. Ich machte mir nicht die Mühe mitzuschreiben.

Der nächste Kurs fand im Freien statt. Als »Praktikum« in der Hogans Alley. Wir trugen Sportjacken, aber mit gepolstertem Hals- und Gesichtsschutz. Bei dieser Übung verfolgten drei Autos ein viertes. Sirenen plärrten. Aus Lautsprechern kamen die Kommandos: »Stop! Rechts ranfahren! Steigen Sie mit erhobenen Händen aus dem Wagen!« Unsere Munition bestand aus Patronen, deren Spitzen mit rosa Farbe getränkt waren.

Es war fast fünf Uhr, als wir mit dieser Übung fertig waren. Ich duschte und zog mich um. Dann ging ich zu dem Gebäude, wo wir aßen. Dort hatte ich auch ein winziges Zimmer. Ich erblickte Nooney, der mich zu sich winkte. *Was ist, wenn ich nicht zu ihm gehe?*

»Sind Sie auf dem Weg zurück nach Washington?«, fragte er.

Ich nickte und biss mir auf die Zunge. »Ja, etwas später. Ich muss zuvor noch einige Berichte lesen. Die Entführung in Atlanta.«

»Große Sache. Ich bin tief beeindruckt. Ihre Klassenkameraden verbringen die Nacht hier. Einige sind der Meinung, dass das hilft, Kameradschaft aufzubauen. Das denke ich auch. Wollen Sie hier neue Methoden einführen, Cross?«

Ich schüttelte den Kopf und probierte es mit einem Lächeln. Es funktionierte nicht.

»Man hat mir von Anfang an zugesagt, ich könne abends nach Hause fahren. Das ist für die meisten anderen nicht möglich.«

Nooney ließ nicht locker. Er grub alte Geschichten aus.

»Ich habe gehört, dass Sie in Washington auch mit Ihrem Chef ziemlichen Ärger hatten«, sagte er.

»Alle hatten mit Chief Pittman Probleme«, erklärte ich.

Nooneys Augen blitzten. Es war offensichtlich, dass er das nicht so sah. »Mit mir haben auch fast alle Probleme. Das heißt nicht, dass ich in Bezug auf die Wichtigkeit, hier ein Team aufzubauen, falsch liege. Ich liege *ganz und gar nicht* falsch, Cross.«

Ich widerstand dem dringenden Bedürfnis, ihm meine

Meinung zu sagen. Nooney wollte mich fertig machen. Warum? Ich hatte alle seine Kurse besucht, wenn ich konnte. Ich musste noch an dem Fall »Weißes Mädchen« arbeiten. Ob ich es wollte oder nicht, ich war Teil dieses Falls. Und dieser war keine praktische Übung – er war real. Er war wichtig.

»Ich muss an die Arbeit«, sagte ich schließlich. Dann ließ ich Nooney stehen und ging davon. Ich war ziemlich sicher, dass ich mir meinen ersten Feind beim FBI gemacht hatte. Und noch dazu einen wichtigen Mann. Wenn schon, denn schon!

21

Vielleicht hatte die Konfrontation mit Gordon Nooney bei mir Schuldgefühle hervorgerufen und deshalb arbeitete ich noch lange in dem winzigen Zimmer, wo die Abteilung für Verhaltensforschung ihre Büros hatte. Die niedrige Decke, die trüben Leuchtstoffröhren und die Wände aus Ytongblöcken gaben mir das Gefühl, wieder in meinem Revier zu sein. Ich war verblüfft und freudig überrascht, wie weit die Unterlagen zurückreichten und welche Möglichkeiten FBI-Agenten zur Verfügung standen. Die Ressourcen des »Büros« waren unvergleichlich größer als im Polizeidezernat von Washington.

Nach mehreren Stunden hatte ich weniger als ein Viertel der Akten über Sklavenhandel mit Weißen durchgearbeitet, und das waren nur die Fälle in den Vereinigten Staaten.

Eine Entführung weckte mein besonderes Interesse. Es ging um eine Anwältin in Washington, Ruth Morgenstern. Man hatte sie zuletzt gegen halb zehn Uhr abends am 20. August gesehen. Eine Freundin hatte sie in der Nähe ihrer Wohnung in Foggy Bottom abgesetzt.

Ms. Morgenstern war sechsundzwanzig, wog knapp fünfzig Kilo, hatte blaue Augen und schulterlanges blondes Haar. Am 28. August fand man in der Nähe des Nordausgangs der Anacostia-Marinebasis ihren Ausweis. Zwei Tage später wurde ihr Dienstausweis auf einer Straße gefunden.

Ruth Morgenstern selbst war immer noch vermisst. In ihrer Akte stand der Vermerk: *Wahrscheinlich tot.*

Ich fragte mich: War Ruth Morgenstern tot?

Was war mit Mrs. Elizabeth Connolly?

Gegen zehn Uhr, gerade als ich furchtbar gähnen musste, stieß ich auf einen Fall, bei dem ich sofort hellwach wurde. Ich las den Bericht zweimal hintereinander.

Es ging um die Entführung einer Frau namens Jilly Lopez in Houston. Die Entführung hatte vor elf Monaten im Houstonian Hotel stattgefunden. Zwei Männer – *ein Team* – waren gesehen worden, wie sie in der Nähe des Wagens des Opfers in der Tiefgarage herumlungerten. Mrs. Lopez wurde als »sehr attraktiv« beschrieben.

Wenige Minuten später sprach ich mit dem Polizisten in Houston, der für den Fall zuständig gewesen war. Detective Steve Bowen war neugierig und wollte wissen, weshalb ich mich für diese Entführung interessierte. Er war sehr kooperativ und erklärte mir, dass man von Mrs. Lopez seit ihrem Verschwinden nichts mehr gehört oder gesehen hätte. Es war nie Lösegeld gefordert worden. »Sie war eine echt liebenswerte Lady. Fast alle, die ich befragt habe, haben sie gemocht.«

Das Gleiche hatte ich über Elizabeth Connolly in Atlanta gehört.

Ich hasste diesen Fall schon jetzt, vermochte aber nicht, ihn aus meinem Kopf zu vertreiben. *Weißes Mädchen.* Die entführten Frauen waren alle liebenswert gewesen, richtig? Das war ihr gemeinsames Merkmal. Vielleicht war das das Muster der Entführer.

Liebenswerte Opfer.

Wie grauenvoll war das?

22

Als ich an diesem Abend heimkam – es war Viertel nach elf –, wartete eine Überraschung auf mich. Eine gute. John Sampson saß auf der Vordertreppe. In voller Größe, gut zwei Meter, hundertzehn Kilo Lebendgewicht. Auf den ersten Blick sah er wie der grimmige Sensenmann aus, doch dann grinste er und wirkte wie ein freundlicher Riese.

»Sieh mal an, wer da ist. Detective Sampson.« Ich lächelte zurück.

»Wie läuft's denn so, Mann?«, fragte John, als ich über den Rasen zu ihm ging. »Du arbeitest ja wieder bis in die Nacht hinein. Wie früher, die alte Geschichte. Du änderst dich nie, Mann.«

»Das ist der *erste* späte Abend, seit ich in Quantico arbeite«, verteidigte ich mich. »Fang keinen Streit an.«

»Hab ich etwas Schlimmes gesagt? Habe ich dir den alten Spruch ›Mit dem ersten Mal fängt's immer an‹ vorgehalten, der mir auf der Zungenspitze liegt? Nein, hab ich nicht. Ich bin richtig nett – für meine Verhältnisse. Aber da wir schon darüber reden – du *kannst* einfach nicht anders, richtig?«

»Willst du ein kaltes Bier?«, fragte ich und schloss die Vordertür auf. »Wo ist denn deine Braut heute Abend?«

Sampson folgte mir und wir holten uns ein paar Heineken aus dem Kühlschrank und gingen hinaus in den Wintergarten. Ich setzte mich auf die Klavierbank und John ließ sich im Schaukelstuhl nieder, der unter seinem Gewicht ächzte. John ist mein bester Freund, und das, seit wir zehn Jahre alt waren. Wir waren beide Detectives im Morddezernat und Partner, bis ich zum FBI wechselte. Deswegen ist er immer noch leicht sauer auf mich.

»Billie geht's prächtig. Sie hat heute und morgen Nachtschicht im St. Anthony's. Uns geht es gut.« Er leerte die halbe Dose Bier mit einem Schluck. »Keine Klagen, Partner. Weit entfernt davon. Du siehst aber auch recht glücklich aus.«

Ich musste lachen. »Das scheint dich zu überraschen.«

Sampson lachte ebenfalls. »Ich hab nie geglaubt, dass ich ein Mann für die Ehe wäre. Und jetzt will ich ständig nur mit Billie zusammen sein. Sie bringt mich zum Lachen und kapiert sogar die meisten meiner Witze. Wie läuft's bei dir und Jamilla? Geht's ihr gut? Und wie ist denn nun der neue Job? Wie fühlt man sich so im FBI-Club?«

»Ich wollte Jam gerade anrufen«, erwiderte ich. Sampson hatte Jamilla kennen gelernt und mochte sie. Er kannte unsere Situation. Jamilla war ebenfalls beim Morddezernat, und ich war wirklich gern mit ihr zusammen. Unglücklicherweise lebte sie in San Francisco – und es gefiel ihr an der Westküste.

»Sie hat einen neuen Mordfall. In San Francisco bringen

sie auch Leute um. Bis jetzt ist das Leben beim FBI ganz gut.« Ich riss die zweite Bierdose auf. »Aber ich muss mich erst an die Bürokraten gewöhnen.«

»Ah ja.« Sampson grinste hinterhältig. »Bereits Risse in den Wänden? Die Bürokraten. Autoritätsprobleme? Und weshalb hast du eigentlich so spät noch gearbeitet? Bist du nicht mehr in der Orientierungsstufe oder wie sie das nennen?«

Ich erzählte Sampson von der Entführung Elizabeth Connollys – die Kurzfassung –, aber dann wandten wir uns angenehmeren Themen zu. Wir sprachen über Billie und Jamilla, die Verlockungen romantischer Liebe, den letzten Roman von George Pelecanos, über einen Kollegen, der etwas mit seiner Partnerin hatte, aber glaubte, niemand wisse davon. Aber wir alle wussten Bescheid. Es war wie immer, wenn ich mit Sampson zusammen war. Ich vermisste unsere gemeinsame Arbeit. Das führte mich zum nächsten Gedanken: Ich musste mir etwas einfallen lassen, um ihn zum FBI zu holen.

Der Hüne räusperte sich. »Da ist noch etwas, was ich dir erzählen wollte. Der wahre Grund, weshalb ich heute Abend rübergekommen bin.«

Ich zog eine Braue hoch. »Oh. Und was?«

Er mied meinen Blick. »Das fällt mir irgendwie schwer, Alex.«

Ich beugte mich vor. Jetzt hatte er meine ungeteilte Aufmerksamkeit.

Dann lächelte Sampson und ich wusste, er würde mir etwas Gutes mitteilen.

»Billie ist schwanger«, erklärte er und lachte sein tiefes, kehliges Lachen. Dann sprang er auf und drückte mich halb tot. »*Ich werde Vater*!«

23

»Jetzt geht es wieder los, liebste Zoya«, flüsterte Slava konspirativ. »Du siehst übrigens hinreißend elegant aus. Perfekt für heute.«

Das Paar sah wie all die anderen Menschen aus, die in dem belebten Einkaufszentrum King of Prussia umherwanderten, dem »zweitgrößten Amerikas«, wie die riesigen Reklametafeln an sämtlichen Eingängen verkündeten. Es gab einen guten Grund, weshalb dieses Einkaufszentrum so beliebt war. Aus den umliegenden Staaten kamen gierige Käufer her, weil es in Pennsylvania keine Steuer auf Kleidung gab.

»Diese Leute sehen alle so reich aus. Sie haben ihren Scheiß zusammen«, sagte Slava. »Meinst du nicht auch? Kennst du diesen Ausdruck, den ich benutzt habe? Den Scheiß zusammen zu haben? Das ist amerikanischer Slang.«

Zoya schnaubte verächtlich. »In ein oder zwei Stunden werden wir sehen, ob sie ihren Scheiß zusammen haben. Nachdem wir unser Geschäft hier erledigt haben. Ihre Angst liegt knapp einen Zentimeter unter der Oberfläche. Wie bei allen anderen in diesem verrotteten Land. Sie haben vor dem eigenen Schatten Angst. Und besonders vor Schmerzen oder ein bisschen Unbequemlichkeit. Kannst du das nicht auf ihren Gesichtern sehen, Slava? Sie haben vor uns Angst. Nur wissen sie das noch nicht.«

Slava blickte sich im Zentrum der Plaza um, die von Nordstrom und Neiman Marcus dominiert wurde. Überall waren Plakate für die »Rock and Shop Tour« eines Teenagermagazins. Inzwischen hatte ihre Zielperson bei Neiman Marcus eine Schachtel Kekse für *fünfzig Dollar* gekauft. Erstaunlich! Danach kaufte sie etwas, das ebenso absurd war, ein rot-weiß-blaues Tagebuch für einen Hund, das unglaublich teuer war.

Wie blöd die Leute doch sind! Führen Tagebuch für einen Hund!, dachte Slava. Dann sah er die Zielperson wieder. Sie kam mit ihren kleinen Kindern im Schlepptau aus dem Skechers heraus.

Einen Moment lang blickte die Zielperson ängstlich zu ihnen herüber. Warum das? Vielleicht hatte sie Angst, erkannt zu werden und ein Autogramm geben zu müssen. *Der Preis des Ruhms, ja ja!* Jetzt bewegte sie sich schnell und führte ihre lieben Kleinen direkt in Dick Clark's American Bandstand Grill, wahrscheinlich zum Lunch, vielleicht aber nur, um der Menge zu entgehen.

»Dick Clark kam aus Philadelphia hierher«, sagte Slava. »Hast du das gewusst?«

»Wen zum Teufel interessiert Dick Clark, Dick Tracy oder sonst irgendein Arsch«, erwiderte Zoya. »Hör mit diesen bescheuerten Quizfragen auf. Davon bekomme ich Kopfschmerzen. Seit ich dich kennen gelernt habe, geht mein Aspirinverbrauch in die Billionen.«

Die Beschreibung der Zielperson, die ihnen ihr Controller gegeben hatte, war absolut zutreffend: groß, blond, Eisprinzessin, äußerst selbstsicher. *Und geschmackvoll bis ins letzte Detail*, dachte Slava. Das ergab auch Sinn, nahm er an. Sie war von einem Klienten gekauft worden, der sich Kunstdirektor nannte.

Das Paar wartete ungefähr fünfzig Minuten. Der Chor einer Mittelschule aus Broomall, Pennsylvania, sang im Atrium. Dann tauchte die Zielperson mit ihren zwei Kindern aus dem Restaurant auf.

»An die Arbeit«, sagte Slava. »Das dürfte interessant werden, oder? Die Kinder machen es zu einer Herausforderung.«

»Nein«, widersprach Zoya. »Die Kinder sind purer Wahnsinn. Warte, bis der Wolf davon erfährt. Er wird total ausrasten.«

24

Die Frau, die gekauft worden war, hieß Audrey Meek. Sie war eine Prominente, da sie eine äußerst erfolgreiche Damenmode samt Accessoires auf den Markt gebracht hatte, die Meek hieß. Das war der Mädchenname ihrer Mutter und sie verwendete ihn für sich.

Das Paar ließ sie nicht aus den Augen und folgte ihr in die Tiefgarage, ohne Verdacht zu erregen. Als sie ihre Einkaufstaschen von Neiman Marcus, Hermès und anderen Läden in ihrem glänzenden schwarzen Lexus SUV mit Nummernschildern aus New Jersey verstaute, warfen sie sich auf sie.

»Kinder, rennt weg! Rennt weg!« Audrey Meek wehrte sich heftig, als Zoya ihr einen beißend riechenden Lappen auf Mund und Nase drückte. Gleich darauf sah sie einige dramatische Sekunden lang Kreise, Sterne und grelle Farben. Dann verlor sie in Slavas starken Armen das Bewusstsein.

Zoya blickte sich in der Garage um. Viel gab es nicht zu sehen – Betonwände mit Zahlen- und Buchstabenmarkierungen. Kein Mensch in der Nähe. Niemand hatte etwas bemerkt, obwohl die Kinder wie am Spieß brüllten und weinten.

»Lass meine Mami in Ruhe!«, schrie Andrew Meek und schlug in Richtung Slava. Dieser lächelte nur auf den Jungen hinab. »Guter kleiner Bursche«, sagte er. »Du beschützt deine Mami. Sie wäre stolz auf dich. Sehr stolz.«

»Komm schon, du Idiot!«, brüllte ihn Zoya an. Wie immer kümmerte sie sich um alles Wichtige. So war es, seit sie im Moskowskaya Oblast außerhalb Moskaus aufgewachsen war und beschlossen hatte, weder Fabrikarbeiterin noch Prostituierte zu werden. Beides hätte sie nicht ertragen.

»Was ist mit den Kindern? Wir können sie nicht hier lassen«, sagte Slava.

»Wir lassen sie hier. Das sollen wir doch tun, du Idiot. Wir *wollen* Zeugen. Das ist der Plan. Kannst du nicht einmal alles richtig machen?«

»In der Tiefgarage? Sie einfach hier lassen?«

»Es passiert ihnen schon nichts. Und überhaupt – das ist doch scheißegal. Komm endlich, wir müssen los. Jetzt!«

Sie setzten den Lexus mit der Zielperson Audrey Meek, die bewusstlos auf dem Rücksitz lag, in Bewegung, während ihre beiden Kinder in der Tiefgarage weinten. Zoya fuhr mit mäßiger Geschwindigkeit um das Einkaufszentrum und bog dann auf den Dekalb Pike ein.

Sie brauchten nur ein paar Minuten bis zum Nationalpark Valley Forge, wo sie die Autos wechselten.

Dann weitere acht Meilen zu einem abgelegenen Parkplatz, wo sie erneut die Fahrzeuge wechselten.

Danach fuhren sie nach Ottsville, ins Bucks County von Pennsylvania. Schon bald würde Mrs. Meek den Kunstdirektor treffen, der sich wahnsinnig in sie verliebt hatte. Er hatte 250 000 Dollar für das Vergnügen ihrer Gesellschaft bezahlt, wie immer dieses aussehen mochte.

Und bei dieser Entführung hatte es Zeugen gegeben – *mit voller Absicht.*

Teil Zwei

Treue, Tapferkeit, Integrität

25

Bis jetzt war noch niemand dem Wolf auf die Schliche gekommen. Laut Information von Interpol und der russischen Polizei war er jemand, der unerbittlich zuschlug. Ursprünglich war er Polizist gewesen. Wie so viele Russen war er imstande, auf schlaue Art und Weise zu improvisieren. Diese angeborenen Fähigkeiten wurden auch als Grund genannt, weshalb die Raumstation Mir sich so lange im Kosmos halten konnte. Die russischen Kosmonauten waren schlichtweg besser als die Amerikaner, wenn es darum ging, alltägliche Probleme zu lösen. Wenn in der Raumstation etwas unvermittelt kaputtging, reparierten sie es.

Und so machte es auch der Wolf.

An diesem sonnigen Nachmittag fuhr er einen schwarzen Cadillac Escalade in den nördlichen Teil von Miami. Er musste einen Mann aufsuchen, der Yeggy Titov hieß. Es ging um Sicherheitsfragen. Yeggy hielt sich für den weltbesten Web-Designer. Er hatte in Berkeley promoviert und das ließ er niemals jemanden vergessen. Aber Yeggy war nur ein weiterer Perverser mit Größenwahn-Allüren. Diese Haltung war schlimm, sehr schlimm.

Der Wolf schlug gegen die Metalltür von Yeggys Apartment in einem Hochhaus, von dem aus man auf die Biscayne Bay hinausschaute. Er trug eine Mütze und eine Miami-Windjacke, nur für den Fall, dass jemand ihn bei diesem Besuch sah.

»Schon gut, schon gut, halt deinen Urin zurück!«, brüllte Yeggy von drinnen. Er brauchte noch ein paar Minuten, ehe er aufmachte. Er trug blaue Jeans-Shorts und ein ausgefranstes, verwaschenes Sweatshirt mit Einsteins grinsendem Gesicht darauf. Dieser Yeggy war wirklich ein Scherzkeks.

»Ich hab dir gesagt, du solltest mich nicht dazu zwingen, dich aufzusuchen«, erklärte der Wolf, lächelte aber, als mache er einen Witz. Daher lächelte Yeggy ebenfalls.

Die beiden waren seit knapp einem Jahr Geschäftspartner – nur selten hielt es jemand mit Yeggy so lang aus. »Dein Timing ist perfekt«, sagte er.

»Da bin ich ja ein richtiger Glückspilz«, erwiderte der Wolf und ging ins Wohnzimmer. Am liebsten hätte er sich sofort die Nase zugehalten. Das Apartment war die reinste Müllkippe – überall Fastfood-Verpackungen, Pizzaschachteln, leere Milchkartons und vielleicht hundert alte Ausgaben von *Novoye Russkoye Slovo*, der größten Zeitung in russischer Sprache in den Vereinigten Staaten.

Der Gestank von Dreck und verfaulenden Lebensmitteln war schlimm genug, aber Yeggy selbst übertraf ihn noch. Er roch immer wie Würstchen, die bereits wochenlang herumlagen. Der Wissenschaftler führte den Wolf in ein Schlafzimmer neben dem Wohnzimmer – aber es war kein Schlafzimmer. Es war das Labor einer äußerst schlampigen Person. Hässlicher brauner Teppich, drei beigefarbene Kartons auf dem Boden, Ersatzteile in einer Ecke: alte Kühler, Schalttafeln, Festplatten.

»Du bist ein Schwein«, sagte der Wolf und lachte leise.

»Aber ein sehr schlaues Schwein.«

In der Zimmermitte stand ein Computertisch. Drei Flachbildschirme bildeten einen Halbkreis vor einem alten, durchgesessenen Stuhl auf Rollen. Das Kabelgewirr hinter den Bildschirmen stellte eindeutig ein Feuerrisiko dar. Es gab nur ein Fenster, und die Jalousien waren ständig heruntergelassen.

»Deine Website ist jetzt *sehr* sicher«, sagte Yeggy. »Hundert Prozent. Keinerlei Fehlerquellen möglich. So wie du es magst.«

»Ich dachte, sie sei bereits sicher«, erwiderte der Wolf.

»Na ja, jetzt ist sie noch sicherer. Heutzutage kann man nicht vorsichtig genug sein. Ich sage dir noch etwas – ich habe die neueste Broschüre fertig. Sie ist ein Klassiker.«

»Ja, und nur drei Wochen zu spät.«

Yeggy zuckte mit den knochigen Schultern. »Na und? Warte, bis du mein Werk siehst. Es ist genial. Kannst du ein Genie erkennen, wenn du es siehst? *Das* ist das Werk eines Genies.«

Der Wolf betrachtete die Seiten. Die Broschüre war zwanzig mal dreißig Zentimeter groß, Hochglanz, in Klarsichthülle und rot gebunden. Yeggy hatte sie auf seinem HP-Farblaserdrucker erstellt. Die Farben waren traumhaft. Das Deckblatt war perfekt. Eigentlich war diese Eleganz abartig, so als würde der Wolf einen Katalog von Tiffany's betrachten. Auf keinen Fall sah es wie das Werk eines Mannes aus, der in diesem Scheißloch lebte.

»Ich habe dir gesagt, dass die Mädchen Nummer sieben und siebzehn nicht länger unter uns weilen. Tot«, erklärte der Wolf schließlich. »Unser Genie wird vergesslich, ja?«

»Details, Details«, erwiderte Yeggy. »Da wir gerade so nett beisammen sind – du schuldest mir fünfzehntausend in bar bei Lieferung. Und das könnte man Lieferung nennen.«

Der Wolf griff in seine Jackentasche und zog eine Sig Sauer 210 heraus. Er schoss Yeggy zweimal zwischen die

Augen, und zum Spaß tat er das Gleiche bei Albert Einstein.

»Sieht so aus, als weilten auch Sie nicht länger unter uns, Mr. Titov. Details, Details.«

Der Wolf setzte sich an einen Laptop und erledigte die Katalogverkäufe selbst. Dann brannte er eine CD und steckte sie ein. Außerdem nahm er sich einige Ausgaben der *Novoye Russkoye Slovo,* die ihm fehlten. Er würde später ein paar Leute herschicken, um die Leiche zu beseitigen und dieses Scheißloch in Brand zu stecken. Details, Details.

26

Ich schwänzte an diesem Morgen den Unterricht in »Arrest-Techniken«. Meiner Meinung nach wusste ich wohl mehr über dieses Thema als der Lehrer. Stattdessen rief ich Monnie Donnelley an und sagte ihr, dass ich alles bräuchte, was sie über den Handel mit weißen Sklavinnen hatte, besonders die neuesten Aktivitäten in den Vereinigten Staaten, die vielleicht eine Verbindung zum Fall »Weißes Mädchen« ans Licht bringen könnten.

Die meisten Verbrechensanalytiker des FBI waren zehn Meilen entfernt im CIRG untergebracht, aber Monnie hatte ein Büro in Quantico. Keine Stunde später stand sie auf der Schwelle meines kärglichen Büros. Sie hielt zwei Disketten hoch und schien offensichtlich stolz auf sich zu sein.

»Das dürfte Sie eine Zeit lang beschäftigen. Ich habe mich nur auf weiße Frauen konzentriert. Attraktive. Und

Entführungen, die erst vor kurzem stattgefunden haben. Ich habe auch eine Menge Material über den Tatort in Atlanta. Ich habe den Kreis erweitert, um Daten über das Einkaufszentrum, Besitzer, Angestellte und über die Nachbarschaft in Buckhead zu bekommen. Ich habe für Sie Kopien der Polizeiberichte und der Protokolle der Ermittler vom FBI. Alles, was Sie sich gewünscht haben. Sie machen Ihre Hausaufgaben wirklich gründlich, richtig?«

»Ich studiere das Spiel und bereite mich so gut ich kann darauf vor. Ist das hier in Quantico so ungewöhnlich?«

»Nun, für Agenten, die aus dem Polizeidienst oder den Streitkräften kommen, schon. Die arbeiten lieber im Außendienst.«

»Ich arbeite auch gern draußen«, gestand ich Monnie. »Aber erst, wenn ich das Ganze eingegrenzt habe. Vielen Dank für *alles*.«

»Wissen Sie, was man über Sie sagt, Dr. Cross?«

»Nein. Was sagt man denn?«

»Dass Sie über nahezu hellseherische Fähigkeiten verfügen. Vielleicht sogar medial begabt sind. Sie können wie ein Mörder denken. Deshalb hat man Sie von Anfang an zu diesem Fall dazugeholt.« Sie stand immer noch auf der Schwelle. »Hören Sie, ein ungebetener Rat, wenn Sie gestatten. Sie sollten Gordo Nooney nicht ans Bein pissen. Er nimmt seine kleinen Orientierungsspiele sehr ernst. Er ist ein von Grund auf böser Bube. Und er hat *Verbindungen*.«

»Ich werde es mir merken.« Ich nickte. »Gibt es hier auch *gute* Buben?«

»Absolut. Sie werden feststellen, dass die meisten Agenten grundsolide sind. Gute Leute, die besten. Also dann, viel Glück!«, sagte Monnie. Damit überließ sie mich meiner Lektüre, einer sehr umfangreichen Lektüre.

Ich begann mit zwei Entführungen – beide in Texas –, die meiner Einschätzung nach mit der in Atlanta in Verbindung stehen könnten. Allein das Lesen der Berichte brachte mein Blut zum Kochen. Marianne Norman, zwanzig, war am 6. August 2001 in Houston verschwunden. Sie hatte mit ihrem Freund, der ebenfalls am Texan Christian College studierte, in einer Wohnung gelebt, die seinen Großeltern gehörte. Marianne und Dennis Turcos waren im letzten Studienjahr gewesen und hatten im Frühjahr 2002 heiraten wollen. Alle erklärten, die beiden wären die nettesten Menschen der Welt. Nach dem Abend im August wurde Marianne nie wieder gesehen. Am 30. Dezember desselben Jahres hielt sich Dennis Turcos einen Revolver an den Kopf und beging Selbstmord. Er hatte behauptet, ohne Marianne nicht leben zu können, dass sein Leben mit ihrem Verschwinden beendet sei.

Beim zweiten Fall ging es um eine fünfzehnjährige Ausreißerin aus Childress, Texas. Adrianne Tuletti war aus einem Apartment in San Antonio entführt worden, wo drei Mädchen angeblich von Prostitution lebten. Die Nachbarn in der Wohnanlage sagten aus, sie hätten zwei verdächtig aussehende Leute – einen Mann und eine Frau – das Gebäude an dem Tag betreten sehen, an dem Adrianne verschwand. Ein Nachbar glaubte, es seien vielleicht die Eltern des Mädchens, die gekommen seien, um die Tochter heimzuholen. Doch von dem Mädchen gab es seither kein Lebenszeichen mehr.

Ich betrachtete ihr Foto. Sie war hübsch, blond und hätte eine von Elizabeth Connollys Töchtern sein können. Ihre Eltern waren Grundschullehrer in Childress.

An diesem Nachmittag bekam ich noch weitere schlechte Nachrichten. Eine Modedesignerin namens Audrey Meek war aus der King of Prussia Mall in Pennsylvania entführt worden. Ihre beiden kleinen Kinder waren Augenzeugen des Verbrechens. *Diese* Information verblüffte mich. Die Kinder hatten bei der Polizei ausgesagt, dass die Entführer ein Mann und eine Frau gewesen seien.

Ich machte mich bereit, nach Pennsylvania zu fahren. Ich rief Nana an, und zur Abwechslung war sie verständnisvoll. Dann erhielt ich die Nachricht aus Nooneys Büro. Ich würde nicht nach Pennsylvania fahren. Man erwartete mich im Unterricht.

Offenbar war diese Entscheidung von ganz oben gekommen. Ich begriff nicht, was da vor sich ging. Vielleicht sollte ich das auch nicht.

Vielleicht war das alles ein Test?

27

»Wissen Sie, was man über Sie sagt, Dr. Cross? Dass Sie über nahezu hellseherische Fähigkeiten verfügen. Vielleicht sogar medial begabt sind. Sie können wie ein Mörder denken.« Genau das hatte Monnie Donnelley heute Vormittag zu mir gesagt. Warum hatte man mich von diesem Fall abgezogen, wenn das zutraf?

Nachmittags besuchte ich den Unterricht, war jedoch unkonzentriert und verärgert. Irgendwie hatte ich Angst: Was hatte ich beim FBI zu suchen? Was wurde aus mir? Ich wollte nicht gegen das System in Quantico kämpfen, aber man hatte mich in eine unmögliche Situation gebracht.

Am nächsten Morgen musste ich mich wieder auf meine

Unterrichtsfächer vorbereiten: »Jura«, »Verbrechen von Schreibtischtätern«, »Verstöße gegen die Menschenrechte«, »Schießübung«.

Ich war sicher, dass ich »Verstöße gegen die Menschenrechte« interessant finden würde, aber da draußen waren zwei vermisste Frauen: Elizabeth Connolly und Audrey Meek. Vielleicht war eine – oder sogar beide – noch am Leben. Vielleicht konnte ich helfen, sie zu finden – wenn ich denn so ein gottverdammt begnadeter Hellseher war.

Ich hatte mein Frühstück mit Nana und der Katze Rosie am Küchentisch gerade beendet, als ich das *Plopp* der Zeitung auf der vorderen Veranda hörte.

»Bleib sitzen und iss weiter. Ich hole sie«, sagte ich zu Nana und schob den Stuhl zurück.

»Keine Einwände«, erwiderte Nana und trank einen Schluck Tee mit der Grazie einer alten Dame. »Du weißt ja, ich muss meine Kräfte schonen.«

»Stimmt.«

Nana hielt immer noch jeden Fleck im Haus peinlich sauber und kochte die meisten Mahlzeiten. Vor kurzem hatte ich sie erwischt, wie sie auf einer Leiter stand und die Dachrinnen säuberte. »Kein Problem«, rief sie mir zu. »Mein Gleichgewicht ist hervorragend und ich bin so leicht wie ein Fallschirm.« Tja, da kann man nichts machen.

Die *Washington Post* hatte die Veranda nicht erreicht, sondern lag halb geöffnet auf dem Bürgersteig. Ich musste mich nicht einmal bücken, um die Titelseite zu lesen.

»Verdammt noch mal«, stieß ich hervor.

Das war nicht gut. Das war schlimm. Ich konnte kaum glauben, was ich da las.

Die Schlagzeile war schockierend: MÖGLICHE VERBINDUNG ZWISCHEN DER ENTFÜHRUNG ZWEIER FRAUEN. Schlimmer war, dass in dem Artikel sehr spezifische Details standen, die nur wenige Mitarbeiter des FBI kannten. Unglücklicherweise war ich einer davon.

Der Schlüssel des Berichts war, dass darin etwas über ein Paar stand – einen Mann und eine Frau –, die man bei der letzten Entführung in Pennsylvania gesehen hatte. Mein Magen verkrampfte sich. Die Augenzeugenaussage der Kinder von Audrey Meek, war eine Information, die wir auf keinen Fall an die Presse hatten weitergeben wollen.

Jemand hatte der *Post* diese Informationen gesteckt – ein Leck beim FBI. Außer vielleicht Bob Woodward hätte das niemand bei der Zeitung selbst geschafft. So clever waren sie nicht.

Wer hatte die Informationen an die *Post* weitergegeben? Warum?

Es ergab keinen Sinn. Wollte jemand die Ermittlungen sabotieren? Wer?

28

An diesem Morgen begleitete ich Jannie und Damon nicht zur Schule. Ich saß mit der Katze im Wintergarten und spielte Klavier: Mozart, Brahms. Ich hatte ein schlechtes Gewissen, weil ich nicht früher aufgestanden war und in der Suppenküche von St. Anthony's half. Das tat ich üblicherweise mehrmals die Woche, oft sonntags. *Meine Kirche.*

Der Verkehr war schrecklich und frustrierend. Ich brauchte bis Quantico fast anderthalb Stunden. Ich stellte mir vor, wie Nooney am Eingangstor stand und ungeduldig auf mich wartete. Die Fahrt gab mir zumindest Zeit, meine gegenwärtige Situation zu überdenken. Ich entschied, dass es im Moment das Beste war, den Unterricht mitzumachen und den Kopf tief zu halten. Wenn Direktor Burns mich beim Fall »Weißes Mädchen« wollte, musste er mir Bescheid geben. Wenn nicht, auch gut.

Heute Morgen drehte sich der Unterricht um das, was das FBI »praktische Anwendung« nannte. Wir sollten in einem fiktiven Bankraub in der Hogans Alley ermitteln und dazu Zeugen und Angestellte befragen. Instrukteurin war eine sehr fähige Agentin, die Marilyn May hieß.

Nach einer halben Stunde dieser Übung teilte Agentin May der Klasse mit, dass es ungefähr eine Meile von der Bank entfernt einen Autounfall gegeben hätte. Wir marschierten als Gruppe los, um den Unfall zu untersuchen und herauszufinden, ob er in irgendeiner Verbindung zu dem Banküberfall stand. Ich war aufmerksam, aber während der letzten zwölf Jahre war ich mit tatsächlichen Ermittlungen bei solchen Fällen befasst gewesen, daher fiel es mir schwer, diese Übung allzu ernst zu nehmen, zumal einige meiner Klassenkameraden die Befragungen genau nach dem Handbuch durchführten. Mir kam der Gedanke, dass sie vielleicht zu viele Polizeifilme im Fernsehen gesehen hatten. Auch Agentin May schien zuweilen amüsiert zu sein.

Ich stand am Unfallort mit einem neuen Mitstreiter, der Captain in der Armee gewesen war, ehe er zum FBI wechselte. Da hörte ich, wie jemand meinen Namen sagte. Ich drehte mich um und sah Nooneys Verwaltungsassistenten. »Senior Agent Nooney möchte Sie in seinem Büro sprechen«, erklärte er.

O Gott! Was jetzt? Der Kerl ist verrückt!, dachte ich, als ich zur Verwaltung marschierte. Ich eilte die Treppe hinauf, wo Nooney wartete.

»Schließen Sie bitte die Tür«, sagte er. Er saß hinter einem zerkratzten Schreibtisch und machte eine Miene, als sei ein naher Angehöriger gestorben.

Mir wurde furchtbar heiß unter dem Kragen. »Ich bin mitten in einer Übung.«

»Ich weiß, was Sie tun. Ich habe schließlich das Programm und den Stundenplan geschrieben«, entgegnete er. »Ich möchte mit Ihnen über die Titelseite der heutigen Ausgabe der *Post* sprechen«, fuhr er fort. »Haben Sie sie gesehen?«

»Ja, habe ich.«

»Ich habe heute Morgen mit Ihrem früheren Chef gesprochen. Er sagte mir, dass Sie früher öfter die *Post* benutzt haben. Er meinte, Sie hätten dort Freunde.«

Ich gab mir Mühe, nicht die Augen zu verdrehen. »Ich hatte früher einen guten Freund bei der *Post*. Er wurde ermordet. Jetzt habe ich dort keine Freunde mehr. Warum sollte ich Informationen über die Entführungen weitergeben? Was würde ich dadurch gewinnen?«

Nooney deutete mit dem Finger auf mich und hob die Stimme. »Ich weiß, wie Sie arbeiten. Und ich weiß, worauf Sie aus sind – Sie wollen sich nicht in ein Team eingliedern oder auf irgendeine andere Weise kontrolliert oder beeinflusst werden. Nun, so läuft das nicht. Wir halten nichts von Goldjungen oder Sondersituationen. Wir halten Sie nicht für kreativer oder fantasiebegabter als irgendeinen anderen in Ihrer Klasse. Gehen Sie jetzt zurück zu Ihrer Übung, Dr. Cross. Und handeln Sie ab jetzt klüger.«

Ohne ein weiteres Wort verließ ich das Büro. Ich kochte vor Wut, als ich zu der gestellten Unfallszene zurückkehrte, die Agentin Marilyn May feinsäuberlich mit dem vorgetäuschten Banküberfall in der Hogans Alley verknüpft hatte. Was für ein Programm hatte Nooney da zusammengeschrieben! Ich hätte es im Schlaf besser machen können. Und ja, jetzt war ich stinkwütend. Aber ich wusste nicht, auf wen ich wütend sein sollte. Ich wusste nicht, wie man dieses Spiel spielte.

Aber ich wollte gewinnen.

29

Wieder war ein Verkauf getätigt worden – ein sehr großer.

Am Samstagabend hatte das Paar die Halyard-Bar in Newport, Rhode Island, betreten. Das Halyard unterschied sich von den meisten Schwulenclubs in Newports so genanntem Rosa Distrikt. Man sah gelegentlich hohe schwarze Stiefel oder ein mit Dornen besetztes Armband, aber die meisten Männer, die diesen Club besuchten, hatten gelockte Haare und trugen Segelklamotten und natürlich die stets beliebte Croakie-Sonnenbrillen.

Der DJ hatte gerade einen Strokes-Song aufgelegt. Einige Paare tanzten. Das Paar passte hierher. Das hieß, die beiden fielen nicht auf. Slava trug ein babyblaues T-Shirt und Dockers. Seine etwas längeren schwarzen Haare hatte er mit Gel gestylt. Zoya trug eine schicke Seglermütze und hatte sich so hergerichtet, dass sie wie ein hübscher junger Mann aussah. Sie war erfolgreicher in ihrer Rolle, als sie erwartet hatte, denn sie war bereits mehrmals angebaggert worden.

Sie hielt mit Slava nach einem ganz bestimmten Typ Ausschau. Kurz nach ihrer Ankunft hatten sie ein vielversprechendes Objekt ausgemacht. Später erfuhren sie, dass ihr Opfer Benjamin Coffey hieß und im letzten Studienjahr am Providence College war. Benjamin hatte zum ersten Mal gespürt, dass er schwul war, als er in der St. Thomas Church in Barrington, Rhode Island, Ministrant war. Kein Priester hatte ihn je berührt oder missbraucht oder war ihm auch nur zu nahe getreten. Nein, Benjamin hatte einen anderen Ministranten kennen gelernt, der seine Neigung teilte. Sie wurden ein Liebespaar, als sie vierzehn waren. Während der Highschool-Zeit hatten sie sich regelmäßig getroffen, doch dann war Benjamin weggezogen.

Am Providence College hielt er sein Sexleben immer noch geheim, aber im Rosa Distrikt konnte er er selbst sein. Das Paar beobachtete den gut aussehenden Jungen, als dieser mit einem etwa dreißigjährigen Barkeeper plauderte, bei dem das Spiel der Muskeln durch die farbigen Lampen über der Theke besonders gut zur Geltung kam.

»Der Junge könnte auf dem Titelblatt von *GQ* sein«, meinte Slava. »Er ist der Richtige.«

Ein stämmiger Mann Mitte fünfzig näherte sich der Bar. Dicht hinter ihm kamen vier jüngere Männer und eine Frau. Die gesamte Gruppe trug weiße Hosen und blaue Lacoste-Hemden. Der Barkeeper wandte sich von Benjamin ab und schüttelte dem älteren Mann die Hand. Dieser stellte seine Begleiter vor: »David Skalah, Mannschaft; Henry Galperin, Mannschaft; Bill Lattanzi, Mannschaft; Sam Hughes, Koch; Nora Hamerman, Mannschaft.«

»Und das ist Ben«, sagte der Barkeeper.

Zoya warf Slava einen verstohlenen Blick zu. Beide mussten grinsen. »Der Junge ist genau das, was wir wollen«, sagte sie. »Er ist eine aufpolierte Version von Brad Pitt.«

Benjamin war eindeutig der Typ, nach dem der Klient verlangt hatte: schlank, blond, jungenhaft, wenn möglich noch Teenager, üppige rote Lippen, intelligentes Aussehen.

Letzteres war ein Muss – *Intelligenz*. Und der Käufer wollte auf keinen Fall einen Stricher.

Ungefähr zehn Minuten später folgte das Paar Benjamin zur Toilette, die ganz in Weiß gehalten war. Auf die Wände waren Seemannsknoten gemalt. Auf einem Tisch standen Mundwasser, Eau de Cologne und ein Kästchen aus Teakholz, das mit Poppers-Fläschchen gefüllt war.

Benjamin trat in eine Kabine. Das Paar zwängte sich hinter ihm hinein. Es herrschte drangvolle Enge.

Benjamin drehte sich um. »Besetzt«, sagte er. »Ich bin hier drin. Mein Gott, seid ihr beide zugedröhnt? Haut ab!«

»Nein, das geht leider nicht«, erwiderte Slava und lachte.

Sie zwangen ihr Opfer auf die Knie. »Hey, hey!«, rief er. »Hilfe! Hilfe!«

Ein Lappen wurde ihm auf Nase und Mund gepresst und er verlor das Bewusstsein. Dann hob das Paar Benjamin hoch und stützte ihn auf beiden Seiten. Sie schleppten ihn aus der Toilette, als würden sie einem Kumpel helfen, der bewusstlos war.

Sie brachten ihn durch die Hintertür zum Parkplatz, auf dem teure Cabrios und andere Luxusschlitten standen. Den beiden war es egal, ob jemand sie beobachtete, aber sie vermieden es sorgfältig, dem Jungen wehzutun. Keine blauen Flecken. Er war eine Menge Geld wert. Jemand wollte ihn unbedingt haben.

Wieder ein Kauf.

30

Der Käufer hieß Mr. Potter.

Das war der Code-Name, den er benutzte, wenn er mit Sterling, dem Verkäufer, Verbindung aufnahm. Potter war sehr glücklich über Benjamin. Das sagte er auch dem Paar, als es das Paket auf seiner Farm in Webster, New Hampshire, ablieferte. Webster hatte etwas mehr als vierzehnhundert Einwohner und war ein Ort, wo niemand einem Ärger machte. Nie. Das Farmhaus, das er dort besaß, hatte er teilweise restauriert. Weiße alte Holzschindeln, zwei Stockwerke, ein neues Dach. Ungefähr hundert Meter dahinter stand eine rote Scheune, das »Gästehaus«. Dort würde er Benjamin unterbringen, wie auch dessen Vorgänger.

Haus und Scheune standen auf über sechzig Morgen Wald und Weideland, das Potters Familie gehört hatte und jetzt in seinem Besitz war. Er lebte nicht auf der Farm, sondern in Hanover, etwa fünfzig Meilen entfernt, wo er als Assistenzprofessor für Englisch am Dartmouth College lehrte.

O Gott, er konnte die Augen nicht von Benjamin abwenden. Selbstverständlich konnte der Junge ihn nicht sehen. Und auch nicht sprechen. Noch nicht. Er trug eine Augenbinde, sein Mund war verklebt und Hände und Füße waren mit Polizeihandschellen gefesselt.

Ansonsten trug Benjamin nichts außer einem schmalen Silberriemen, der an ihm sehr teuer wirkte. Potter stockte der Atem beim Anblick dieses wunderschönen jungen Mannes, zum dritten, vierten oder zehnten Mal, seit dieser sich in seinem Besitz befand. Ihn trieb es fast in den Wahnsinn, dass er beim Unterricht am Dartmouth College während der vergangenen fünf Jahre die Jungs, die dort studierten, nur anschauen, aber nicht berühren durfte. Es war unglaublich frustrierend, so nah an seinem Herzenswunsch zu sein, doch jetzt – jetzt schien es ihm das fast wert gewesen zu sein. Benjamin war seine Belohnung. Für das *Warten*. Dafür, *dass er gut gewesen war*.

»Es ist in Ordnung … Angst zu haben«, flüsterte Potter. »In der Angst liegt ein eigenartiges Glücksgefühl. Glaube mir das, Benjamin. Ich habe es selbst erlebt. Ich weiß genau, was du jetzt fühlst.«

Potter vermochte es kaum noch auszuhalten! Es war einfach zu viel. Ein Traum hatte sich erfüllt. Dieses verbotene Vergnügen war ihm versagt geblieben – und jetzt war hier dieser absolut perfekte, atemberaubend schöne junge Mann.

Was war das? Benjamin bemühte sich trotz des Klebebands mit ihm zu sprechen. Potter hätte nur allzu gern die süße Stimme des Jungen gehört und gesehen, wie sich diese üppigen Lippen bewegten. Er beugte sich vor und küsste das Band über dem Mund des Jungen. Er spürte tatsächlich Benjamins Lippen darunter, ihre Weichheit.

Dann hielt Mr. Potter es keine Sekunde länger aus. Seine Finger zitterten, er flüsterte unzusammenhängende Worte, und sein Körper zuckte unkontrolliert, als er die Augenbinde abnahm und Benjamin in die Augen schaute.

»Darf ich dich Benjy nennen?«, flüsterte er.

31

Eine andere Gefangene – Audrey Meek – beobachtete diesen widerlichen, abartigen, möglicherweise wahnsinnigen Mann, der ihr seelenruhig das Frühstück zubereitete. Sie war nur leicht mit einem Seil festgebunden, aber sie konnte dennoch nicht fliehen. Sie vermochte nicht zu begreifen, dass das alles tatsächlich geschah, geschehen *war* und wohl weiterhin geschehen würde. Sie befand sich in einem hübsch eingerichteten Blockhaus – *irgendwo*, Gott weiß wo. Immer noch zuckten die Bilder dieses unglaublichen Moments durch ihren Kopf, als man sie in der King of Prussia Mall überwältigt und von Sarah und Andrew weggerissen hatte. *Lieber Gott, ging es den Kindern gut?*

»Meine Kinder?«, fragte Audrey erneut. »Ich muss wissen, ob es ihnen gut geht. Ich will mit ihnen sprechen. Ich werde nichts von alldem tun, was Sie von mir verlangen, ehe ich nicht mit ihnen gesprochen habe. Ich werde nicht mal essen.«

Es folgte ein unbehagliches Schweigen. Dann beschloss der Kunstdirektor zu sprechen.

»Deinen Kindern geht es gut. Mehr werde ich nicht sagen«, erklärte er. »Du solltest wirklich etwas essen.«

»Wie können Sie wissen, ob es meinen Kindern gut geht?«, fragte sie wütend. »Das können Sie überhaupt nicht.«

»Audrey, du bist nicht in der Position, irgendwelche Forderungen zu stellen. Jetzt nicht mehr. Dieses Leben liegt hinter dir.«

Er war groß, vielleicht einsfünfundachtzig, und gut gebaut, mit einem buschigen schwarzen Bart und blitzenden blauen Augen, die Intelligenz verrieten. Sie schätzte ihn auf ungefähr fünfzig. Er hatte ihr gesagt, sie solle ihn Kunstdirektor nennen. Kein Grund für diesen Namen, jedenfalls bisher nicht, und auch sonst keine Erklärung für das, was geschehen war.

»Ich habe mir auch Sorgen gemacht, deshalb habe ich bei dir daheim angerufen. Ich schwöre es. Ich würde dich nicht anlügen, Audrey. Darin unterscheide ich mich von dir.«

Audrey schüttelte den Kopf. »Ich soll Ihnen trauen? Ihrem Wort?«

»Ich halte das für eine gute Idee, ja. Warum nicht? Wem könntest du sonst hier draußen trauen? Dir selbst natürlich. Und mir. Sonst ist hier niemand. Nur wir beide. Bitte, gewöhn dich daran. Du magst doch deine Rühreier weich, richtig? *Flockig*? Ist das nicht das Wort, das du verwendest?«

»Warum *tun* Sie das?«, fragte Audrey. Da er sie noch nicht direkt bedroht hatte, wurde sie etwas mutiger. »Was tun *wir beide* hier draußen?«

Er seufzte. »Alles zu seiner Zeit, Audrey. Sagen wir fürs Erste, dass es eine ungesunde Besessenheit ist. Aber in Wahrheit ist es komplizierter. Doch lassen wir das jetzt.«

Seine Antwort hatte sie überrascht – er *wusste*, dass er ein abartiger Irrer war. Aber war es gut oder schlecht, dass er genau wusste, was er tat?

»Ich würde dir gern so viel Freiheit wie möglich geben. Ich will dich nicht anbinden, um Himmels willen, nein. Nicht mal mit dem Seil. Bitte, versuch nicht zu fliehen, sonst ist das unmöglich. Okay?«

Zuweilen schien er ganz vernünftig zu sein. *Schien*! O Gott! War das hier nicht der absolute Wahnsinn? Selbstverständlich war es das. Aber stießen Menschen nicht ständig wahnsinnige Dinge zu?

»Ich möchte dein Freund sein«, erklärte er, als er ihr

das Frühstück servierte. Die Eier genau richtig, außerdem gab es Mehrkorntoast, Brombeermarmelade und Kräutertee. »Ich habe alles zubereitet, was du gern isst. Ich möchte dich so behandeln, wie du es verdienst. Du kannst mir trauen, Audrey. Fang an, mir wenigstens ein bisschen zu vertrauen … Probier mal die Eier. Flockig. Einfach köstlich.«

32

Ich zählte meine Tage in Quantico, und das gefiel mir nicht besonders. Ich besuchte am nächsten Tag den Unterricht, dann eine Stunde Fitness-Training. Um fünf ging ich zu Monnie Donnelley, um zu sehen, was sie über das »Weiße Mädchen« gesammelt hatte. Sie saß in einem kleinen, voll gestopften Büro im zweiten Stock des Gebäudes, wo sich der Speisesaal befand. An einer Wand war eine Collage aus Fotos und Fotokopien von Beweisstücken äußerst brutaler Gewaltverbrechen, alles mit kubistischer Fantasie arrangiert.

Ich klopfte mit den Fingerknöcheln gegen ihr metallenes Namensschild, ehe ich eintrat.

Monnie drehte sich um und lächelte, als sie mich sah. Mir fielen Hochglanzfotos ihrer Söhne auf, ein lustiges Bild von Monnie mit den Söhnen und ein Bild von Pierce Brosnan als weltgewandter, sexy James Bond. »Hey, wer kommt denn da, um sich noch mehr Strafarbeit abzuholen. Aufgrund der Größe meines winzigen Büros können Sie sehen, dass das FBI noch nicht begriffen hat, dass wir im Informationszeitalter leben. Den Dritten Weg hat Bill Clinton das genannt. Sie kennen sicher den Witz: Das FBI unterstützt morgen die Technologie von gestern.«

»Irgendwelche Informationen für mich?«

Monnie drehte sich zurück zu ihrem IBM-Computer. »Ich drucke Ihnen die besten Sachen für Ihre knospende Sammlung aus. Ich weiß, Ihnen sind Papierseiten lieber. Dinosaurier.«

»Ich arbeite nun mal so.«

Ich hatte mich über Monnie erkundigt und überall das Gleiche gehört. Sie war blitzgescheit, arbeitete unglaublich hart und wurde von den hohen Herren in Quantico bedauernswerterweise völlig unterschätzt. Ich hatte auch erfahren, dass Monnie eine allein erziehende Mutter von zwei Söhnen war und sich mühsam durchschlagen musste. Die einzige »Klage« über sie war, dass sie zu viel arbeitete und am Wochenende sogar noch Arbeit mit nach Hause nahm.

Monnie ordnete einen dicken Papierstapel für mich. Ich bemerkte, wie ordentlich sie die Seiten aufeinander legte. Alles musste genau richtig sein.

»Ist Ihnen irgendwas aufgefallen?«, fragte ich.

Sie zuckte mit den Schultern. »Ich bin nur für die Recherchen zuständig, richtig? Aber der Verdacht scheint sich zu erhärten. Im letzten Jahr zahlreiche weiße Frauen der Oberschicht, die als vermisst gemeldet wurden. Viele davon attraktive Blondinen. Keine besondere regionale Auswahl, aber ich möchte der Sache noch weiter nachgehen. Geographisches Profil? Manchmal kann man den Radius verbrecherischer Aktivitäten genau bestimmen.«

»Also bisher keine regionalen Unterschiede. Das ist schade. Irgendwas in Bezug auf die Opfer? *Irgendwelche* Muster?«

Monnie schnalzte mit der Zunge und schüttelte den Kopf. »Nichts sticht wirklich heraus. Frauen werden in

Neuengland vermisst, im Süden und im Westen. Ich forsche weiter. Die Frauen werden meist als sehr attraktiv beschrieben. Und *keine* ist je gefunden worden. Sie verschwinden und bleiben verschwunden.«

Sie blickte mich schweigend an. In ihren Augen lag Traurigkeit. Ich spürte, dass sie aus diesem Loch herauswollte.

Ich griff nach dem Papierstapel. »Wir bemühen uns. Ich habe der Familie Connolly ein Versprechen gegeben.«

Jetzt blitzte Humor in ihren hellgrünen Augen auf. »Und Sie halten Ihre Versprechen?«

»Ich bemühe mich«, antwortete ich. »Danke für die Ausdrucke. Arbeiten Sie nicht zu viel. Fahren Sie heim und kümmern Sie sich um Ihre Kinder.«

»Sie auch, Alex. Kümmern Sie sich um Ihre Kinder. Sie haben schon viel zu viel und zu hart gearbeitet.«

33

Nana und die Kinder, ganz zu schweigen von der Katze Rosie, warteten auf mich auf der vorderen Veranda, als ich an diesem Abend heimkam. Die mürrischen Mienen und die Körpersprache waren keine günstigen Vorzeichen. Ich wusste, warum alle so glücklich waren, mich zu sehen. *Und Sie halten Ihre Versprechen?*

»Halb acht. Es wird immer später«, sagte Nana kopfschüttelnd. »Du hattest vorgeschlagen, dass wir uns heute im Kino *Drumline* ansehen. Damon war schon ganz aufgeregt.«

»Ich muss diese Orientierung mitmachen«, erklärte ich ihr.

»Genau«, sagte Nana und die Missbilligung auf ihrem Gesicht wurde noch ausgeprägter. »Warte nur, bis es richtig losgeht. Dann kommst du wieder um Mitternacht nach Hause. Wenn überhaupt. Du hast kein Leben. Du hast kein Liebesleben. All diese Frauen, die dich mögen, Alex – obwohl Gott allein weiß, warum –, lass dich von einer *einfangen*. Gestatte jemandem Zugang, ehe es zu spät ist.«

»Vielleicht ist es schon zu spät.«

»Würde mich nicht überraschen.«

»Du bist wirklich tough«, sagte ich und ließ mich neben den Kindern nieder. »Eure Nana ist hart wie Stahl«, erklärte ich ihnen. »Möchte jemand ein paar Körbe werfen?«

Damon verzog das Gesicht und schüttelte den Kopf. »Nicht mit Jannie. Nie und nimmer.«

Ich stand auf. »Ich hole den Ball. Wir werden *draußen* spielen.«

Als wir aus dem Park zurückkamen, hatte Nana Klein Alex bereits ins Bett gebracht. Sie saß wieder auf der Veranda. Ich holte eine große Packung Eis. Vanille mit Schokoladenstücken. Wir aßen, dann gingen die Kinder nach oben, um zu schlafen, zu lernen oder im Internet zu surfen.

»Du wirst langsam wirklich ein hoffnungsloser Fall, Alex«, erklärte Nana und leckte das letzte Eis vom Löffel. »Mehr habe ich dazu nicht zu sagen.«

»Du meinst, ich bleibe, wie ich bin. Ich bin eben pflichtbewusst. Das findet man heutzutage immer seltener. Dir schmeckt das Eis, richtig?«

Sie verdrehte die Augen. »Vielleicht solltest du mit der Zeit gehen, Sohn. Pflicht ist nicht alles.«

»Für die Kinder bin ich da. Und auch für dich, alte Frau.«

»Ich habe nie behauptet, dass du das nicht wärst. Na ja, jedenfalls nicht in letzter Zeit. Wie geht's Jamilla?«

»Wir hatten beide viel zu tun.«

Nana bewegte den Kopf auf und ab, wie eine dieser blödsinnigen Puppen, die Leute auf dem Armaturenbrett ihrer Autos haben. Dann stand sie auf und begann, die Eisschälchen einzusammeln, die die Kinder auf der Veranda hatten stehen lassen.

»Ich mach das schon«, sagte ich.

»Die Kinder hätten es tun sollen. Das wissen sie genau.«

»Sie nützen es aus, wenn ich daheim bin.«

»Stimmt. Weil sie wissen, dass du ein schlechtes Gewissen hast.«

»Wieso?«, fragte ich. »Was habe ich gemacht? Was verpasse ich hier?«

»Also, das ist die *Hauptfrage*, die du dir selbst beantworten musst. Ich gehe jetzt ins Bett. Gute Nacht, Alex. Ich liebe dich. Und ich mag Vanille-Eis mit Schokoladenstückchen.« Dann murmelte sie: »Hoffnungslos.«

»Bin ich nicht«, verteidigte ich mich.

»Doch«, sagte sie, ohne sich umzudrehen. Sie hatte *immer* das letzte Wort.

Schließlich verzog ich mich in mein Büro auf dem Dachboden und erledigte den Anruf, vor dem ich mich gefürchtet hatte. Aber ich hatte es versprochen.

Das Telefon klingelte, dann hörte ich eine Männerstimme: »Brendan Connolly.«

»Hallo, Richter Connolly, hier ist Alex Cross«, sagte ich. Ich hörte ihn seufzen, aber da er schwieg, fuhr ich fort: »Ich habe leider noch keine Neuigkeiten über Mrs. Connolly. Wir haben über fünfzig Agenten in und um Atlanta im Einsatz. Ich rufe an, weil ich Ihnen versprochen hatte, mich zu melden. Ich wollte Ihnen nur versichern, dass wir mit aller Kraft daran arbeiten.«

Weil ich ein Versprechen gegeben hatte.

34

Irgendetwas an diesen Entführungen war für mich nicht stimmig. Zu Beginn waren sie sehr sorgfältig und vorsichtig durchgeführt worden, dann wurden die Entführer plötzlich schlampig. Das Muster war unstet. Warum? Was hatte das zu bedeuten? Was hatte sich verändert? Wenn ich das herausfinden konnte, bestand für uns die Chance auf einen Durchbruch.

Am nächsten Morgen erreichte ich Quantico fünf Minuten, bevor der Direktor in einem großen schwarzen Bell-Hubschrauber landete. Die Nachricht, dass Burns gekommen war, verbreitete sich wie ein Lauffeuer. Vielleicht hatte Monnie Donnelley Recht: Wir befanden uns im Informationszeitalter, sogar in Quantico.

Burns hatte eine Krisensitzung anberaumt. Man teilte mir mit, dass ich ebenfalls kommen solle. Vielleicht hatte ich den Fall wieder? Der Direktor begrüßte mehrere Agenten, als er das Konferenzzimmer im Verwaltungsbau betrat. Er vermied jeden Augenkontakt mit mir. Hatte er Neuigkeiten für uns? Welche Neuigkeiten konnten seinen Besuch rechtfertigen?

Er saß in der ersten Reihe, als der Chef der Abteilung für Verhaltensforschung, Dr. Bill Thompson, nach vorn ging. Es war klar, dass Burns als Beobachter hier war. Aber weshalb? Was wollte er hier beobachten?

Ein Verwaltungsassistent von Dr. Thompson verteilte zusammengeheftete Dokumente. Gleichzeitig gab es eine Power-Point-Präsentation. »Es hat eine weitere Entführung gegeben«, erklärte Dr. Thompson der Gruppe. »Sie ereignete sich am Samstagabend in Newport, Rhode Island. Allerdings haben wir es mit einem gewaltigen Unterschied zu tun. Das Opfer war *männlich*. Unseres Wissens ist es der erste Mann, den sie entführt haben.«

Dr. Thompson teilte uns weitere Details mit, die auch an die Wand projiziert wurden. Ein ausgezeichneter Student vom Providence College, Benjamin Coffey, war aus einer Bar, die Halyard hieß, in Newport entführt worden. Angeblich waren die Entführer beide männlich.

Ein Team.

Und es gab wieder Augenzeugen.

»Irgendwelche Fragen?«, wollte Thompson wissen, nachdem er fertig war. »Reaktionen? Kommentare? Scheuen Sie sich nicht. Wir brauchen Input. Wir tappen im Dunkeln.«

»Das Muster ist eindeutig unterschiedlich«, sagte ein Analytiker. »Entführung in einer Bar. Opfer männlich.«

»Wie können wir uns da zu diesem Zeitpunkt so sicher sein?«, fragte Burns aus der ersten Reihe. »Welches Muster liegt hier vor?«

Burns' Fragen folgte betretenes Schweigen. Wie die meisten Chefs hatte er keine Ahnung, wie groß seine Macht tatsächlich war. Er drehte sich um und musterte die Gruppe. Schließlich hefteten sich seine Augen auf mich. »Alex? Welches Muster?«, fragte er. »Haben Sie eine Idee?«

Die anderen Agenten beobachteten mich. »Sind wir sicher, dass in der Bar tatsächlich zwei Männer waren?«, fragte ich. »Das wäre meine erste Frage.«

Burns nickte zustimmend. »Nein, wir sind *nicht* sicher, richtig? Der eine trug eine Seglermütze. Das könnte die Frau aus der King of Prussia Mall sein. Stimmen Sie der Meinung zu, dass diese Entführung mit den anderen in keiner Verbindung steht? Ist das Muster unterbrochen?«

Ich dachte über die Frage nach und bemühte mich, auf meinen Bauch zu hören. Wie reagierte er auf das, was wir bisher gehört hatten?

»Nein«, antwortete ich schließlich. »Es muss nicht einmal ein Verhaltensmuster existieren, wenn das Entführungsteam für Geld arbeitet. Ich bin geneigt, das für wahrscheinlich zu halten. Das sind keine Verbrechen aus Leidenschaft. Mich stören aber die Fehler. Warum machen sie diese Fehler? Das ist der Schlüssel zu allem.«

35

Lizzie Connolly hatte keinerlei Zeitgefühl mehr. Sie würde bald sterben, dessen war sie sich sicher. Sie würde Gwynne, Brigid, Merry und Brendan nie wieder sehen. Das stimmte sie unglaublich traurig. Sie würde unweigerlich sterben müssen.

Nachdem er sie in dieser Wandschrank-Kammer eingesperrt hatte, ließ sie sich nicht von Selbstmitleid oder Panik überwältigen, da sie nicht wollte, dass diese Gefühle den Rest ihres Lebens beherrschten. Gewisse Dinge waren ihr vollkommen klar. Das Entscheidende: Dieses Monster würde sie niemals frei lassen. Daher hatte sie zahllose Stunden damit verbracht, Fluchtpläne zu schmieden. Doch wenn sie realistisch nachdachte, wusste sie, dass ihr die Flucht nicht gelingen würde. Sie war mit Lederriemen gefesselt, und obwohl sie sich alle Mühe gegeben hatte, war es ihr nicht gelungen, sich daraus zu lösen. Doch selbst wenn ihr das durch ein Wunder gelungen wäre, verfügte sie nicht über die Kraft, ihn zu überwältigen. Er war wohl der stärkste Mann, den sie je gesehen hatte, doppelt so stark wie Brendan, der am College Football gespielt hatte.

Also, was konnte sie tun? Vielleicht kam eine Möglichkeit während des Besuchs der Toilette oder beim Essen – aber dieser Mann war so vorsichtig und beobachtete sie ständig. Lizzie Connolly wollte zumindest mit Würde sterben. Würde ihr das Scheusal das ermöglichen? Oder würde er sie leiden sehen wollen? Sie dachte viel über ihr bisheriges Leben nach, was sie tröstete. Wie sie in Potomac, Maryland, aufgewachsen war und fast jede freie Minute in dem nahe gelegenen Pferdestall verbracht hatte. Das College Vassar in New York. Dann die *Washington Post*. Ihre Ehe mit Brendan. Die guten und die schlechten Zeiten. Die Kinder. Alles führte zu jenem schicksalhaften Vormittag in der Phipps Plaza. Das Leben hatte ihr wirklich einen grausamen Streich gespielt.

Die letzten Stunden hatte sie in Dunkelheit zubringen müssen. Dabei hatte sie sich krampfhaft bemüht, sich zu erinnern, wie sie früher andere schreckliche Erlebnisse gemeistert hatte. Ja, immer hatte sie es mit Vertrauen und Humor geschafft und dem klaren Bewusstsein, dass Wissen Macht war. Jetzt versuchte Lizzie sich an spezifische Beispiele zu erinnern … an alles, was ihr half.

Mit acht Jahren musste sie operiert werden, um ein schielendes Auge zu korrigieren. Ihre Eltern waren immer »zu beschäftigt«, deshalb hatten die Großeltern sie ins Krankenhaus begleitet. Als sie sie weggehen sah, hatte sie furchtbar geweint. Aber als die Schwester hereinkam und sah, dass Lizzie weinte, hatte sie erzählt, sie hätte sich den Kopf gestoßen. So hatte Lizzie irgendwie diesen schrecklichen Moment der Einsamkeit überstanden.

Als sie dreizehn war, gab es einen weiteren schrecklichen Zwischenfall. Sie kam von einem Wochenendausflug mit Freunden der Familie aus Virginia zurück und war im Auto eingeschlafen. Als sie aufwachte, war sie benommen, verwirrt und völlig mit Blut bedeckt. Sie erinnerte sich daran, dass sie in die unheimliche Dunkelheit hinausgestarrt hatte. Erst langsam dämmerte ihr, was geschehen war. Es hatte einen Unfall gegeben, während sie geschlafen hatte. Ein Mann aus einem anderen Auto lag auf der Straße. Er rührte sich nicht – aber Lizzie *glaubte* zu hören, wie er ihr sagte, sie solle keine Angst haben. Er sagte, sie könne auf der Erde bleiben oder diese verlassen. Es war ihre Entscheidung – allein ihre. Sie hatte entschieden zu leben.

»Es ist meine Entscheidung«, sagte Lizzie sich in der Dunkelheit des Wandschranks. »Ich habe die Wahl, zu leben oder zu sterben, nicht er. Nicht der Wolf entscheidet das, sondern ich. Ich will leben.«

36

Am nächsten Morgen versammelten sich fast alle, die mit dem Fall »Weißes Mädchen« befasst waren, im Hauptkonferenzsaal in Quantico. Noch hatte man uns nicht viel gesagt, nur, dass es bahnbrechende Neuigkeiten gäbe. Das war gut. Ich hatte die Schnauze mehr als voll von dieser Bürokratie.

Senior Agent Ned Mahoney, Leiter des HRT, kam erst, als der Raum schon voll war. Er ging nach vorn, drehte sich um und schaute uns an. Seine durchdringenden graublauen Augen wanderten von einer Reihe zur nächsten. Er schien noch energiegeladener als sonst.

»Ich habe etwas bekannt zu geben. Zur Abwechslung mal etwas Gutes«, sagte Mahoney. »Es hat einen entscheidenden Durchbruch gegeben. Die Meldung kam soeben aus Washington.« Mahoney machte eine Pause, dann fuhr er fort: »Seit Montag haben Agenten unseres Büros in Newark einen Verdächtigen observiert. Es handelt sich um Rafe Farley, einen Sexualstraftäter, der vier Jahre im Gefängnis in Rahway abgesessen hat, weil er in die Wohnung einer Frau eingebrochen ist und sie geschlagen und vergewaltigt hat. Damals behauptete Farley, das Opfer sei eine Freundin und Arbeitskollegin. Wir wurden auf Farley aufmerksam, weil er in einem Internet-Chatroom erstaunlich viel über Mrs. Audrey Meek zu sagen hatte. Zu viel. Er kannte Details über Mrs. Meek, darunter Tatsachen über ihre Familie aus der Gegend von Princeton, über ihr Haus dort, sogar über dessen Grundriss. Ferner wusste der Tatverdächtige ganz präzise, wie und wann Mrs. Meek in der King of Prussia Mall entführt wurde. Er wusste, dass ihr Auto benutzt wurde und dass die Kinder zurückgelassen wurden. Beim nächsten Besuch im Chatroom brachte Farley Details, die nicht mal wir haben. Er behauptete, dass sie mit einer ganz bestimmten Droge betäubt und in einen Wald in New Jersey gebracht wurde. Er blieb allerdings vage, ob Audrey Meek noch lebt oder tot ist. Leider hat der Verdächtige während des Zeitraums, in dem wir ihn observiert haben, Mrs. Meek nicht aufgesucht. Das waren fast drei Tage. Wir halten es für möglich, dass er die Beschattung bemerkt hat. Wir haben jetzt entschieden – und der Direktor hat zugestimmt –, Farley festzunehmen. Das HRT ist bereits am Schauplatz in North Vineland, New Jersey, und hilft der örtlichen Polizei und unseren Leuten vor Ort. Zugriff ist heute Morgen, wahrscheinlich in einer Stunde. Eins zu null für die Guten«, sagte Mahoney. »Herzlichen Glückwünsch an alle, die zu diesem Erfolg beigetragen haben.«

Ich saß da und klatschte mit den anderen Beifall, aber ich hatte ein komisches Gefühl. Ich war bei der Observierung von Farley nicht beteiligt gewesen, ich hatte nicht einmal davon gewusst. Ich war außen vor. So hatte ich mich seit über einem Dutzend Jahren nicht mehr gefühlt, nicht, seit ich bei der Polizei in Washington, D.C., angefangen hatte.

37

Ein Halbsatz aus Mahoneys Vortrag ging mir nicht aus dem Kopf: *der Direktor hat zugestimmt*... Ich fragte mich, wie lange Direktor Burns über den Verdächtigen in Jersey Bescheid gewusst und weshalb er sich entschieden hatte, mir nichts davon zu sagen. Ich bemühte mich, nicht enttäuscht zu sein. Litt ich etwa unter Verfolgungswahn? Trotzdem... Ich hatte ein flaues Gefühl im Magen, als die Besprechung zu Ende war und die anderen Agenten jubelten.

Schlimm war, dass ich nicht wusste, weshalb ich dieses ungute Gefühl hatte. Aber aus irgendeinem Grund mochte ich diesen Zugriff überhaupt nicht.

Als ich den Raum mit den anderen verließ, kam Mahoney zu mir. »Der Direktor hat gesagt, dass Sie nach New Jersey mitkommen sollen«, erklärte er und grinste. »Kommen Sie mit mir zum Hubschrauberlandeplatz. Ich möchte Sie auch dabeihaben«, fügte er hinzu. »Wenn wir Farley nicht sofort unschädlich machen, werden wir meiner Meinung nach Mrs. Meek nicht lebend zurückbekommen.«

Knapp fünfundfünfzig Minuten später landete der Bell-

Hubschrauber auf dem Big-Sky-Aviation-Flugplatz in Millville, New Jersey. Zwei schwarze Limousinen warteten bereits. Man brachte Mahoney und mich so schnell wie möglich nach North Vineland, ungefähr zehn Meilen in Richtung Norden.

Wir parkten vor einem Restaurant. Farleys Haus war 1,2 Meilen entfernt. »Wir sind bereit zu stürmen«, erklärte Mahoney seiner Gruppe. »Ich habe bei dieser Sache ein ziemlich gutes Gefühl.«

Ich begleitete Mahoney zu einem Wagen. Wir würden nicht Teil des Geisel-Befreiungs-Teams sein, das aus sechs Mann bestand und zuerst ins Haus gehen sollte, aber wir würden danach sofort mit Rafe Farley sprechen können. Ich hoffte, dass wir Audrey Meek lebend im Haus finden würden.

Trotz meines flauen Gefühls spürte ich wegen des Zugriffs prickelnde Erregung. Mahoneys Enthusiasmus war ansteckend und jede Art von Aktion war besser als das ewige Herumsitzen. Wenigstens taten wir etwas. Vielleicht würden wir Audrey Meek zurückbekommen.

Genau in diesem Moment kamen wir an einem ungestrichenen Bungalow vorbei. Ich sah zerbrochene Verandabretter, eine Rostlaube und einen Campingherd im kleinen Vorgarten. »Da ist es«, erklärte Mahoney. »Home, sweet home. Hier in der Nähe parken wir.«

Wir hielten knapp hundert Meter weiter, neben einem Gehölz aus Roteichen und Fichten. Ich wusste, dass zwei Agenten vom Observationsteam bereits in Tarnanzügen ganz in der Nähe in Stellung gegangen waren. Diese Agenten beobachteten nur und würden beim Zugriff nicht beteiligt sein. Außerdem war noch eine Kamera mit geschlossenem Stromkreis auf den Bungalow und den Wagen des mutmaßlichen Entführers, einen roten Dodge Polaris, gerichtet.

»Wir glauben, dass er drinnen schläft«, teilte mir Mahoney mit, während wir zwischen den Bäumen hindurchliefen, bis das heruntergekommene Haus in Sichtweite war.

»Es ist fast Mittag«, warf ich ein.

»Farley arbeitet nachts. Er ist um sechs Uhr morgens heimgekommen. Seine Freundin ist auch drin.«

Ich sagte nichts.

»Was? Was denken Sie?«, fragte Mahoney, als wir das Haus vom Waldrand aus knapp fünfzig Metern Entfernung beobachteten.

»Sagten Sie, seine Freundin ist auch im Haus? Das klingt irgendwie nicht richtig, oder?«

»Keine Ahnung, Alex. Laut Observation war die Freundin die ganze Nacht da. Ich schätze, es könnte das Paar sein. Mein Job ist es, Rafe Farley festzunehmen. Dann wollen wir mal … *Hier ist HRT Eins. Ich gebe das Kommando. Fünf, vier, drei, zwei, eins. Los!*«

38

Ich beobachtete mit Mahoney, wie der Sturmtrupp schnell zu dem unauffällig aussehenden Haus rannte. Die sechs Agenten trugen schwarze Overalls und Schutzwesten. Im seitlichen Garten standen zwei weitere Schrottautos, ein Kleinwagen und ein Dodge-Truck, dazu jede Menge Ersatzteile für Kühlschränke und Klimaanlagen. Ein Urinal stach ins Auge, das vermutlich aus einer Kneipe stammte.

Die Fenster des Hauses waren dunkel, obwohl es Mittag

war. War Audrey Meek dort drin? Lebte sie? Ich hoffte es. Wenn wir sie jetzt heil herausbrachten, war das ein ungeheurer Erfolg. Besonders, da alle dachten, sie sei wahrscheinlich tot.

Aber irgendetwas bei dieser Erstürmung störte mich.

Doch das spielte jetzt wirklich keine Rolle mehr.

Wenn das HRT eingreift, gibt es kein höfliches Protokoll. Kein Anklopfen, kein Reden, kein Verhandeln, keine »political correctness«. Ich sah, wie zwei Agenten die Eingangstür eintraten. Sie machten sich daran, ins Haus des mutmaßlichen Entführers zu stürmen.

Dann hörte ich einen dumpfen Knall. Die Agenten warfen sich zu Boden. Der eine stand nicht wieder auf. Sein Kollege schleppte sich taumelnd ein Stück vom Haus weg. Der Anblick war grauenvoll, ein richtiger Schock.

»Eine Bombe«, stieß Mahoney überrascht und wütend hervor. »Er hat sie an der Tür angebracht.«

Inzwischen waren die vier anderen Agenten im Haus. Sie waren durch die Hinter- und Seitentür eingedrungen. Es gab keine weiteren Explosionen, demnach waren die anderen Türen nicht mit einer Bombe gesichert worden. Zwei Agenten vom HRT näherten sich den beiden Verwundeten. Sie trugen den Kollegen weg, der sich seit der Explosion nicht mehr gerührt hatte.

Mahoney und ich rannten so schnell wir konnten zum Haus. Aus dem Gebäude waren keine Schüsse zu hören.

Plötzlich hatte ich Angst, dass Farley gar nicht im Haus war. Ich betete, dass Audrey Meek da drinnen nicht schon tot sei. Alles kam mir so völlig falsch vor. So hätte ich den Zugriff nie durchgeführt. Das FBI! Ich hatte diese Bastarde immer gehasst und ihnen nie getraut – und jetzt war ich einer von ihnen.

Dann hörte ich: *»Alles sicher! Alles sicher!«* Und: *»Wir*

haben einen Verdächtigen! Wir haben ihn. Es ist Farley. Und da ist auch eine Frau.«

Welche Frau? Mahoney und ich stürmten durch die Seitentür. Überall dichter Rauch. Das Haus stank nach Sprengstoff, aber auch nach altem Essen und Marihuana. Wir rückten durch das kleine Wohnzimmer in das dahinter liegende Schlafzimmer vor.

Ein nackter Mann und eine Frau lagen mit gespreizten Beinen und Armen auf dem Holzboden. Die Frau war nicht Audrey Meek. Sie war dick, mindestens zwanzig bis fünfundzwanzig Kilo Übergewicht. Rafe Farley musste ungefähr hundertvierzig Kilo wiegen und hatte dicke rote Haarbüschel nicht nur auf dem Kopf, sondern am ganzen Körper.

Ein altes Kinoplakat für den Film *Cool Hand Luke* klebte über einem großen Bett, auf dem keinerlei Bettwäsche war. Sonst fiel mir nichts in Auge.

Farley brüllte mit dunkelrotem Gesicht: »Ich habe Rechte! Ich habe meine gottverdammten Rechte! Ihr Wichser bekommt mächtigen Ärger.«

Ich hatte das Gefühl, dass er Recht haben könnte. Wenn dieser kreischende Mann Mrs. Meek entführt hatte, war diese vermutlich bereits tot.

»*Du* bekommst Ärger, Fettsack!«, schrie ein HRT-Agent dem mutmaßlichen Täter ins Gesicht. »Und du auch, Lady!«

Konnten diese beiden tatsächlich das Paar sein, das Audrey Meek und Elizabeth Connolly entführt hatte?

Ich hielt es für ausgeschlossen.

Aber wer zum Teufel waren sie?

39

Ned Mahoney und ich waren allein mit Rafe Farley in dem dunklen Schlafzimmer, einem Schweinestall. Die Frau, die uns versichert hatte, sie *sei* seine Freundin, hatte einen dreckigen Bademantel angezogen und war in die Küche gebracht worden, um sie dort zu verhören.

Wir waren alle über das, was draußen passiert war, aufgebracht. Zwei Agenten waren durch die Sprengladung verwundet worden. Rafe Farley war das Beste, was wir als Durchbruch oder mutmaßlichen Täter zu bieten hatten.

Die Situation wurde immer bizarrer. Als Vorgeschmack *spuckte* Farley auf Mahoney und mich, bis ihm der Mund austrocknete. Das war an einem bestimmten Punkt so wahnwitzig, dass Ned und ich uns anschauten und loslachten.

»Ihr haltet das wohl für *scheißkomisch*, ja?«, kreischte Farley vom Bett her, wo er wie ein gestrandeter Wal lag. Wir hatten ihn gezwungen, sich anzuziehen, Bluejeans und ein Arbeitshemd, hauptsächlich, weil wir den Anblick der schwabbeligen Fettmassen und die Tätowierungen in Form nackter Frauen und eines purpurroten Drachen, der ein Kind verschlang, nicht mehr ertragen konnten.

»Sie werden wegen Entführung und Mord angeklagt«, fuhr Mahoney ihn an. »Sie haben zwei meiner Männer verwundet. Der eine verliert wohl ein Auge.«

»Ihr hattet kein Recht, in mein Haus einzudringen, während ich schlafe! Ich habe *Feinde*!«, schrie Farley und spuckte wieder in Richtung Mahoney. »Seid ihr reingestürmt, weil ich ein bisschen Gras verkaufe? Oder weil ich eine verheiratete Tussi ficke, die mich mehr als ihren Alten mag?«

»Sprechen Sie von Audrey Meek?«, fragte ich.

Plötzlich wurde er still und starrte mich an. Gesicht und Hals wurden tiefrot. Was war das? Er war kein guter Schauspieler und auch nicht besonders schlau.

»Wovon zum Teufel reden Sie? Haben Sie mein Gras geraucht?«, sagte Farley schließlich. »Audrey Meek? Die Mode-Lady, die entführt worden ist?«

Mahoney beugte sich vor. »Audrey Meek. Wir wissen, dass Sie alles über diese Frau wissen, Farley. Wo ist sie?«

Farleys Schweinsaugen schienen noch kleiner zu werden. »Woher zum Teufel soll ich das wissen?«

Mahoney ließ nicht locker. »Waren Sie je in einem Chatroom, der ›Lieblingsdinge Vier‹ heißt?«

Farley schüttelte den Kopf. »Nie davon gehört.«

»Wir haben Aufzeichnungen über deine Gespräche, Arschloch«, erklärte Ned. »Du musst ’ne Menge erklären, Lucy.«

Farley blickte verwirrt drein. »Wer zum Teufel ist Lucy? Wovon reden Sie, Mann? Meinen Sie diese Serie, *I Love Lucy*?«

Mahoney war gut darin, Farley aus der Fassung zu bringen. Ich glaubte, wir würden prima zusammenarbeiten.

»Du hast sie irgendwo im Wald in Jersey versteckt«, brüllte Mahoney und stampfte mit dem Fuß auf.

»Haben Sie ihr wehgetan? Ist sie in Ordnung? Wo ist Audrey Meek?«, warf ich ein.

»Bringen Sie uns zu ihr, Farley!«

»Sie wandern zurück in den Knast. Und diesmal kommen Sie nicht so schnell wieder raus«, brüllte ich ihn an.

Es war, als wachte Farley jetzt endlich auf. Er kniff die Augen zusammen und starrte uns an. Mein Gott, er stank, besonders jetzt, wo er Angst hatte.

»Moment mal. Scheiße, jetzt kapier ich. Das Ding im Internet? Ich habe mich nur aufgespielt.«

»Was soll das heißen?«

Farley sank in sich zusammen, als hätten wir ihn geschlagen. »Liebling Vier ist für Abartige zum Quatschen. Alle da erzählen Scheiße, Mann.«

»Aber Sie haben die Sachen über Audrey Meek *nicht* erfunden. Sie wissen *genau* über sie Bescheid«, sagte ich.

»Dieses Luder macht mich geil. Sie ist eine Füchsin. Verdammt, ich sammle Meek-Kataloge – schon immer. Alle diese dürren Models müssten mal so richtig durchgefickt werden!«

»Sie wussten auch viel über die Entführung, Farley«, sagte ich.

»Ich lese Zeitung und schaue CNN. Wer nicht? Ich habe doch gesagt, dass Audrey Meek mich geil macht. Ich *wünschte* mir, ich hätte sie entführt. Glaubt ihr etwa, ich würde mit Cini schlafen, wenn Audrey Meek hier wäre?«

Ich deutete mit dem Zeigefinger auf Farley. »Sie haben Sachen gewusst, die *nicht* in den Zeitungen standen!«

Er schüttelte den großen Schweinskopf. Dann sagte er: »Ich habe einen Scanner und höre Polizeifunk. Scheiße, ich habe Audrey Meek nicht entführt. So viel Mut habe ich nicht. Ich rede bloß, Mann.«

»Aber Carly Hope haben Sie vergewaltigt«, blaffte Mahoney.

Farley schien zu schrumpfen. »Nein, nein. Ich habe das schon vor Gericht gesagt. Carly war eine Freundin. Ich habe sie nicht vergewaltigt. So viel Mut habe ich nicht. Und ich habe Audrey Meek nichts getan. Ich bin ein Niemand, ein *Nichts*.«

Rafe Farley starrte uns an. Seine Augen waren blutunterlaufen. Alles an ihm war armselig. Ich wollte nicht, aber ich begann ihm zu glauben. *Ich bin ein Niemand, ein Nichts.* Ja, das war Rafe Farley.

40

Sterling
Mr. Potter
Der Kunstdirektor
Sphinx
Marvel
Der Wolf

Die Decknamen klangen harmlos, doch die Männer dahinter waren es nicht. Während einer Sitzung hatte Potter die Gruppe scherzhaft »Monsters Inc.« genannt, und das war eine treffende Beschreibung. Sie waren Ungeheuer, allesamt. Sie waren abartig, pervers und noch Schlimmeres.

Und dann war da noch der Wolf, der zu einer ganz anderen Klasse gehörte.

Sie trafen sich auf einer sicheren Website, die für Außenseiter unzugänglich war. Alle Nachrichten waren kodiert. Man benötigte dazu zwei Schlüssel: Der eine verstümmelte die Information, mit dem zweiten konnte man sie wieder herstellen. Noch wichtiger war ein Handscan, um auf diese Site zu gelangen. Sie überlegten, ob sie einen Retina-Scan oder möglicherweise eine anale Probe einsetzen sollten.

Thema der Diskussion war das Paar und was man mit ihnen tun sollte.

»Was zum Teufel soll das bedeuten: *was man mit ihnen tun soll?*«, fragte der Kunstdirektor, der scherzhafterweise auch Weichei genannt wurde, weil er sehr gefühlvoll werden konnte. Da war er der Einzige der Gruppe.

»Es bedeutet genau das, wonach es sich anhört«, antwortete Sterling. »Es hat eine ernsthafte Sicherheitsverletzung gegeben. Jetzt müssen wir entscheiden, was wir deswegen unternehmen wollen. Es geht um Schlamperei, Blödheit, vielleicht noch Schlimmeres. Man hat die beiden *gesehen*. Damit sind wir alle in Gefahr.«

»Welche Optionen haben wir?«, fragte der Kunstdirektor. »Beinahe habe ich Angst zu fragen.«

Sterling antwortete sofort: »Haben Sie in letzter Zeit Zeitungen gelesen? Besitzen Sie einen Fernseher? Ein *Zweier-Team* entführte eine Frau in einem Einkaufszentrum in Atlanta, Georgia. Man hat die beiden gesehen. Ein *Zweier-Team* entführte eine Frau in Pennsylvania – und man hat die beiden gesehen. Unsere Optionen? Gar nichts tun – oder etwas Extremes tun. Man muss eine Lektion erteilen – für die anderen Teams.«

»Und wie gehen wir das Problem an?«, fragte Marvel, der für gewöhnlich gespenstisch still war, aber sehr unangenehm werden konnte, wenn er sich aufregte.

»Als Erstes habe ich zurzeit sämtliche Lieferungen eingestellt«, sagte Sterling.

»Das hat mir niemand gesagt!«, protestierte Sphinx wütend. »Ich erwarte eine Lieferung. Wie Sie alle wissen, habe ich bereits dafür bezahlt. Weshalb hat man mich nicht früher informiert?«

Mehrere Sekunden sagte keiner etwas zu Sphinx. Niemand mochte ihn. Außerdem waren sie allesamt Sadisten. Sie genossen es, Sphinx auf die Folter zu spannen – oder jeden anderen der Gruppe, der Schwäche zeigte.

»Ich rechne fest mit meiner Lieferung!«, erklärte Sphinx. »Das verdiene ich. Ihr Scheißkerle! Fickt euch doch alle!« Wütend verließ Sphinx die Website. Typisch Sphinx! Eigentlich lächerlich, aber keiner lachte.

»Sphinx hat das Gebäude verlassen«, sagte Potter schließlich.

Der Wolf übernahm das Kommando. »Ich glaube, für

heute Abend haben wir genug Gequatsche gehört. Ich mache mir wegen der Nachrichten Sorgen. Wir müssen uns mit dem Paar so befassen, dass ich zufrieden bin. Ich schlage daher vor, dass wir ein anderes Team hinschicken, um den beiden einen Besuch abzustatten. Irgendwelche Einwände?«

Keine Einwände, was nicht ungewöhnlich war, wenn der Wolf den Vorsitz führte. Alle hatten Angst vor dem Russen.

»Es gibt aber auch gute Nachrichten«, sagte Potter. »Dieses Aufsehen in der Öffentlichkeit… ist das nicht aufregend? Das bringt das Blut zum Kochen. Ein Knüller, richtig?«

»Sie sind ja verrückt, Potter. Sie haben den Verstand verloren.«

»Genießen Sie es nicht auch ungemein?«

Der gut gesicherte Chatroom war nicht genügend geschützt. Unvermittelt erklärte der Wolf: »Sagen Sie nichts mehr. Kein weiteres Wort! Ich glaube, bei uns ist jemand. Jetzt ist er weg. Jemand ist eingedrungen. Wer kann sich hierher Zugang verschafft haben? Wer hat ihn reingelassen? Wer immer es ist, er ist so gut wie tot.«

41

Lili Olsen war vierzehneinhalb. Sie war eigentlich davon überzeugt, im Internet schon alles gehört zu haben, was man sich vorstellen konnte. Doch dann war sie als Hackerin in den Wolfsbau geraten.

Diese abartigen Dreckskerle in dem gut gesicherten, aber

nicht genügend geschützten Chatroom waren allesamt ältere Männer und sie waren widerlich und abscheulich. Ständig redeten sie über weibliche Geschlechtsteile und wie sie abartigen Sex mit allem hatten, was sich bewegte: jedes Alter, jedes Geschlecht, Mensch oder Tier. Diese Männer waren so abstoßend, dass sie am liebsten gekotzt hätte. Aber dann wurde es noch schlimmer. Lili wünschte, sie hätte nie vom Wolfsbau gehört, hätte nie diesen hoch gesicherten Chatroom betreten. Das könnten Mörder sein!

Und dann entdeckte der Anführer, Wolf, dass Lili mit ihnen auf der Website war und alles hörte, was sie sagten.

Und jetzt wusste Lili über die Morde und Entführungen Bescheid, über alles, worüber sie gesprochen hatten. *Allerdings wusste sie nicht, ob irgendetwas von dem, was sie gehört hatte, auch wirklich stattfand oder stattgefunden hatte.*

War es real? Oder dachten sie sich das nur aus? Vielleicht waren diese alten Säcke nur widerliche kranke Großmäuler. Eigentlich wollte Lili die Wahrheit gar nicht wissen. Was wollte sie mit den Dingen anfangen, die sie belauscht hatte? Sie war als Hackerin in diese Site eingedrungen. Das war illegal. Wenn sie zur Polizei ging, musste sie sich selbst beschuldigen. Das konnte sie nicht tun. Oder doch? Aber wenn das ganze Zeug von der Site nur Fantasien war?

Sie saß in ihrem Zimmer und dachte über das Undenkbare nach. Sie hatte ein furchtbar flaues Gefühl im Magen. Sie war traurig, aber sie hatte auch Angst.

Die Männer wussten, dass sie sich Zugang zum Wolfsbau verschafft hatte. Aber wussten sie auch, wie sie sie finden konnten? Wäre Lili an ihrer Stelle gewesen, hätte sie gewusst, wie. Waren die Männer vielleicht schon unterwegs zu ihrem Haus?

Lili war bewusst, dass sie zur Polizei gehen sollte. Vielleicht zum FBI? Aber sie brachte es einfach nicht fertig. Sie saß wie erstarrt da. Sie hatte das Gefühl, gelähmt zu sein.

Als es an der Tür klingelte, fuhr sie vor Schreck fast aus der Haut. »Scheiße! Heilige Muttergottes! Das sind sie!«

Lili holte tief Luft und rannte dann nach unten zur Eingangstür. Vorsichtig spähte sie durch den Spion. Sie hörte ihr eigenes Herz hämmern.

Domino's Pizza! O Gott!

Das hatte sie ganz vergessen! Der Pizza-Bote – keine Killer – stand vor der Tür. Unvermittelt musste Lili kichern. Nein, sie würde doch nicht sterben.

Sie öffnete die Tür.

42

Der Wolf war selten wütender gewesen, und jemand musste dafür bezahlen. Der Russe hatte schon lange einen Hass auf New York City und den Smog und die weit überschätzte Weltstadt. Für ihn war sie dreckig, unvorstellbar verdorben; die Menschen waren rüde und unzivilisiert, sogar noch schlimmer als die in Moskau. Aber heute musste er hier sein. Hier lebte das Paar und er hatte mit den beiden etwas zu erledigen. Außerdem wollte der Wolf Schach spielen, eine seiner Leidenschaften.

Long Island war die allgemeine Adresse, die er von Slava und Zoya hatte.

Genau genommen war es Huntington.

Er kam in der Stadt kurz nach drei Uhr nachmittags an. Er erinnerte sich an das andere Mal, als er hier gewesen war

– zwei Jahre, nachdem er Russland verlassen und in New York angekommen war. Seinen Verwandten hatte hier ein Haus gehört, und sie hatten ihm geholfen, in Amerika Fuß zu fassen. Draußen »auf der Insel«, wie die Einheimischen es nannten, hatte er vier Morde begangen. Nun, Huntington war wenigstens in der Nähe des Kennedy Airport. Er wollte New York so schnell wie möglich verlassen.

Das Paar wohnte in einem typischen Vorstadthaus. Der Wolf hämmerte gegen die Vordertür, und ein bulliger Typ mit Spitzbart machte auf. Er hieß Lukanov und gehörte zu einem anderen Team, das erfolgreich in Kalifornien, Oregon und Washington State arbeitete. Lukanov war Major beim KGB gewesen.

»Wo sind diese blöden Arschlöcher?«, fragte der Wolf, sobald er im Haus war.

Lukanov deutete mit dem Daumen zu einem schummrigen Korridor, und der Wolf marschierte los. Heute tat ihm das rechte Knie weh. Er erinnerte sich an den Tag in den achtziger Jahren, als eine rivalisierende Bande es ihm gebrochen hatte. In Moskau galt so etwas als Warnung. Der Wolf hielt nicht viel von Warnungen. Er hatte die drei Männer aufgespürt, die versucht hatten, ihn zum Krüppel zu machen, und ihnen jeden Knochen im Leib gebrochen, einen nach dem anderen. In Russland nannte man diese grausame Methode *zamochit*, aber der Wolf und andere Verbrecher nannten sie auch *zermalmen*.

Er betrat ein kleines unordentliches Schlafzimmer und sah Slava und Zoya, die Verwandten seiner Ex-Frau. Das Paar war dreißig Meilen außerhalb Moskaus aufgewachsen. Bis zum Sommer 1998 waren sie in der Armee, danach emigrierten sie nach Amerika. Sie arbeiteten mittlerweile knapp acht Monate für ihn, daher lernte er sie allmählich besser kennen.

»Ihr lebt auf einer Müllhalde«, erklärte er. »Ich weiß, dass ihr massenhaft Geld habt. Was macht ihr damit?«

»Wir haben zu Hause Familie«, antwortete Zoya. »Genauso wie du.«

Der Wolf neigte den Kopf zur Seite. »Ah, wie rührend. Ich hatte keine Ahnung, dass du so ein großes goldenes Herz hast, Zoya.« Er deutete Lukanov zu gehen und sagte: »Mach die Tür zu. Ich komme raus, wenn ich hier fertig bin. Das könnte ein Weilchen dauern.«

Das Paar lag eng umschlungen auf dem Fußboden. Beide hatten nur Unterwäsche an. Auf Slavas Unterhose waren kleine Enten aufgedruckt. Zoya trug einen schwarzen Büstenhalter und einen passenden Tanga.

Der Wolf lächelte jetzt. »Was soll ich nur mit euch beiden machen?«

Slava begann zu lachen. Es klang schrill und nervös. Er hatte geglaubt, der Wolf würde sie sofort töten, doch es war wohl nur eine Warnung. Das sah er in den Augen des Wolfs.

»Also, was ist passiert? Los, spuckt es aus. Schnell. Ihr kennt die Spielregeln«, sagte der Wolf.

»Vielleicht lief alles zu leicht. Wir wollten eine größere Herausforderung. Unser Fehler, Pasha. Wir haben geschlampt.«

»Lügt mich nicht an«, sagte der Wolf. »Ich habe meine Quellen. Sie sind überall.«

Er setzte sich in einen Sessel, der aussah, als stünde er seit hundert Jahren in diesem grauenvollen Schlafzimmer. Unter seinem Gewicht wirbelte Staub von dem alten Sessel auf.

»Magst du ihn?«, fragte er Zoya. »Den Vetter meiner Frau?«

»Ich liebe ihn«, antwortete sie und ihre braunen Augen

wurden sanft. »Immer. Seit wir dreizehn Jahre alt waren. Ich liebe ihn für immer und ewig.«

»Slava, Slava«, sagte der Wolf und ging zu dem muskulösen Mann auf dem Boden. Er beugte sich hinunter, um Slava zu umarmen. »Du bist ein Blutsverwandter meiner Ex-Frau. Und du hast mich verraten. Du hast mich an meine Feinde verkauft, nicht wahr? Klar, hast du das getan. Wie viel hast du kassiert? Ich hoffe, eine Menge.«

Dann drehte er Slavas Kopf, als würde er ein großes Glas saure Gurken aufmachen. Slavas Genick brach. Dieses Geräusch hatte der Wolf im Laufe der Jahre lieben gelernt. Es war sein Markenzeichen in der Russenmafia.

Zoyas Augen weiteten sich, aber sie gab keinen Laut von sich. Daraus ersah der Wolf, was für harte Typen sie und Slava waren, wie gefährlich beide für die Sicherheit der Organisation waren. »Ich bin beeindruckt, Zoya«, sagte er. »Lass uns reden.«

Er starrte in diese erstaunlichen Augen. »Hör zu, ich besorge uns beiden echten Wodka, russischen Wodka. Dann will ich deine Kriegsgeschichten hören«, sagte er. »Ich möchte erfahren, was du aus deinem Leben gemacht hast, Zoya. Du hast mich neugierig gemacht. Aber außerdem will ich unbedingt Schach spielen, Zoya. In Amerika kann keiner Schach spielen. Ein Spiel, dann fährst du in den Himmel zu deinem geliebten Slava. Aber vorher Wodka und Schach und – ich ficke dich natürlich.«

43

Aufgrund von Geheimnissen, welche Zoya dem Wolf unter grässlichen Qualen anvertraut hatte, musste dieser noch einen Halt in New York einlegen. *Leider.* Denn das bedeutete, dass er seinen Rückflug verpassen und heute Abend das Profi-Eishockeyspiel versäumen würde. Bedauerlich, aber er wusste, dass er das Richtige tat. Der Verrat Slavas und Zoyas hatte sein Leben gefährdet und ihn außerdem schlecht aussehen lassen.

Kurz nach elf Uhr betrat er einen Club namens Passage in Brighton Beach, Brooklyn. Das Passage sah von der Straße aus schäbig und verkommen aus, aber innen war alles vom Feinsten, fast wie die elegantesten Clubs in Moskau.

Er sah Leute, die er aus alten Zeiten in Moskau kannte: Gosha Chernov, Lev Denisov, Yura Fomin und seine Geliebte. Dann entdeckte er seinen Liebling Yulya. Seine Ex-Frau war hoch gewachsen, schlank, mit großen Brüsten, die er ihr in Palm Beach, Florida, gekauft hatte. Im richtigen Licht war Yulya immer noch schön. Sie hatte sich seit Moskau nicht sehr verändert, wo sie als Tänzerin gearbeitet hatte, seit sie fünfzehn war.

Sie saß mit Mikhail Biryukov an der Bar, dem neuesten König von Brighton Beach. Sie waren direkt vor einem Wandgemälde von St. Petersburg. Ein typisches Hollywood-Cliché, wie eine Kulisse, dachte der Wolf.

Yulya sah ihn kommen und tippte Biryukov an. Der örtliche *pakhan* drehte sich um. Der Wolf ging schnell zu ihm und knallte den schwarzen König auf die Tischplatte. »Schachmatt«, rief er, lachte schallend und umarmte Yulya. »Ihr seid nicht glücklich, mich zu sehen?«, fragte er. »Ich sollte tief verletzt sein.«

»Sie sind ein mysteriöser Mann«, erwiderte Biryukov mürrisch. »Ich dachte, Sie seien in Kalifornien.«

»Sie irren sich in beiden Fällen«, sagte der Wolf. »Übrigens lassen Slava und Zoya schön grüßen. Ich habe sie gerade auf Long Island besucht. Sie konnten leider heute Abend nicht herkommen.«

Yulya zuckte mit den Schultern – was für ein eiskaltes Luder. »Die sind mir egal – entfernte Verwandte.«

»Mir auch, Yulya. Nur der Polizei sind sie jetzt nicht mehr egal.«

Plötzlich packte er Yulya bei den Haaren und hob sie mit einem Arm vom Barhocker. »Du hast ihnen gesagt, sie sollen mich bescheißen, nicht wahr? Du musst ihnen eine Menge bezahlt haben!«, schrie er ihr ins Gesicht. »Du warst das! Und *er*!«

Blitzschnell holte der Wolf einen Eispickel aus dem Ärmel und stieß ihn in Biryukovs linkes Auge. Der Gangster war sofort tot.

»Nein … bitte.« Yulya bemühte sich, ein paar Worte zu stammeln. »Das kannst du nicht tun. Nicht mal du!«

Doch der Wolf wandte sich an die Gäste des Nachtclubs. »Sie sind alle Zeugen, richtig? *Was?* Keiner hilft ihr? Sie haben Angst vor mir? Gut – sollten Sie auch. Yulya versuchte sich an mir zu rächen. Sie war immer schon eine dämliche Kuh. Biryukov – er war nur ein blöder, geldgieriger Dreckskerl. *Ehrgeizig!* Der Pate von Brighton Beach! Was ist das schon? Er wollte *meinen* Platz!«

Der Wolf hob Yulya noch höher in die Luft. Sie stieß mit den langen Beinen um sich, einer der roten Pumps flog unter einen Tisch. Niemand hob den Schuh auf. Kein Mensch im Club rührte einen Finger, um ihr zu helfen. Wie ein Lauffeuer hatte sich herumgesprochen, dass der Irre da vorn der Wolf war.

»Sie sind alle Augenzeugen dafür, wie ich vorgehe – sollte einer es je wagen, mir in die Quere zu kommen. Ja, Sie sind Augenzeugen! Sie sind gewarnt. So war es in Russland und so ist es jetzt in Amerika.«

Der Wolf nahm die linke Hand aus Yulyas Haar und legte sie um ihren Hals. Er drehte kurz, und ihr Genick brach. *»Sie sind Augenzeugen!«*, schrie er auf Russisch. »Ich habe eigenhändig meine Ex-Frau umgebracht und diese Ratte Biryukov. Sie haben es selbst gesehen. Und jetzt scheren Sie sich zum Teufel!«

Dann stapfte der Wolf aus dem Nachtclub. Niemand wagte es, ihn aufzuhalten.

Und niemand sprach mit der New Yorker Polizei, als diese eintraf.

So war es in Russland.

So ist es jetzt in Amerika.

44

Benjamin Coffey wurde in einem dunklen Rübenkeller unter der Scheune, wohin Potter ihn gebracht hatte, gefangen gehalten. Wann war das gewesen? Vor drei, vielleicht vier Tagen? Benjamin konnte sich nicht genau erinnern, vermochte die Tage nicht zu zählen.

Der Student des Providence College hätte beinahe den Verstand verloren, bis er in dem einsamen Kellergefängnis eine verblüffende Entdeckung machte. Er fand Gott, oder vielleicht *fand Gott ihn.*

Urplötzlich spürte Benjamin Gottes Anwesenheit. Gott akzeptierte ihn, und vielleicht war es an der Zeit, dass er Gott akzeptierte. Er begriff, dass Gott ihn verstand. Aber weshalb konnte er, Benjamin, Gott nicht begreifen? Das ergab keinen Sinn. Schließlich hatte er in Providence vom Kindergarten bis zum Abschluss der Highschool katholische Schulen besucht, ehe er am College mit dem Studium von Philosophie und Kunstgeschichte begonnen hatte. In der Dunkelheit seiner »Gefängniszelle« unter der Scheune kam Benjamin zu einer verblüffenden Schlussfolgerung. Er hatte immer gedacht, dass er im Grunde ein guter Mensch sei. Doch wusste er, dass er das nicht war. Und das hatte nichts mit seinem Sexualleben zu tun, wie eine heuchlerische Kirche ihm einzureden versuchte. Seiner Meinung nach war ein schlechter Mensch jemand, der gewohnheitsmäßig anderen Menschen Schaden zufügte. Benjamin war schuldig aufgrund dessen, wie er seine Eltern und Geschwister behandelt hatte, seine Mitschüler, seine Liebhaber, sogar seine so genannten besten Freunde. Er hatte einen bösen Charakter, benahm sich stets arrogant und fügte anderen unnötige Schmerzen zu. So benahm er sich, solange er zurückdenken konnte. Er war grausam, ein Snob, ein Leuteschinder, ein Sadist, ein absolutes Stück Scheiße. Er hatte dieses Verhalten immer damit gerechtfertigt, dass andere Menschen ihm so sehr wehgetan hätten.

War ihm deshalb das alles zugestoßen? Möglich. Am erstaunlichsten für Benjamin war die Erkenntnis, dass er – falls er je wieder lebend hier herauskäme – sich wohl *nicht* ändern würde. Tatsächlich glaubte er, dass er diese Erfahrung hier als Entschuldigung vorbringen würde, den Rest seines Lebens ein elender Mistkerl zu bleiben. *Kalt, kalt,* dachte er. *Ich bin eiskalt. Aber Gott liebt mich bedingungslos. Und das wird sich auch nie ändern.* Dann wurde Benjamin klar, dass er hoffnungslos verwirrt war und dass er weinte. Wahrscheinlich weinte er bereits einen ganzen Tag. Er zitterte heftig und brabbelte Unsinn vor sich hin. Er wusste nicht, was er wirklich über irgendetwas dachte. Nein, er war sich über nichts mehr im Klaren.

Seine Gedanken schweiften hin und her. Er hatte Freunde, *großartige* Freunde, und er war ein guter Sohn. Warum schwirrten ihm dann diese grauenvollen Gedanken durch den Kopf? Weil er in der Hölle war? War es das? Die Hölle war dieser nach Fäulnis stinkende Rübenkeller unter einer verfallenen Scheune irgendwo in Neuengland, wahrscheinlich in New Hampshire oder Vermont. War das richtig?

Vielleicht sollte er bereuen und konnte die Freiheit nicht eher erlangen, bis er das tat? Oder vielleicht würde er hier bleiben – auf ewig?

Er erinnerte sich an etwas aus der katholischen Schule in Great Barrington, Rhode Island. Ein Priester hatte versucht, Benjamin in der sechsten Klasse die Ewigkeit zu erklären. »Stell dir einen Fluss vor, mit einem Berg auf der anderen Seite«, hatte der Priester gesagt. »Und jetzt, Jungen und Mädchen, stellt euch vor, dass alle tausend Jahre ein winziger Spatz alles, was er im Schnabel tragen kann, vom Berg auf die andere Seite des Flusses trägt. Und wenn dieser Spatz den gesamten Berg abgetragen hat, wäre das nur der *Anfang* der Ewigkeit.« Doch Benjamin glaubte die kleine Geschichte des Priesters nicht, oder doch? Ewiges Höllenfeuer? Jemand würde ihn bald hier finden. Jemand würde ihn hier herausholen.

Unglücklicherweise glaubte er auch das nicht ganz. Wie konnte ihn hier jemand finden? Nie und nimmer. Gott, die Polizei hatte durch einen glücklichen Zufall die Washingtoner Sniper gefunden, und Malvo und Muhammad waren nicht besonders schlau. Doch Mr. Potter war es.

Er musste aufhören zu weinen, denn Mr. Potter war schon verärgert über ihn. Er hatte gedroht, ihn zu töten, wenn er nicht aufhörte. *Und deshalb, o Gott, heulte er ja jetzt so schrecklich.* Er wollte nicht sterben. Er war doch erst einundzwanzig und hatte sein ganzes Leben noch vor sich.

Eine Stunde später? Drei? Er hörte Lärm über sich und begann erneut zu weinen. Benjamin konnte das Schluchzen nicht unterdrücken, er zitterte am ganzen Leib. Er schniefte auch. Seit dem Kindergarten tat er das. *Hör auf zu schniefen, Benjamin. Hör auf damit! Hör auf!* Aber er konnte nicht aufhören.

Dann öffnete sich die Falltür. Jemand kam herunter.

Hör auf zu weinen, hör auf zu weinen. Hör auf! Sofort! Potter wird dich umbringen.

Dann ereignete sich etwas Unglaubliches. Mit dieser Schicksalswendung hätte Benjamin nie gerechnet.

Er hörte eine tiefe Stimme – nicht die von Potter.

»Benjamin Coffey? Benjamin? Hier ist das FBI. Mr. Coffey, sind Sie da unten?«

Das FBI hat mich gefunden! Es ist ein Wunder. Ich muss mich bemerkbar machen. Aber wie? Der Knebel… Nicht weggehen! Ich bin hier unten. Ja, hier!

Der Strahl einer Taschenlampe blendete ihn. Eine Silhouette. Dann tauchte das ganze Gesicht aus dem Schatten auf.

Mr. Potter betrachtete ihn mit finsterer Miene von oben herab. Dann streckte er ihm die Zunge heraus. »Ich habe dir gesagt, was passieren würde. Habe ich dir das nicht gesagt, Benjamin? Du hast es dir selbst zuzuschreiben. Und du bist so *wunderschön*. Gott, du bist in jeder anderen Hinsicht perfekt.«

Sein Peiniger kam die Leiter herunter. Er sah den Holzhammer in Potters Hand. Ein schweres Werkzeug. Wogen der Angst überfluteten Benjamin. »Ich bin viel stärker, als ich aussehe«, sagte Potter. »Und du warst ein sehr böser Junge.«

45

Mr. Potters richtiger Name lautete Homer O. Taylor, und er war am Dartmouth College Assistent für Anglistik. Er war brillant, aber doch nur ein Assistent, ein *Niemand.* Sein Büro war klein, wenngleich gemütlich, im Eckturm des Liberal Arts Building. Er nannte es sein »Dachstübchen«, wo ein Niemand in einsamer Abgeschiedenheit arbeiten konnte.

Er saß dort fast den ganzen Nachmittag. Die Tür hatte er abgeschlossen. Er war nervös. Er betrauerte seinen schönen toten Jungen, seine letzte tragische Liebe – die dritte.

Ein Teil von Homer Taylor wollte zu der Scheune auf der Farm in Webster zurückfahren, um bei Benjamin zu sein, nur um die Leiche noch einige Stunden anzuschauen. Sein Toyota 4Runner parkte draußen. Er könnte in einer Stunde dort sein, wenn er sich beeilte. *Benjamin, lieber Junge,* warum konntest du nicht artig sein? Warum hast du das Schlimmste in mir geweckt, wo ich doch so viel Liebe für dich empfand?

Benjamin war wirklich eine Schönheit gewesen, und der Verlust, den Taylor jetzt spürte, war grauenvoll. Es war nicht allein der körperliche und gefühlsmäßige Verlust, es war auch eine erhebliche finanzielle Einbuße. Vor fünf Jahren hatte er gut zwei Millionen Dollar geerbt. Das Geld wurde schnell weniger. Vielleicht zu schnell. Er konnte es sich nicht leisten, so zu spielen – aber wie konnte er aufhören?

Schon jetzt wollte er einen anderen Jungen. Er brauchte es, geliebt zu werden. Und jemanden zu lieben. Einen zweiten Benjamin, aber kein emotionales Wrack, wie dieser arme Junge es gewesen war.

Er blieb den ganzen Tag im Büro, um die einstündige Qual des Tutoriums um vier Uhr zu vermeiden. Er würde so tun, als müsse er Seminararbeiten korrigieren, falls jemand klopfte. Aber er las keine einzige Seite.

Stattdessen gab er sich seiner Besessenheit hin.

Gegen sieben Uhr nahm er mit Sterling Kontakt auf. »Ich möchte noch einen Kauf tätigen«, sagte er.

46

Ich besuchte eines Abends Sampson und Billie und hatte eine schöne Zeit mit ihnen. Ich redete über Babys und bemühte mich, dem großen John Sampson Angst einzujagen. Mindestens einmal pro Tag telefonierte ich mit Jamilla. Aber der Fall »Weißes Mädchen« geriet in Bewegung, und ich wusste, was das bedeutete. Wahrscheinlich würde ich in diesem Fall versinken.

Ein Ehepaar, Slava Vasilev und Zoya Petrov, waren in dem Haus, das sie auf Long Island gemietet hatten, tot aufgefunden worden. Wir fanden heraus, dass der Mann und die Frau vor vier Jahren in die Vereinigten Staaten gekommen waren. Sie standen im Verdacht, russische und andere osteuropäische Frauen zum Zweck der Prostitution ins Land zu schleusen, und dass diese darüberhinaus Kinder zur Welt brachten, welche dann an reiche Paare verkauft wurden.

Agenten aus dem New Yorker Büro waren überall am Tatort auf Long Island. Fotos der beiden Opfer wurden den Studenten gezeigt, welche die Connolly-Entführung gesehen hatten, und auch den Kindern von Audrey Meek. Sie hatten das Paar als die Entführer identifiziert. Ich fragte mich, weshalb die Leichen einfach so im Haus liegen gelassen worden waren. Als abschreckendes Beispiel? Für wen?

Ich traf mich mit Monnie Donnelley regelmäßig um sieben vor meinem täglichen Orientierungsunterricht. Wir analysierten die Long-Island-Morde. Monnie trug alles zusammen, was sie über das Ehepaar finden konnte, ebenso über andere russische Kriminelle, die in den Vereinigten Staaten arbeiteten, die so genannte Russenmafia. Sie hatte einen heißen Draht zur Abteilung Organisiertes Verbrechen im Hoover Building und zur Russenmafia-Einheit im New Yorker Büro des FBI.

»Ich habe wunderbare Bagels aus Washington mitgebracht«, sagte ich, als ich am Montag um zehn nach sieben ihr Büro betrat. »Die besten der Stadt, jedenfalls laut Zagat. Sie scheinen nicht übermäßig begeistert zu sein.«

»Sie sind zu spät«, erwiderte Monnie kühl, ohne vom Bildschirm aufzublicken.

»Diese Bagels sind es wert«, sagte ich. »Glauben Sie mir.«

Schließlich schaute sie mich an und lächelte. Ein liebenswertes Lächeln, das es wert war, darauf zu warten. »Sie wissen, dass ich das nicht ernst meine, oder? Ich spiele nur die toughe Agentin, Alex. Her mit den Bagels.«

Ich lachte. »An den Humor von Cops bin ich gewöhnt.«

»Oh, ich fühle mich geehrt«, murmelte sie und blickte wieder auf den Bildschirm. »Er hält mich für einen Cop, nicht nur für eine Bürostute. Wissen Sie, dass man mich bei den *Fingerabdrücken* hat anfangen lassen? Absoluter Tiefpunkt.«

Ich mochte Monnie, aber ich hatte das Gefühl, dass sie eine Menge Unterstützung brauchte. Ich wusste, dass sie seit zwei Jahren geschieden war und an der Maryland Kriminologie studiert hatte. Dort hatte sie auch noch einer anderen interessanten Leidenschaft gefrönt: Kunst. Monnie nahm immer noch Unterricht im Zeichnen und Malen und selbstverständlich war da die Collage in ihrem Büro.

Sie gähnte. »Entschuldigung. Ich habe mit den Jungs gestern Abend *Alias* angeschaut. Großmutter wird Probleme haben, sie heute zu wecken.«

Monnies Familienleben war eine weitere Gemeinsamkeit. Sie war allein erziehende Mutter mit zwei kleinen Kindern und einer Großmutter, welche die Kinder abgöttisch liebte und nur einen Block weiter wohnte. Die Großmutter war die Mutter ihres Ex-Manns, was einiges über diese Ehe aussagte. Jack Donnelley hatte an der Maryland University Basketball gespielt. Dort hatten er und Monnie sich kennen gelernt. Er war auf dem College ein starker Trinker gewesen, und nach der Graduierung war es sogar noch schlimmer geworden. Monnie sagte, er habe sich nie davon erholt, dass er in der Highschool der Champion und bei den Maryland Terrapins nur irgendein Verteidiger war. Monnie war einsfünfzig groß und meinte scherzhaft, sie hätte am College überhaupt nicht Ball gespielt. Sie gestand mir, ihr Spitzname in der Schule sei »Spatz« gewesen.

»Ich habe von Frauen gelesen, die von Tokio nach Riad verkauft wurden«, sagte sie. »Das bricht mir das Herz und macht mich furchtbar wütend. Alex, wir sprechen hier von barbarischem Menschenhandel. Was ist mit euch Männern los?«

Ich schaute sie an. »Ich kaufe keine Frauen und verkaufe sie auch nicht, Monnie. Und keiner meiner Freunde.«

»Tut mir Leid. Wegen der Ratte Jack und einiger anderer Ehemänner, die ich kenne, trage ich ein extraschweres Päckchen mit mir rum.« Sie blickte auf den Bildschirm. »Hier haben wir ein tolles Zitat. Wissen Sie, was der thailändische Premierminister über die Tausenden von Frauen gesagt hat, die von seinem Land aus in die Prostitution verkauft wurden? ›Thai-Mädchen sind einfach so hübsch.‹ Und das meint der Premierminister über den Verkauf von zehnjährigen Mädchen: ›Aber ich bitte Sie. Mögen Sie nicht auch junge Mädchen?‹ Ich schwöre bei Gott, das hat er gesagt.«

Ich setzte mich neben Monnie und blickte auf den Bildschirm. »Und jetzt hat jemand einen vielversprechenden Markt für weiße Frauen der oberen Mittelschicht eröffnet. Wer? Und von wo aus arbeitet er? Europa? Asien? Den Vereinigten Staaten?«

»Das ermordete Ehepaar könnte ein Durchbruch für uns sein. *Russen.* Was meinen Sie?«, fragte Monnie.

»Es könnte ein Ring sein, der von New York aus operiert. Brighton Beach. Oder befindet sich das Hauptquartier in Europa? Heutzutage sitzen die russischen Kriminellen fast überall. Es ist nicht mehr ›Die Russen kommen‹. Sie sind schon da.«

Monnie lieferte Informationen. »Die Solntsevo-Gang ist zurzeit das größte Verbrechersyndikat der Welt. Wussten Sie das? Hier sind die auch ganz groß im Geschäft. An beiden Küsten. Die Russenmafia ist in ihrem Land praktisch zusammengebrochen. Sie haben nahezu hundert Milliarden aus Russland herausgeschmuggelt und davon ist viel hierher geflossen. Wir haben Einsatzgruppen in L.A., San Francisco, Chicago, New York, Washington, D.C., und Miami, die sich mit dem Problem befassen. Die Russen haben Banken in der Karibik und Zypern *gekauft*. Glauben Sie es oder nicht, sie kontrollieren mittlerweile Prostitution, Glücksspiel und Geldwäsche in Israel. In *Israel*!«

Es gelang mir, ein paar Worte einzuwerfen. »Ich habe gestern Abend ein paar Stunden die Akten von Anti-Slavery International studiert. Da mischt die Russenmafia auch mit.«

»Ich verrate Ihnen noch etwas.« Sie schaute mich an. »Der Junge, den sie in Newport entführt haben. Ich *weiß*, dass es nach einem anderen Muster abgelaufen ist, aber ich bin überzeugt, dass er Teil dieser Sache ist. Was denken Sie?«

Ich nickte. Ich war ihrer Meinung. Und ich dachte auch, dass Monnie für jemanden, der so selten das Büro verließ, über die scharfe Auffassungsgabe eines fähigen Cops verfügte. Bis jetzt war sie der beste Mensch, den ich beim FBI kennen gelernt hatte. Und nun saßen wir in ihrem winzigen Büro und bemühten uns, den Fall »Weißes Mädchen« zu lösen.

47

Seit meiner Zeit an der Johns Hopkins University hatte ich nie richtig aufgehört, ein Student zu sein. Das hatte mir beim Polizeidienst in Washington geholfen und mir sogar eine gewisse geheimnisvolle Aura verliehen. Ich hoffte, beim FBI würde es ebenso laufen, doch bis jetzt war dem nicht so. Ich setzte mich mit genügend schwarzem Kaffee hin und begann mit den

Recherchen über die russische Mafia. Ich musste alles darüber wissen und Monnie Donnelley war eine willige Komplizin.

Ich machte mir ein paar Notizen, obwohl ich mich für gewöhnlich an alles Wichtige erinnere und mir nur selten etwas aufschreiben muss. Laut den FBI-Akten war die Russenmafia in Amerika mittlerweile mächtiger als die Cosa Nostra. Im Gegensatz zur italienischen Mafia waren die Russen in losen Netzwerken organisiert, die zwar kooperierten, aber nicht von einander abhängig waren. Zumindest nicht bis jetzt. Ein Riesenvorteil dieser losen Strukturen war, dass sie der RICO-Verfolgung durch die Regierung entgingen. Man konnten ihnen keine Verschwörungen nachweisen. Es gab zwei deutlich unterschiedliche Typen von russischen Mafiakriminellen. Die »Straßengangster« waren für Prostitution und Schutzgelderpressung zuständig, diese Gruppe hieß *Solntsevo*. Die zweite Gruppe der Russenmafia operierte auf einer höheren Ebene, hatte mit Versicherungsbetrug und Geldwäsche zu tun. Das waren die neokapitalistischen Kriminellen, *Izmailovo* genannt.

Für den Moment wollte ich mich auf die erste Gruppe konzentrieren, das niedere Volk, besonders die Brigaden, die mit Prostitution zu tun hatten. Laut Bericht der FBI-Abteilung Organisiertes Verbrechen funktionierte das Geschäft mit den Prostituierten sehr ähnlich wie das in der »Oberliga im Baseball«. Eine Gruppe Prostituierter konnte vom Besitzer von einer Stadt in die nächste verschachert werden. Als Fußnote las ich, dass bei einer Umfrage, die unter Schülerinnen der siebten Klasse in Russland durchgeführt worden war, Prostitution unter den fünf späteren Wunschberufen genannt wurde. Etliche historische Anekdoten waren in den Bericht eingeflochten, um die Mentalität von russischen Kriminellen aufzuzeigen: *gerissen und skrupellos*. Laut einer Geschichte hatte Ivan der Schreckliche den Bau der Basiliuskathedrale in Auftrag gegeben, um mit ihr die größten Kirchen Europas zu übertreffen. Er war mit dem Resultat sehr zufrieden und lud den Architekten zu sich in den Kreml ein. Als der Baukünstler erschien, wurden seine Pläne verbrannt und ihm die Augen ausgestochen. So stellte der Zar sicher, dass er nie für einen anderen eine schönere oder größere Kirche bauen konnte.

Es gab auch mehrere zeitgenössische Beispiele. So arbeitete die Russenmafia. Und dagegen mussten wir kämpfen, sofern die Russen hinter dem Fall »Weißes Mädchen« standen.

48

Etwas Unglaubliches sollte an diesem Tag geschehen.

Es war ein herrlicher Nachmittag im östlichen Pennsylvania. Der Kunstdirektor gab sich ganz dem strahlenden Blau des Himmels hin. Die sich auf der Windschutzscheibe spiegelnden, dahingleitenden weißen Wolken wirkten hypnotisierend. *Tue ich jetzt das Richtige?*, hatte er sich während der Fahrt mehrfach gefragt. Er glaubte, die Frage bejahen zu können.

»Du musst zugeben, dass es hier wunderschön ist«, sagte er in seinem Mercedes der G-Klasse SUV zu seiner gefesselten Mitfahrerin.

»Ja, ist es«, erwiderte Audrey Meek. Sie hatte geglaubt, nie wieder die Außenwelt zu sehen, nie wieder frisches Gras und Blumen riechen zu können. Wohin brachte sie dieser Wahnsinnige? Was hatte das zu bedeuten?

Sie hatte Todesangst, bemühte sich aber, das nicht zu zeigen. *Plaudern*, dachte sie. *Ich muss ihn bei Laune halten.*

»Mögen Sie diese G-Klasse?«, fragte sie und wusste im selbem Moment, dass das eine verrückte Frage war, völlig wahnwitzig.

Sein verkniffenes Lächeln und besonders seine Augen verrieten ihr, dass er das ebenso empfand. Dennoch antwortete er höflich: »Ja, tue ich. Anfangs glaubte ich, das sei der endgültige Beweis, dass reiche Leute unglaublich dumm sind. Ich meine, es ist, als würde man ein Mercedes-Logo auf eine Schubkarre kleben und dafür das Dreifache bezahlen. Aber ich mag das sonderbare Aussehen des Vehikels, die strengen Linien des Designs, die netten Extras. Selbstverständlich muss ich den Wagen jetzt loswerden, nicht wahr?«

O Gott! Sie hatte Angst, nach dem Grund zu fragen, aber eigentlich kannte sie ihn. Sie hatte den Wagen gesehen, den er fuhr. Vielleicht hatten das auch andere. Aber sie hatte auch sein Gesicht gesehen. Was er tat, ergab keinen Sinn. Oder vielleicht doch?

Plötzlich stellte Audrey Meek fest, dass sie überhaupt nicht mehr sprechen konnte. Aus ihrem Mund kamen keine Worte mehr, weil er so trocken war. Dieser, wie er behauptete, nette Mann, der erklärt hatte, er wolle ihr Freund sein, sie aber ein halbes Dutzend Mal vergewaltigt hatte, würde sie bald umbringen. Und was dann? Sie hier im wunderschönen Wald verscharren? Sie mit einem schweren Gewicht an den Füßen in einen herrlichen See werfen?

Tränen traten in Audreys Augen. In ihrem Kopf summte es, als habe es dort einen Kurzschluss gegeben. Sie wollte nicht sterben. Nicht jetzt, nicht so. Sie liebte ihre Kinder und ihren Mann George, sogar ihre Firma. Sie hatte so lange hart gearbeitet und so viel geopfert, bis sie ihr Leben im Griff hatte. Und jetzt musste das passieren, dieser unglückliche Zufall, dieses unglaubliche Pech.

Der Kunstdirektor bog scharf nach rechts auf einen schmalen Waldweg ein. Er fuhr viel zu schnell. Wohin wollte er? Warum so schnell? Was war am Ende des Wegs?

Sie fuhren nicht bis zum Ende. Plötzlich bremste er scharf.

»Mein Gott, nein!«, schrie Audrey. »Nein! Bitte, nicht!«

Er hielt, ließ aber den Motor laufen.

»Bitte«, flehte sie. »Bitte, tun Sie das nicht... bitte, bitte. Sie müssen mich nicht umbringen.«

Der Kunstdirektor lächelte nur. »Wir wollen uns noch einmal umarmen, Audrey. Dann steig aus, ehe ich meine Meinung ändere. Du bist frei. Ich werde dir nichts tun. Dazu liebe ich dich zu sehr.«

49

Im Fall »Weißes Mädchen« konnten wir einen Erfolg verbuchen. Eine der Frauen war gefunden worden – lebend.

Man brachte mich in einem der beiden Bell-Hubschrauber, die ständig in Quantico für Notfälle bereitstanden, ins Bucks County, Pennsylvania. Einige hohe Agenten hatten mir gesagt, dass sie noch nie in einem dieser Hubschrauber gewesen wären. Es passte ihnen nicht, dass ich während meiner Orientierungszeit zu einer Art Stammflieger wurde. Es hatte Vorteile, beim Direktor einen Stein im Brett zu haben.

Der schnittige schwarze Bell landete auf einem kleinen

Flugplatz in Norristown, Pennsylvania. Während des Flugs dachte ich über einen Einführungsunterricht nach, den ich vor kurzem besucht hatte. Wir hatten abgeschnittene Fingernägel verbrannt, damit alle wussten, welchen Geruch eine Leiche verströmte. Ich hielt es für unwahrscheinlich, diesmal in Pennsylvania Leichen zu finden. Leider sollte sich herausstellen, dass ich mich irrte.

Agenten von unserer Außenstelle in Philadelphia erwarteten den Hubschrauber und führten mich an den Ort, wohin man Audrey Meek zur Befragung gebracht hatte. Bis jetzt war noch keine Presseerklärung abgegeben worden, aber man hatte ihren Mann verständigt und er war auf dem Weg nach Norristown.

»Ich weiß nicht genau, wo wir sind«, sagte ich, als wir zur örtlichen Unterkunft der Staatspolizei fuhren. »Wie weit entfernt sind wir von dem Punkt, wo Mrs. Meek entführt wurde?«

»Zirka fünf Meilen«, antwortete einer der Agenten aus Philadelphia. »Mit dem Auto ungefähr zehn Minuten.«

»Wurde sie auch in der Nähe gefangen gehalten?«, fragte ich. »Wissen wir das schon? Was *genau* wissen wir?«

»Sie hat der Staatspolizei erzählt, dass der Entführer sie heute Morgen, ziemlich früh, hierher gebracht hat. Sie ist wegen der Wegbeschreibung nicht sicher, aber sie glaubt, dass sie über eine Stunde gefahren sind. Er hatte ihr die Armbanduhr abgenommen.«

Ich nickte. »Hat man ihr bei der Fahrt eine Augenbinde umgelegt? Davon gehe ich aus.«

»Nein. Das ist schon eigenartig, nicht wahr? Sie hat ihren Entführer mehrere Male gesehen. Auch seinen Wagen. Es schien ihm völlig gleichgültig zu sein.«

Das verblüffte mich. Es passte überhaupt nicht ins Bild, und das sagte ich auch.

»Wir tappen bei diesem Fall bis jetzt doch völlig im Dunkeln«, meinte der Agent.

Die Unterkunft der Staatspolizei war ein rotes Backsteingebäude, ein Stück abseits der Schnellstraße. Draußen war alles ruhig, und ich nahm das als ein gutes Zeichen. Zumindest war ich schneller als die Presse gewesen. Bisher hatte noch keiner die Story weitergegeben.

Ich ging rasch hinein, um mit Audrey Meek zu sprechen. Ich konnte es kaum erwarten, herauszufinden, wie sie diese scheinbar aussichtslose Situation überlebt hatte. Sie war die erste Frau, der das gelungen war.

50

Mein erster Eindruck war, dass Audrey Meek nicht wie sie selbst aussah, nicht wie sie in der Öffentlichkeit ausgesehen hatte. Nach diesem schrecklichen Martyrium war sie dünner, besonders im Gesicht. Ihre Augen waren dunkelblau, lagen aber tief in den Höhlen. Ihre Wangen zeigten etwas Farbe.

»Ich bin FBI-Agent Alex Cross. Wie schön, Sie in Sicherheit zu sehen«, sagte ich leise. Ich wollte sie jetzt nicht befragen, aber es musste sein.

Audrey Meek nickte, und unsere Augen trafen sich. Ich hatte das Gefühl, dass ihr bewusst war, welches Glück sie gehabt hatte.

»Ihre Wangen haben etwas Farbe. Haben Sie sich die heute geholt?«, fragte ich. »Als Sie im Wald waren?«

»Ich bin nicht sicher, aber ich glaube nicht. Er hat mich

jeden Tag zu einem Spaziergang nach draußen geführt, nachdem er mich erst einmal hatte. Unter den gegebenen Umständen war er oft rücksichtsvoll. Er hat mich meistens sehr gut bekocht. Er hat mir erzählt, er sei in Richmond mal Chefkoch gewesen. Wir haben lange Gespräche geführt, fast jeden Tag. Alles war so eigenartig. Irgendwann war er einmal nicht im Haus. Ich war vor Angst, dass er mich zum Sterben zurückgelassen hätte, wie versteinert. Aber eigentlich habe ich nicht geglaubt, dass er das tun würde.«

Ich unterbrach Audrey Meek nicht. Ich wollte, dass sie ihre Geschichte ohne Druck oder Steuerung meinerseits erzählte. Ich konnte es immer noch nicht fassen, dass sie freigelassen worden war. In derartigen Fällen geschah das nicht oft.

»Georges? Meine Kinder?«, fragte sie. »Sind sie schon da? Kann ich sie sofort sehen, wenn sie ankommen?«

»Sie sind unterwegs«, erwiderte ich. »Wir bringen sie sofort zu Ihnen, wenn sie da sind. Ich würde Ihnen gern einige Fragen stellen, während alles noch ganz frisch ist. Es tut mir Leid, aber es gibt vielleicht noch mehr vermisste Personen, Mrs. Meek. Wir gehen davon aus.«

»O mein Gott«, flüsterte sie. »Wenn ich Ihnen irgendwie helfen kann, tue ich es. Stellen Sie Ihre Fragen.«

Sie war eine tapfere Frau und berichtete mir von der Entführung, gab eine gute Beschreibung der Frau und des Mannes, die sie überwältigt hatten. Diese passte auf Slava Vasilev und Zoya Petrov. Dann schilderte mir Audrey Meek das Ritual des Tagesablaufs, als sie von dem Mann, der sich Kunstdirektor nannte, festgehalten wurde.

»Er sagte, er würde mich gern bedienen, dass ihm das ungemeines Vergnügen bereitete. Es war, als sei er daran gewöhnt, untertänig zu sein. Aber ich spürte auch, dass er mein Freund sein wollte. Es war einfach abartig. Er hatte mich im Fernsehen gesehen und Artikel über Meek gelesen, meine Firma. Er erklärte, dass er mein Stilgefühl bewunderte und dass ich offenbar nicht arrogant sei. Dann zwang er mich, mit ihm zu schlafen.«

Audrey Meek hielt sich fabelhaft. Ihre Kraft verblüffte mich, und ich fragte mich, ob der Mann, der sie gefangen gehalten hatte, dies ebenfalls bewundert hatte.

»Kann ich Ihnen Wasser bringen? Oder etwas anderes?«, fragte ich.

Sie schüttelte den Kopf. »Ich habe sein Gesicht gesehen«, fuhr sie fort. »Ich habe sogar versucht, es für die Polizei zu zeichnen. Ich glaube, das Bild ist ziemlich gut geworden. So hat er ausgesehen.«

Das Ganze wurde immer eigenartiger. Warum ließ der Kunstdirektor zu, dass sie ihn genau sah, und gab sie danach frei? So etwas war mir noch in keinem Entführungsfall begegnet.

Audrey Meek seufzte und bewegte nervös die Hände, als sie weitersprach. »Er gab zu, zwanghaft besessen zu sein. In Bezug auf Sauberkeit, Kunst, Stil und die Liebe zu einem anderen Menschen. Er gestand mir mehrere Male, dass er mich anbetete. Über sich selbst sprach er oft abfällig. Habe ich Ihnen schon von dem Haus erzählt?«, fragte sie. »Ich bin nicht sicher, was ich Ihnen erzählt habe und was den Polizisten, die mich gefunden haben.«

»Über das Haus haben Sie mir noch nichts gesagt«, erwiderte ich.

»Es war in etwas eingehüllt, wie schweres Zellophan. Es erinnerte mich an Kunst. An Christo. Innen waren Dutzende von Gemälden. Sehr gute. Sie dürften ein Haus, das in Zellophan eingewickelt ist, mit Sicherheit finden.«

»Wir werden es finden«, versicherte ich ihr. »Wir suchen bereits danach.«

Die Tür des Zimmers, in dem wir saßen, öffnete sich einen Spalt. Ein Polizist steckte den Kopf herein, dann machte er die Tür weit auf und Audrey Meeks Mann Georges und ihre beiden Kinder stürmten herein. Bei Entführungsfällen kam so etwas unglaublich selten vor, besonders, wenn das Opfer länger als eine Woche vermisst war. Die Kinder schauten anfangs ängstlich drein. Ihr Vater schob sie liebevoll vorwärts. Dann kam die große Freude. Tränen liefen über die strahlenden Gesichter. Alle umarmten sich, als wollten sie sich nie wieder trennen.

»Mami, Mami, Mami!«, schrie das Mädchen.

Meine Augen füllten sich mit Tränen und ich ging zum Schreibtisch. Audrey Meek hatte zwei Zeichnungen angefertigt. Ich blickte auf das Gesicht des Mannes, der sie gefangen gehalten hatte. Er sah durchschnittlich aus, wie irgendjemand, den man auf der Straße trifft.

Der Kunstdirektor.

Warum hat er sie freigelassen?, fragte ich mich.

51

Gegen Mitternacht fiel uns ein weiterer möglicher Glücksfall in den Schoß. Die Polizei hatte Informationen über ein Haus in Ottsville, Pennsylvania, das in Plastikfolie eingehüllt war. Ottsville war ungefähr dreißig Meilen entfernt. Wir fuhren mit mehreren Autos mitten in der Nacht los. Es war ein langer Tag gewesen, aber niemand beschwerte sich.

Als wir bei dem Haus eintrafen, erinnerte mich die Szene

an mein früheres Leben bei der Polizei in Washington. Dort hatten die Polizisten auch oft auf mich gewartet. Drei Limousinen und zwei schwarze Vans parkten vor einer Kurve an dem Waldweg, der zum Haus führte. Ned Mahoney war gerade aus Washington eingetroffen. Gemeinsam gingen wir zu Eddie Lyle, dem hiesigen Sheriff.

»Nirgends im Haus brennt Licht«, sagte Mahoney, als wir uns dem vor kurzem renovierten Blockhaus näherten. Einziger Zugang zu dem abgeschiedenen Grundstück war der Waldweg. Seine HRT-Leute warteten auf sein Kommando.

»Es ist nach eins«, sagte ich. »Trotzdem könnte er auf uns warten. Meiner Meinung hat dieser Typ etwas Verzweifeltes an sich.«

»Wieso das?«, fragte Mahoney. »Ich muss alles wissen.«

»Er hat sie laufen lassen. Sie hat sein Gesicht gesehen, das Haus und auch das Auto. Er muss gewusst haben, dass wir ihn hier finden.«

»Meine Leute wissen, was sie tun«, unterbrach uns der Sheriff. Er klang beleidigt, weil wir ihn ignoriert hatten. »*Ich* weiß, was ich tue«, fügte der Sheriff hinzu.

Ich brach das Gespräch mit Mahoney ab und schaute Lyle an. »Hören Sie, wir wissen nicht, was uns drinnen erwartet, aber wir wissen, dass er damit rechnet, dass wir das Haus finden. So, und jetzt befehlen Sie Ihren Männern dort zu bleiben, wo sie sind. Das FBI-Team geht zuerst rein! Sie sind unsere Rückendeckung. Haben Sie damit ein Problem?«

Der Sheriff lief rot an und reckte das Kinn vor. »Allerdings, verdammt noch mal, aber das ist euch doch scheißegal, oder?«

»Richtig, es ist uns egal. Geben Sie jetzt Ihren Männern den Befehl, sich nicht zu rühren – das gilt auch für Sie. Es ist mir egal, für wie gut Sie sich halten.«

Ich ging mit Mahoney weiter. Er grinste und gab sich keine Mühe, das zu verbergen. »Mann, das war aber deutlich«, sagte er. Zwei seiner Scharfschützen beobachteten das Blockhaus aus gut vierzig Metern Entfernung. Ich sah, dass es ein ausgebautes Dachgeschoss hatte. Drinnen war alles dunkel.

»Hier HRT Eins. Irgendwelche Bewegungen im Haus, Kilvert?«, fragte Mahoney einen Scharfschützen durchs Mikrofon.

»Ich kann nichts entdecken, Sir. Was wissen Sie über den mutmaßlichen Täter?«

Mahoney schaute mich an.

Meine Augen schweiften langsam über das Blockhaus und den Garten. Alles sah ordentlich und gepflegt aus. Elektrische Leitungen führten aufs Dach.

»Er *wollte*, dass wir herkommen, Ned. Das ist kein gutes Zeichen.«

»Sprengstoff?«, fragte er. »Gut, setzen wir das voraus und gehen entsprechend vor.«

Ich nickte. »Würde ich auch. Wenn wir falsch liegen, lachen sich die Örtlichen halb tot.«

»Scheiß auf die Örtlichen«, sagte Mahoney.

»Ich bin ganz Ihrer Meinung, jetzt, wo ich kein Örtlicher mehr bin.«

»Teams Hotel und Charlie, hier ist HRT Eins«, sagte Mahoney ins Mikrofon. »Es geht los. Fünf, vier, drei, zwei, eins *los*!«

Zwei der sieben Geisel-Befreiungs-Teams sprangen von der »Phase-Gelb-Linie« auf, welche die letzte Position für Deckung ist. Sie überrannten die »Phase-Grün-Linie« auf dem Weg zum Haus. Danach gab es kein Zurück mehr.

Das Motto des HRT für eine derartige Aktion war: »Schnelligkeit, Überraschung und gewaltsamer Zugriff.«

Die Männer waren darin sehr gut, besser als alles, was die Washingtoner Polizei zu bieten hatte. In wenigen Sekunden waren die Teams Hotel und Charlie im Blockhaus, wo der Kunstdirektor Audrey Meek über eine Woche gefangen gehalten hatte. Dann stürmten Mahoney und ich durch die Hintertür in die Küche. Ich sah den Herd, den Kühlschrank, Hängeregale und einen Tisch.

Keinen Kunstdirektor.

Keinerlei Widerstand.

Noch nicht.

Vorsichtig schlich ich mit Mahoney weiter. Im Wohnraum standen ein Holzofen, eine moderne Couch mit braunbeige gestreiftem Bezug und mehrere Clubsessel. Ein grünes Tuch bedeckte eine große Truhe. Alles war geschmackvoll und ordentlich.

Kein Kunstdirektor.

Überall standen Leinwände. Die meisten Gemälde waren fertig. Wer immer diese Bilder gemalt hatte, besaß Talent.

»Alles gesichert!«, hörte ich jemanden rufen. »Hier drinnen!«, schrie eine andere Stimme.

Mahoney und ich rannten den Korridor hinunter. Zwei seiner Männer waren bereits im Schlafzimmer. Wieder waren überall Gemälde, mindestens fünfzig.

Auf dem Holzfußboden lag ein nackter Mann. Sein grotesker Gesichtsausdruck zeugte von Qual. Der Mann hatte die Hände eng um den Hals gelegt, als wolle er sich selbst erwürgen.

Das war der Mann, den Audrey Meek für uns gezeichnet hatte. Er war tot, und sein Tod war grauenvoll gewesen. Wahrscheinlich irgendein Gift.

Auf dem Bett lagen Papiere, daneben ein Füllfederhalter.

Ich beugte mich hinunter und las eine der Aufzeichnungen:

An wen auch immer…

Inzwischen werden Sie wissen, dass ich es war, der Audrey Meek gefangen hielt. Alles, was ich sagen kann, ist, dass ich es tun musste. Ich hatte keine andere Wahl. Davon bin ich überzeugt. Ich habe sie geliebt, seit ich sie zum ersten Mal auf einer meiner Ausstellungen in Philadelphia sah. Wir haben uns an jenem Abend unterhalten, aber selbstverständlich erinnerte sie sich nicht mehr an mich. Niemand tut das je. (Bis jetzt zumindest.) Was ist die rationelle Erklärung für Besessenheit? Ich habe keine Ahnung, keinen blassen Schimmer, obgleich ich von Audrey sieben Jahre meines Lebens besessen war. Ich hatte mehr Geld, als ich ausgeben konnte, aber es bedeutete mir nichts. Nicht bis ich die Gelegenheit bekam, zu nehmen, was ich wirklich wollte, was ich brauchte. Wie konnte ich da widerstehen? Eine Viertelmillion Dollar erschien mir nichts im Vergleich zu Audrey, selbst wenn es nur wenige Tage waren. Dann ereignete sich etwas Seltsames. Vielleicht ein Wunder. Nachdem wir Zeit miteinander verbracht hatten, stellte ich fest, dass ich Audrey zu sehr liebte, um sie weiter gefangen zu halten. Ich habe ihr nie wehgetan. Jedenfalls nicht nach meiner Auffassung. Wenn ich dir wehgetan habe, Audrey, dann tut es mir Leid. Ich habe dich so sehr geliebt.

Ein Satz ging mir nicht aus dem Kopf, nachdem ich das gelesen hatte: *Nicht bis ich die Gelegenheit bekam, zu nehmen, was ich wirklich wollte, was ich brauchte.* Wie konnte das geschehen? Wer war da draußen und erfüllte die Fantasien dieser Wahnsinnigen?

Wer steckte dahinter? Mit Sicherheit nicht der Kunstdirektor.

Teil Drei

Wolfsspuren

52

Ich kam erst gegen zehn Uhr abends am nächsten Tag zurück nach Washington. Ich wusste, dass ich Jannie schwer enttäuscht hatte; wahrscheinlich waren alle im Haus auf mich sauer, abgesehen von Klein Alex und der Katze. Ich hatte versprochen, mit Jannie ins Schwimmbad zu gehen, aber jetzt war es zu spät, irgendwohin zu gehen – außer ins Bett.

Nana saß bei einer Tasse Tee in der Küche, als ich heimkam. Sie blickte nicht einmal auf. Ich wich ihrer Gardinenpredigt aus und ging gleich nach oben, in der Hoffnung, dass Jannie vielleicht noch wach war.

Sie war es. Mein kleines Mädchen saß auf dem Bett, umgeben von mehreren Illustrierten, darunter *American Girl*. Theo, ihr alter Lieblingsteddy, saß auf ihrem Schoß. Jannie war noch kein Jahr alt gewesen, und ihre Mutter hatte noch gelebt, als sie anfing, mit Theo einzuschlafen.

In einer Ecke lag die Katze Rosie auf einem Haufen Wäsche. Um Nana zu entlasten, mussten Jannie und Damon ihre Sachen selbst waschen.

Ich musste an Maria denken. Meine Frau war liebenswert und mutig gewesen, eine ganz besondere Frau, die aus einem vorbeifahrenden Auto in Southeast erschossen worden war. Diesen Fall hatte ich nie lösen können – ich habe die Akte aber nie geschlossen. Vielleicht ergaben sich neue Erkenntnisse. So etwas ist schon vorgekommen. Ich vermisse Maria beinahe jeden Tag. Manchmal spreche ich ein kleines Gebet: *Ich hoffe, du verzeihst mir, Maria. Ich tue mein Möglichstes. Aber manchmal scheint es nicht auszureichen. Wir lieben dich von ganzem Herzen.*

Vielleicht spürte Jannie, dass ich an ihre Mutter dachte, während ich sie beobachtete. »Ich habe mir schon gedacht, dass du es bist«, sagte sie.

»Wieso?«, fragte ich.

Sie zuckte mit den Schultern. »Einfach so. In letzter Zeit funktioniert mein sechster Sinn ziemlich gut.«

»Hast du auf mich gewartet?«, fragte ich und trat ein. Voriges Jahr hatten wir aus einem unserer Gästezimmer Jannies Zimmer gemacht. Ich hatte die Regale für die Tonmenagerie aus ihrer »Sojourner-Truth-Periode« gebaut: ein Stegosaurus, ein Walfisch, ein schwarzes Eichhörnchen, ein Bettler, eine Hexe, die an einen Pfahl gefesselt war. Außerdem für ihre Lieblingsbücher.

»Ich habe nicht auf dich gewartet. Ich hatte nicht damit gerechnet, dass du heute überhaupt heimkommst.«

Ich setzte mich zu ihr auf die Bettkante. Darüber hing ein Bild von Magritte, auf dem eine Pfeife zu sehen war. Die Überschrift lautete: *Das ist keine Pfeife.* »Willst du mich jetzt ein bisschen foltern?«, fragte ich.

»Selbstverständlich. Ist doch logisch. Ich hatte mich den ganzen Tag aufs Schwimmbad gefreut.«

»Es tut mir Leid.« Ich legte meine Hand auf ihre. »Ehrlich, es tut mir Leid, Jannie.«

»Ich weiß. Das musst du gar nicht sagen. Es muss dir auch nicht Leid tun. Ich verstehe ja, dass das, was du tust, wichtig ist. Das habe ich kapiert. Sogar Damon versteht es.«

Ich drückte die Hand meines kleinen Mädchens. Sie ähnelte Maria so sehr. »Danke dir, Süße. Das brauchte ich heute Abend.«

»Ich weiß«, flüsterte sie. »Das habe ich gefühlt.«

53

An diesem Abend war der Wolf geschäftlich in Washington, D.C. Er aß in Ruth's Chris Steak House an der Connecticut Avenue in der Nähe vom Dupont Circle zu Abend.

Bei ihm war Franco Grimaldi, ein untersetzter, achtunddreißig Jahre alter italienischer Capo aus New York. Sie unterhielten sich über ein vielverprechendes Vorhaben, am Lake Tahoe ein Spielerparadies zu bauen, das Vegas und Atlantic City Konkurrenz machen würde. Sie sprachen aber auch über Profi-Eishockey, Vin Diesels neuesten Film und einen Plan, mit dem der Wolf auf einen Schlag eine Millarde Dollar verdienen wollte. Dann erklärte der Wolf, er müsse gehen, weil er noch eine andere Besprechung in Washington habe. Geschäft, kein Vergnügen.

»Besuchen Sie den Präsidenten?«, fragte Grimaldi.

Der Russe lachte. »Nein. Der ist ja unfähig, völlig *stronzate*. Warum sollte ich ihn aufsuchen? *Er* sollte zu mir kommen. Wegen Bin Laden und den Terroristen. Ich erledige so etwas prompt.«

»Ach, sagen Sie mir noch etwas«, bat Grimaldi. »Stimmt die Geschichte über Palumbo in dem Hochsicherheitsgefängnis in Colorado? Waren Sie das wirklich?«

Der Wolf schüttelte den Kopf. »Reine Erfindung. Ein Märchen. Ich bin Geschäftsmann, kein gewöhnlicher Schlächter. Glauben Sie nicht alles, was Sie über mich hören.«

Der Mafiaboss schaute dem unberechenbaren Russen nach, als dieser das Restaurant verließ. Er war beinahe sicher, dass dieser Mann Palumbo getötet hatte und dass der Präsident sich mit dem Wolf wegen al-Qaida in Verbindung setzen sollte.

Gegen Mitternacht stieg der Wolf im Potomac Park aus einem schwarzen Dodge Viper. Er sah nur die Umrisse einer Limousine auf der anderen Seite des Ohio Drive. Die Innenbeleuchtung ging an und ein einzelner Mann stieg aus. *Komm her, Singvögelchen*, flüsterte er.

Der Mann, der im Potomac Park zu ihm kam, war vom FBI und arbeitete im Hoover Building. Er bewegte sich steif und ruckartig, wie so viele Regierungsfunktionäre. Nichts vom selbstbewussten, stolzen Gang eines richtigen FBI-Manns. Man hatte den Wolf gewarnt, dass er keinen nützlichen Agenten kaufen könne und dass er den Informationen nicht trauen dürfe, sollte es ihm dennoch gelingen. Der Russe hatte das nicht geglaubt. Mit Geld konnte man immer alles kaufen, auch Menschen – vor allem, wenn die bei Beförderungen und Gehaltserhöhungen übergangen worden waren. Das galt für Amerika ebenso wie für Russland. Eigentlich hier noch mehr, wo Zynismus und Verbitterung nationale Freizeitvergnügen waren.

»Und – spricht man über mich im fünften Stock des Hoover?«, fragte er.

»Ich möchte nicht, dass wir uns auf diese Art treffen. Setzen Sie beim nächsten Mal eine Anzeige in die *Washington Times*.«

Der Wolf lächelte, dann drückte er einen Finger gegen

das Kinn des Agenten. »Ich habe Ihnen eine Frage gestellt. Spricht man über mich?«

Der Agent schüttelte den Kopf. »Noch nicht, aber man wird. Sie haben eine Verbindung zwischen dem ermordeten Paar auf Long Island und Atlanta und der King of Prussia Mall hergestellt.«

Der Wolf nickte. »Das war unvermeidlich. Ich halte diese Leute ja nicht für dumm, allerdings für ziemlich eingefahren.«

»Unterschätzen Sie sie nicht«, warnte der Agent. »Bei uns ändert sich einiges. Man wird Sie mit allen verfügbaren Mitteln verfolgen.«

»Das wird nicht ausreichen«, entgegnete der Wolf. »Und überhaupt – vielleicht werde *ich sie* mit allen mir zur Verfügung stehenden Mitteln verfolgen.«

54

Am nächsten Abend kam ich vor sechs Uhr heim. Ich aß mit Nana und den Kindern gemütlich zu Abend. Sie waren angenehm überrascht, dass ich ausnahmsweise so früh zu Hause war.

Gegen Ende der Mahlzeit klingelte das Telefon. Ich ging nicht ran. Vielleicht war wieder jemand entführt worden. Ich wollte nichts damit zu tun haben. Nicht heute Abend.

»Ich gehe schon«, sagte Damon. »Es ist wahrscheinlich für mich. Irgendein *Mädchen.*« Er nahm den Hörer vom Wandtelefon in der Küche ab.

»Du wünschst dir, es *wäre* ein Mädchen«, neckte ihn

Jannie. »Abendessenszeit. Wahrscheinlich will dir jemand einen Kredit aufschwatzen oder sonstiges blödes Zeug. Sie rufen immer an, wenn man beim Essen sitzt.«

Dann deutete Damon auf mich und er lächelte nicht. Er sah plötzlich aus, als sei ihm schlecht. »*Dad*«, sagte er leise. »Für dich.«

Ich stand auf und nahm ihm das Telefon aus der Hand.

»Bist du okay?«, fragte ich.

»Es ist *Ms. Johnson*«, flüsterte Damon.

Meine Kehle war wie zugeschnürt, als ich den Hörer nahm. Jetzt war mir schlecht. Und ich war verwirrt. »Hallo, hier ist Alex.«

»Hier Christine, Alex. Ich bin in Washington. Nur für ein paar Tage. Ich würde gern Klein Alex sehen«, sagte sie. Es klang, als hätte sie die Rede einstudiert.

Ich spürte, wie ich rot wurde. *Warum rufst du hier an? Warum jetzt?*, wollte ich sagen, tat es aber nicht. »Möchtest du heute Abend herkommen? Es ist ein bisschen spät, aber wir könnten ihn wach halten.«

Sie zögerte. »Ich hatte eher an morgen gedacht. Vielleicht halb neun oder Viertel vor neun? Wäre das in Ordnung?«

»Das passt prima, Christine. Ich werde hier sein«, erwiderte ich.

»Oh.« Sie suchte offenbar nach Worten. »Du musst wegen mir nicht zu Hause bleiben. Ich habe gehört, du arbeitest jetzt fürs FBI.«

Mein Magen verkrampfte sich. Christine Johnson und ich hatten uns vor über einem Jahr getrennt, hauptsächlich wegen der Mordfälle, an denen ich arbeitete. Sie war sogar wegen meiner Arbeit entführt worden. Wir hatten sie schließlich in einer Hütte in einer abgelegenen Region auf Jamaika gefunden. Dort wurde Alex geboren. Damals hatte ich nicht gewusst, dass Christine schwanger war. Nach dieser schrecklichen Zeit war nichts mehr wie zuvor. Ich hatte das Gefühl, dass alles meine Schuld sei. Dann war sie nach Seattle gezogen. Es war Christines Idee gewesen, dass Klein Alex bei mir blieb. Sie hatte sich in psychiatrische Behandlung begeben und fühlte sich emotional nicht imstande, eine Mutter zu sein. Und jetzt war sie hier in Washington – *»für ein paar Tage.«*

»Was führt dich zurück nach Washington?«, fragte ich schließlich.

»Ich wollte unseren Sohn sehen«, antwortete sie. Ihre Stimme klang sehr weich. »Und ein paar Freunde besuchen.« Ich erinnerte mich daran, wie sehr ich sie geliebt hatte. Wahrscheinlich liebte ich sie immer noch in gewisser Weise, aber ich hatte mich mit der Tatsache abgefunden, dass wir nicht gemeinsam leben konnten. Christine konnte mein Leben als Polizist nicht ertragen und ich konnte dieses offensichtlich nicht aufgeben.

»Na schön, ich komme morgen um halb neun«, sagte sie.

»Ich werde da sein«, erwiderte ich.

55

Halb neun, auf die Sekunde pünktlich.

Ein silberner Taurus, ein Mietwagen von Hertz, hielt vor unserem Haus an der Fifth Street.

Christine Johnson stieg aus, und obwohl sie das Haar streng nach hinten gekämmt und zu einem Knoten gesteckt hatte, musste ich zugeben, dass sie eine wunderschöne Frau war. Groß gewachsen, schlank, die Gesichtszüge wie gemeißelt. Ich schaffte es nicht, sie zu vergessen. Und als ich sie jetzt wieder sah, blieb mir fast das Herz stehen, trotz allem, was zwischen uns gewesen war.

Ich war nervös, aber auch müde. Ich fragte mich, wie viel Energie ich in den letzten anderthalb Jahren verloren hatte. Ein befreundeter Arzt hatte eine halb ernste Theorie, wonach unsere Lebenslinien in der Hand aufgezeichnet sind. Er schwört, er kann dort Stress, Krankheiten und Allgemeinzustand erkennen. Vor einigen Wochen hatte ich ihn besucht. Bernie Stringer erklärte, ich sei in exzellenter körperlicher Verfassung, aber meine Lebenslinien hätten im vergangenen Jahr einen schweren Schlag erlitten. Das war zum Teil wegen Christine, unserer Beziehung und der Trennung.

Ich stand im Schutz der Fliegengittertür und hatte Alex auf dem Arm. Als Christine zum Haus kam, ging ich hinaus. Sie trug hohe Absätze und ein dunkelblaues Kostüm.

»Sag Hallo«, sagte ich zu Alex und winkte seiner Mutter mit einem seiner Ärmchen zu.

Ich war völlig aufgewühlt, Christine wieder zu sehen. Wir hatten eine so komplizierte gemeinsame Geschichte. Vieles daran war gut, aber das, was schlimm war, war wirklich schlimm. Ihr Mann war in ihrem Haus bei einem Fall, an dem ich arbeitete, erschossen worden. Ich war verantwortlich, dass sie beinahe gestorben wäre. Und jetzt lebten wir Tausende von Meilen voneinander entfernt. Warum war sie wieder in Washington? Selbstverständlich, um Klein Alex zu sehen, aber was hatte sie noch hergeführt?

»Hallo, Alex«, sagte sie und lächelte. Einen Schwindel erregenden Moment lang schien sich nichts zwischen uns verändert zu haben. Ich erinnerte mich an das erste Mal, als ich sie gesehen hatte. Damals war sie noch Rektorin der

Sojourner Truth School gewesen. Sie hatte mir den Atem geraubt. Unglücklicherweise tat sie das immer noch.

Christine kniete unten an der Treppe nieder und breitete die Arme aus. »Hallo, du hübscher Bursche«, sagte sie zu Klein Alex.

Ich setzte ihn ab und überließ ihm die Entscheidung der nächsten Schritte. Er blickte zu mir auf und lachte. Dann erlag er Christines verführerischem Lächeln und Charme – und lief ihr direkt in die Arme.

»Hallo, Baby«, flüsterte sie. »Ich habe dich schrecklich vermisst. Du bist so groß geworden.«

Christine hatte keine Geschenke, keine Bestechung, mitgebracht. Das gefiel mir. Es entsprach ihrem Charakter. Keine Tricks. Trotzdem lachte Alex nach wenigen Sekunden und plapperte wie ein Wasserfall. Die beiden sahen gut zusammen aus – Mutter und Sohn.

»Ich bin drin«, sagte ich, nachdem ich sie einen Moment lang beobachtet hatte. »Komm rein, wenn du willst. Es gibt frischen Kaffee und auch Frühstück, falls du noch nicht gegessen hast.«

Christine schaute mich an und lächelte erneut. Sie sah so glücklich aus, als sie unseren kleinen Sohn in den Armen hielt. »Im Moment nicht, danke. Ich komme später für eine Tasse Kaffee. Selbstverständlich.« *Selbstverständlich.* Christine war sich ihrer Sache immer so sicher gewesen und sie hatte ihre Selbstsicherheit nicht verloren.

Ich ging ins Haus zurück und stieß beinahe mit Nana zusammen, die hinter der Fliegengittertür alles beobachtet hatte.

»Ach, Alex«, flüsterte sie. Mehr brauchte sie nicht zu sagen. Ich hatte das Gefühl, als hätte man mir ein Messer ins Herz gerammt. Ich schloss die Eingangstür und ließ die beiden allein.

Nach einer Weile brachte Christine den Kleinen herein. Wir saßen alle in der Küche und tranken Kaffee, und sie betrachtete Alex mit seinem Fläschchen mit Apfelsaft. Sie erzählte von ihrem Leben in Seattle, redete hauptsächlich über die Arbeit an der Schule, nichts Persönliches oder Erhellendes. Ich wusste, dass sie nervös und gestresst sein musste, aber sie ließ sich nichts anmerken.

Dann zeigte Christine die Wärme, die jedes Herz schmelzen ließ. Sie schaute Klein Alex an. »Was für ein süßes Kind«, sagte sie. »So ein entzückender, lieber kleiner Junge. Ach, Alex, mein kleiner Alex, wie habe ich dich vermisst! Du kannst dir gar nicht vorstellen, wie sehr.«

56

Christine Johnson war wieder in Washington, D.C.

Warum war sie zurückgekommen? Was wollte sie bei uns?

Die Fragen pochten in meinem Kopf und auch tief in meinem Herzen. Sie machten mir Angst, noch ehe ich eine klare Vorstellung von dem besaß, was ich zu fürchten hatte. Natürlich hatte ich einen Verdacht. *Christine hatte ihre Meinung über Klein Alex geändert.* Ja, das war's. Warum würde sie sonst hier sein? Mit Sicherheit war sie nicht gekommen, um mich zu sehen. Oder etwa doch?

Ich war noch auf der Interstate 95, nur wenige Minuten von Quantico entfernt, als Monnie Donnelley mich übers Handy anrief. Miles Davis lief im Autoradio. Ich wollte mich etwas entspannen, ehe ich ins Büro kam.

»Sie sind wieder zu spät dran«, sagte sie. Obwohl ich wusste, dass sie es scherzhaft meinte, versetzte es mir einen Stich.

»Ich weiß, ich weiß. Ich habe gestern Nacht eine wilde Party gefeiert. Sie wissen, wie das ist.«

Monnie kam direkt auf den Punkt. »Alex, haben Sie gehört, dass man gestern Abend zwei Verdächtige festgenommen hat?«

Wieder *zwei*. Ich war so überrascht, dass ich nicht sogleich antworten konnte. Man hatte mich über diese Festnahme nicht informiert!

»Also wohl eher nicht«, beantwortete Monnie ihre eigene Frage. »Das war in Beaver Falls, Pennsylvania. Joe Namaths Heimatstadt? Zwei mutmaßliche Täter, Mitte vierzig, führten einen Bücherladen für Erwachsene, der irgendwie so ähnlich wie die Stadt hieß. Die Presse hat davon vor wenigen Minuten Wind bekommen.«

»Hat man eine der vermissten Frauen gefunden?«, fragte ich Monnie.

»Ich glaube nicht. Jedenfalls ist es nicht in den Nachrichten. Keiner hier scheint etwas Genaues zu wissen.«

Ich begriff nicht. »Wissen Sie, wie lange man die beiden observiert hat? Vergessen Sie es, Monnie, ich biege jetzt von der 95 ab und bin gleich da. In ein paar Minuten können wir reden.«

»Tut mir Leid, dass ich Ihnen so früh schon den Tag verdorben habe«, sagte sie.

»Der war bereits ruiniert«, murmelte ich.

Wir arbeiteten den ganzen Tag bis sieben Uhr abends, hatten aber immer noch keine guten Antworten auf etliche Fragen über die Verhaftung in Pennsylvania. Ich kannte eigentlich nur einige unwichtige Details und war ziemlich frustriert. Die beiden Männer hatten Vorstrafen wegen des

Verkaufs von Pornografie. Agenten unserer Außenstelle in Philiadelphia hatten einen Tipp bekommen, dass die beiden bei einer Entführung eine Rolle spielten. Es war unklar, *wer* in der Kommandokette des FBI von den Verdächtigen wusste, aber offensichtlich hatte es eine interne Kommunikationspanne gegeben. Von derartigen Pannen hatte ich schon Jahre vor meinem Eintritt in Quantico gehört.

Ich sprach mehrfach während des Tages mit Monnie, aber mein Kumpel Ned Mahoney rief mich nicht wegen der Verhaftung an. Auch Burns' Büro nahm keinen Kontakt mit mir auf. Ich war erschüttert. Draußen sah ich vor meinem Fenster Übertragungswagen von *USA Today* und *CNN*. Ein wirklich eigenartiger Tag. Seltsam und beunruhigend.

Am späten Nachmittag dachte ich wieder über Christine Johnsons Besuch bei uns nach. Immer wieder rief ich mir die Szene ins Gedächtnis, wie sie das Baby gehalten und mit Alex gespielt hatte. Konnte ich ihr glauben, dass sie nur nach Washington gekommen war, um Alex und ein paar alte Freunde zu sehen? Mir tat das Herz weh bei dem Gedanken, »den großen Jungen« – ich nannte ihn immer *Großer Junge!* – zu verlieren. Er war so eine Freude für mich, die Kinder und Nana Mama. Es wäre ein unerträglicher Verlust. Ich vermochte mir das gar nicht vorzustellen. Aber ich konnte mir auch nicht vorstellen, dass Christine ihn nicht zurückhaben wollte.

Ehe ich abends nach Hause fuhr, zwang ich mich zu einem Anruf, vor dem ich mich fürchtete. Als ich über Klein Alex nachdachte, fiel mir das Versprechen ein, das ich Richter Brendan Connolly gegeben hatte. Er meldete sich sehr schnell.

»Hier ist Alex Cross«, sagte ich. »Ich wollte mich nur bei Ihnen melden. Haben Sie heute die Nachrichten gesehen?«

Richter Connolly fragte mich, ob wir seine Frau gefunden hätten und ob es wegen Lizzie *irgendwelche* Neuigkeiten gäbe.

»Noch hat man sie nicht gefunden. Ich glaube nicht, dass diese beiden Männer mit der Entführung Ihrer Frau etwas zu tun haben. Aber wir haben immer noch die starke Hoffnung, sie zu finden.«

Er murmelte etwas vor sich hin, das ich nicht verstehen konnte. Nachdem ich mehrere Sekunden zugehört hatte, aber nichts begriff, unterbrach ich ihn und versicherte ihm, dass ich ihn auf dem Laufenden halten würde. Falls jemand *mich* auf dem Laufenden halten würde …

Nach diesem schwierigen Telefonat blieb ich noch eine Weile an meinem Schreibtisch sitzen. Plötzlich wurde mir klar, dass ich etwas vergessen hatte: Meine Klasse hatte heute graduiert! Jetzt waren wir offiziell Agenten. Meine Klassenkameraden hatten ihre Akkreditierung erhalten und ihren Aufgabenbereich. Zurzeit wurden in der Lobby der Ehrenhalle, der Hall of Honor, Kuchen und Punsch serviert. Ich machte mir nicht die Mühe, zu dieser Party zu gehen. Irgendwie erschien es mir unpassend, mich dort zu zeigen. Stattdessen fuhr ich nach Hause.

57

Wie viel Zeit blieb ihr noch? Ein Tag? Stunden?

Irgendwie spielte es keine Rolle. Lizzie Connolly lernte, das Leben so zu akzeptieren, wie es kam. Sie lernte, wer sie tief im Innern war und wie sie ihr seelisches Gleichgewicht bewahren konnte.

Abgesehen von den Situationen, wenn sie vor Angst fast den Verstand verlor.

Lizzie nannte es ihre »Schwimmträume«. Sie war, seit sie vier Jahre alt geworden war, eine begeisterte Schwimmerin. Die Wiederholung von Greifen und Stoßen vermochte sie stets an einen anderen Ort und in eine andere Zeit zu versetzen. Wie ein Autopilot ermöglichte ihr das die Flucht, auch hier in der engen Kammer, in der sie gefangen gehalten wurde.

Schwimmen.

Fliehen.

Mit gewölbter Hand weit nach vorn ausholen, das Wasser packen, bis zum Nabel drücken. Greifen, stoßen, greifen, stoßen. Das heiße Gefühl im Innern. Das Wasser kühlte, erfrischte und belebte. Danach spürte sie neue Kraft.

Fast den ganzen Tag – oder das, was sie für einen Tag hielt – hatte sie über eine Flucht nachgedacht. Jetzt widmete sie sich anderen Dingen.

Sie ließ an sich vorüberziehen, was sie über dieses Haus wusste – dieses dunkle Loch – und über diesen schrecklichen, bösartigen Mann, der sie gefangen hielt. Der Wolf. So nannte sich der Dreckskerl. Warum der Wolf?

Sie war irgendwo in einer Stadt. Sie war ziemlich sicher, dass diese Stadt im Süden lag und ziemlich groß war. Vielleicht Florida. Sie wusste aber nicht, weshalb sie das glaubte. Vielleicht hatte sie etwas belauscht und unbewusst registriert. Wenn große Partys im Haus stattfanden, hatte sie viele Stimmen gehört, aber sie glaubte, dass ihr widerlicher Peiniger allein lebte. Wer könnte auch mit so einem grässlichen Scheusal zusammenleben? Jedenfalls keine Frau.

Sie kannte einige seiner Gewohnheiten auswendig. Für gewöhnlich schaltete er den Fernseher ein, sobald er nach Haus kam, meistens CNN. Er sah ständig Nachrichtensendungen. Außerdem mochte er Krimis, wie *Law and Order, CSI* und *Homicide*. Der Fernseher lief ständig, bis spät in die Nacht.

Er war groß und kräftig und ein Sadist, aber er hütete sich, ihr wirklich wehzutun – bis jetzt zumindest. Das bedeutete – was bedeutete es? –, dass er sie noch eine Zeit lang bei sich behalten wollte?

Wenn Lizzie allerdings durchdrehte, würde er so wütend werden, dass er ihr das Genick brechen würde. Damit drohte er ihr jeden Tag mehrmals. *»Ich brech dir deinen kleinen Hals. Einfach so! Glaubst du mir nicht? Du solltest mir glauben, Elizabeth.«* Er nannte sie immer Elizabeth, nicht Lizzie. Er erklärte ihr, der Name Lizzie sei nicht schön genug für sie. *»Ich breche dir dein Scheißgenick, Elizabeth.«*

Er wusste eine Menge über sie und auch über Brendan, Brigid, Merry und Gwynnie. Er drohte ihr, nicht nur sie umzubringen, sondern auch ihre gesamte Familie, falls sie ihn wütend machte. »Ich fliege nach Atlanta. Nur so zum Spaß. Für solche Sachen lebe ich. Ich kann deine ganze Familie auslöschen, Elizabeth.«

Er begehrte sie immer stärker. Sie war eindeutig fähig, zu spüren, wenn ein Mann sie so begehrte. Also hatte sie doch eine gewisse Kontrolle über ihn, oder nicht? *Nicht schlecht! Ich werde dich auch quälen, du dreckiges Schwein!*

Manchmal lockerte er ihre Fesseln oder ließ sie sogar durchs Haus gehen. Selbstverständlich nicht allein – er führte sie an einer Kettenhundeleine umher. Es war so erniedrigend. Er sagte ihr, dass sie anscheinend dächte, er würde freundlicher, aber sie solle diese dummen Ideen schnell vergessen.

Ja, aber was konnte sie tun, *ohne* auf derartige Ideen zu kommen? Sie war den ganzen Tag mutterseelenallein in der dunklen Kammer. Sie war –

Die Tür des Wandschranks wurde heftig aufgerissen. Sie knallte gegen die Außenwand.

Der Wolf schrie Lizzie ins Gesicht: »Du hast an mich gedacht, nicht wahr? Langsam wirst du von mir *besessen*, Elizabeth. Ich bin *die ganze Zeit über* in deinen Gedanken.«

Verdammt, in diesem Punkt hatte er Recht.

»Du bist sogar froh, wenn ich dir Gesellschaft leiste. Du vermisst mich, richtig?«

Lizzie hasste den Wolf so sehr, dass sie das Undenkbare dachte: Sie könnte ihn töten. Vielleicht würde dieser Tag kommen.

O Gott, das muss man sich mal vorstellen, dachte sie. *Den Wolf eigenhändig umbringen. Das wäre die beste Flucht.*

58

Am selben Abend traf sich der Wolf mit zwei Profi-Eishockeyspielern im Caesars in Atlantic City, New Jersey. Die Suite, in der er abgestiegen war, hatte überall Goldfolie an den Wänden, und die Fenster gingen zum Atlantik hinaus. Im Wohnbereich befand sich ein Whirlpool. Aus Respekt vor seinen Gästen, die große Stars waren, trug er einen teuren, gestreiften Prada-Anzug.

Sein Kontaktmann war ein reicher Kabelfernseh-Betreiber, der in der Nero-Suite mit den Eishockeyspielern Alexei Dobushkin und Ilia Teptev im Schlepptau erschien. Beide spielten bei den Philadelphia Flyers. Sie waren erstklassige Verteidiger und galten als toughe Burschen, weil sie Hünen waren, die sich sehr schnell bewegten und eine Menge Schaden anrichten konnten. Der Wolf glaubte nicht, dass die Eishockeyspieler so knallhart waren, aber er war ein Eishockeyfan.

»Ich liebe den amerikanischen Eishockey-Stil«, sagte er, als er sie mit breitem Lächeln und ausgestreckter Hand begrüßte.

Alexei und Ilia nickten in seine Richtung, aber sie schüttelten nicht seine Hand. Der Wolf war beleidigt, ließ es sich jedoch nicht anmerken. Er lächelte noch mehr und kam zu dem Schluss, dass die Eishockeyspieler zu dämlich waren, um zu begreifen, wer da vor ihnen stand. Zu viele Schläge gegen den Schädel.

»Möchte jemand einen Drink?«, fragte er seine Gäste. »Stolichnaya? Was immer Sie wollen.«

»Ich passe«, sagte der Fernsehboss, der sehr überheblich wirkte, aber viele Amerikaner waren so.

»Njet«, sagte Ilia so desinteressiert, als wäre der Wolf ein Barkeeper oder Kellner. Der Eishockeyspieler war zweiundzwanzig Jahre alt und in Voshresensk, Russland, geboren. Er war einsdreiundneunzig groß, hatte kurz geschnittenes Haar, ein paar Stoppeln, die noch keinen richtigen Bart bildeten, und einen Quadratschädel, der auf einem gewaltigen Hals saß.

»Ich trinke keinen Stoly«, erklärte Alexei, der wie Ilia eine schwarze Lederjacke über einem dunklen Rolli trug. »Haben Sie vielleicht Absolut? Oder Bombay Gin?«

»Selbstverständlich.« Der Wolf nickte liebenswürdig. Er ging zu der verspiegelten Bar der Suite und schenkte die Drinks ein. Dabei überlegte er sich den nächsten Schritt. Langsam fand er Spaß an der Situation. Es war anders als sonst. Keiner hatte Angst vor ihm.

Er ließ sich auf die Couch zwischen Ilia und Alexei fallen. Mit breitem Lächeln betrachtete er abwechselnd die Gesichter der Eishockeyspieler. »Ihr seid schon lange weg aus Russland, richtig? Vielleicht zu lang«, sagte er. »Sie trinken Bombay Gin? Haben Sie Ihre Manieren vergessen?«

»Wir haben gehört, dass Sie ein echt knallharter Mann sind«, sagte Alexei, der Anfang dreißig war und augenscheinlich häufig Gewichte stemmte, viele Gewichte. Er war ungefähr einsachtzig groß und wog über hundertzehn Kilo.

»Nein, eigentlich nicht«, erklärte der Wolf. »Ich bin jetzt nur noch ein ganz normaler amerikanischer Geschäftsmann. Nichts Besonderes. Nicht mehr knallhart. Also – ich würde gern wissen, ob wir für das Spiel gegen Montreal einen Deal haben?«

Alexei schaute den Fernsehboss an. »Sagen Sie's ihm«, sagte er.

»Alexei und Ilia hätten gern ein wenig mehr Action als

die, die wir ursprünglich vereinbart haben«, erklärte er. »Sie verstehen, was ich sage? *Action.*«

»Aha«, erwiderte der Wolf und grinste. »Ich liebe Action«, sagte er zu dem Fernsehboss. »Ich liebe auch *shalit.* Das heißt in meinem Land *Unfug machen.* Ja, *shalit.*«

Er war schneller von der Couch aufgesprungen, als es irgendjemand für möglich gehalten hätte. Er holte unter einem Couchkissen ein kurzes Bleirohr hervor und schlug es über Alexei Dobushkins Wange. Dann knallte er es auf Ilia Teptevs Nasenwurzel. In Sekundenschnelle bluteten die beiden Eishockeyspieler wie angestochene Schweine.

Dann zückte der Wolf seine Pistole. Er hielt sie dem Fernsehboss zwischen die Augen. »Wissen Sie, die beiden sind doch nicht so tough, wie ich gedacht habe. So was spüre ich nach wenigen Sekunden«, erklärte er. »Und jetzt zum Geschäft. Einer der beiden großen Bären *wird* im ersten Drittel dafür sorgen, dass Montreal einen Punkt bekommt. Der andere wird einen Fehler machen, damit Montreal im zweiten noch einen Punkt bekommt. Kapiert? Die Flyers werden das Spiel, in dem sie Favoriten sind, verlieren. Kapiert? Sollte das aus irgendeinem Grund nicht geschehen, werden alle sterben. Und jetzt gehen Sie. Ich freue mich schon auf das Spiel. Wie gesagt, ich liebe amerikanisches Eishockey.«

Der Wolf lachte schallend, als die beiden Eishockeystars aus der Nero-Suite wankten. »Es war nett, euch kennen gelernt zu haben, Ilia, Alexei«, sagte er. »Brecht euch ein Bein«, fügte er hinzu, nachdem die Tür geschlossen war.

59

Eine große Besprechung wurde in den Räumen des SIOC im vierten Stock des Hoover Building abgehalten, welche beim FBI als heiliger Boden betrachtet wurden. SIOC ist das Strategic Information Operations Center und in seinem Hauptkonferenzsaal fanden die meisten der wirklich wichtigen Sonderbesprechungen statt, von Waco bis zum 11. September.

Man hatte mich eingeladen, und ich fragte mich, bei wem ich mich dafür bedanken sollte. Ich kam gegen neun Uhr, und ein Agent vom Empfang geleitete mich in den Saal.

Das SIOC verfügte über vier Räume; drei davon waren mit den neuesten technischen Geräten ausgestattet. Ich betrat einen großen Konferenzsaal. Mittelpunkt war ein langer Glas-Metall-Tisch. An den Wänden hingen Uhren mit unterschiedlichen Zeitzonen, Landkarten und ein halbes Dutzend Fernsehbildschirme. Ungefähr zehn Agenten waren bereits anwesend, aber es herrschte Stille.

Stacy Pollack, die Leiterin des SIOC, traf einen Moment später ein, und die Türen wurden geschlossen. Pollack stellte die anwesenden Agenten vor, ebenso die beiden Besucher von der CIA. Ihr eilte der Ruf voraus, eine sachliche Verwaltungsangestellte zu sein, die keine Narren tolerierte und die stets Resultate erzielte. Sie war einunddreißig und Burns hatte eine Schwäche für sie.

Die Fernsehmonitore an den Wänden zeigten die jüngste Story: *Beaver Falls, Pennsylvania.* Alle großen Sender berichteten darüber.

»Das sind alte Nachrichten. Wir haben ein neues Problem«, erklärte Pollack. »Wir sind nicht wegen der Pleite in Beaver Falls hier. Es geht um eine *interne* Angelegenheit. Leute, wir glauben, den Namen der Person zu kennen, die in Quantico für die Weitergabe von Informationen verantwortlich ist.« Dann schaute Pollack mich direkt an. »Ein Reporter bei der *Washington Post* streitet alles ab, aber das ist nur logisch, oder?«, fuhr sie fort. »Die Hinweise stammen von der Verbrechensanalytikerin Monnie Donnelley. Sie arbeiten doch mit ihr zusammen, nicht wahr, Dr. Cross?«

Plötzlich wirkte der Konferenzsaal sehr klein. Alle hatten sich zu mir umgedreht.

»Bin ich deshalb hier?«, fragte ich.

»Nein«, antwortete Pollack. »Sie sind hier, weil Sie Erfahrung mit Fällen von sexueller Besessenheit haben. Sie waren damit mehr als irgendein anderer im Saal befasst. Aber das ist *nicht* meine Frage.«

Ich dachte sorgfältig nach, ehe ich antwortete. »In diesem Fall geht es *nicht* um sexuelle Besessenheit. Und Monnie Donnelley ist *nicht* das Leck.«

»Würden Sie bitte beide Erklärungen erläutern«, forderte mich Pollack auf. »Bitte, sprechen Sie. Ich höre mit großem Interesse zu.«

»Ich werde mein Bestes tun«, sagte ich. »Die Entführer, die Gruppe oder der Ring hinter den Entführungen, machen es für Geld. Ich sehe keine andere Erklärung für ihre Taten. Das ermordete russische Paar auf Long Island ist der Schlüssel. Ich glaube nicht, dass wir uns auf frühere Sexualstraftäter konzentrieren sollten. Wer hat die Ressourcen und das Wissen, Männer und Frauen für eine beträchtliche Geldsumme zu entführen? Wer hat auf diesem Gebiet Erfahrung? Monnie Donnelley weiß das und sie ist eine hervorragende Analytikerin. Sie ist nicht das Leck zur *Post*. Welchen Vorteil hätte sie davon?«

Stacy Pollack blickte nach unten und blätterte in ihren Papieren. Sie machte keinerlei Bemerkung zu meinen Ausführungen. »Dann lassen Sie uns fortfahren«, sagte sie.

Ohne weitere Diskussion über Monnie und die Vorwürfe gegen sie ging die Besprechung weiter. Es kam zu einer langen Debatte über die Russenmafia. Es lagen neue Informationen vor, dass das auf Long Island ermordete Paar eindeutig Verbindung zur Russenmafia hatte. Außerdem gab es Gerüchte, dass möglicherweise ein Bandenkrieg zwischen Italienern und Russen an der Ostküste ausbrechen könnte.

Danach löste sich die große Versammlung auf, und es bildeten sich kleinere Grüppchen. Einige Agenten gingen zu den hochtechnisierten Arbeitsplätzen. Stacy Pollack zog mich beiseite.

»Hören Sie, ich habe Sie nicht beschuldigt«, sagte sie. »Ich wollte nicht andeuten, dass Sie mit dem Leck etwas zu tun haben, Alex.«

»Und wer hat Monnie angeschwärzt?«, fragte ich.

Meine Frage schien sie zu überraschen. »Das werde ich Ihnen nicht sagen. Bis jetzt ist es noch nicht offiziell.«

»Was meinen Sie mit ›noch nicht offiziell‹?«, fragte ich.

»Bis jetzt wurde noch keine Untersuchung gegen Ms. Donnelley eingeleitet. Aber wir werden sie wohl von den Ermittlungen abziehen. Das ist alles, was ich im Moment zu diesem Thema zu sagen habe. Sie können zurück nach Quantico fahren.«

Damit war ich entlassen, vermutete ich.

60

Ich rief Monnie so bald ich konnte an und berichtete ihr, was geschehen war. Sie wurde stinksauer – und das zu Recht. Allerdings hatte sie sich gleich wieder in der Gewalt. »Na schön, jetzt wissen Sie, dass ich mich nicht so unter Kontrolle habe, wie ich wirke«, sagte sie. »Ach, die können mich mal! Ich habe nichts an die Washingtoner Presse weitergegeben, Alex. Das ist absurd. Wem sollte ich was erzählen? Dem Zeitungsjungen?«

»Ich weiß, dass Sie nichts Unrechtes getan haben«, versicherte ich ihr. »Hören Sie, ich muss noch nach Quantico. Was halten Sie davon, wenn ich Sie und Ihre Jungs heute Abend zum Essen einlade? Nichts Großartiges«, fügte ich schnell hinzu, worauf Monnie laut lachte.

»Gut, ich kenne ein nettes Lokal. Es heißt Command Post Pub. Treffen wir uns dort? Die Jungs gehen gern dorthin. Sie werden sehen, weshalb.«

Monnie erklärte mir, wie ich zu dem Pub kam, der in der Nähe von Quantico an der Potomac Avenue lag. Nachdem ich kurz in meinem Büro vorbeigeschaut hatte, fuhr ich zum Pub, um Monnie und ihre zwei Jungs zu treffen. Matt und Will waren elf und zwölf, aber sie waren groß, wie ihr Vater. Beide bereits über einssiebzig.

»Mom meint, Sie sind okay«, sagte Matt, als er mir die Hand schüttelte.

»Das Gleiche hat sie auch über dich und Will gesagt«, erwiderte ich. Alle am Tisch lachten. Dann bestellten wir genau die Sachen, derentwegen man ein schlechtes Gewissen haben sollte: Hamburger, Chicken Wings, Pommes mit Käse. Monnie meinte, dass sie all das nach dem Schock verdiente. Ihre Söhne hatten gute Manieren und waren kein Problem. Das verriet mir eine Menge über Monnie.

Der Pub war eine interessante Wahl. Überall waren Erinnerungsstücke ans Marine-Corps, darunter Offiziersrangabzeichen, Fotos und mehrere Tische mit eingearbeiteten Patronengürteln für Maschinengewehre. Monnie sagte, dass Tom Clancy die Bar in *Die Stunde der Patrioten* erwähnt habe, aber im Roman behauptete er, an der Wand hänge ein Bild von George Patton. Darüber waren die Stammgäste empört, vor allem, weil Clancy mit diesem Wissen Karriere gemacht hatte. Das Command Post war eine Bar für die *Marines'*, nicht die Armee.

Als wir hinausgingen, nahm Monnie mich beiseite. Einige Marines marschierten hinein. Sie beäugten uns ein wenig erstaunt. »Danke, Alex. Das bedeutet mir viel«, sagte sie. »Ich weiß, ein Dementi bedeutet überhaupt nichts, aber ich habe keine Informationen an die *Washington Post* weitergegeben. Auch nicht an Rush Limbaugh oder O'Reilly. Oder an einen anderen Scheißkerl. Nie und nimmer. Ich bin loyal bis zum bitteren Ende, das hoffentlich bald kommen könnte.«

»Das habe ich denen im Hoover Building auch gesagt«, erklärte ich. »Das mit der Loyalität.«

Monnie stellte sich auf die Zehenspitzen und küsste mich auf die Wange. »Ich schulde Ihnen einen Riesengefallen. Und Sie sollten wissen, dass Sie mich unheimlich beeindrucken. Selbst Matt und Will scheinen neutral bis positiv zu sein. Dabei sind Sie einer ihrer Feinde: ein Erwachsener.«

»Arbeiten Sie weiter an dem Fall«, sagte ich. »Sie haben genau die richtige Einstellung.«

Monnie blickte mich leicht verwirrt an, dann begriff sie. »Ach ja, habe ich? *Okay, die können mich mal!*«

»Es sind die Russen«, sagte ich, ehe ich sie vor der Tür des Command Post verließ. »Es muss so sein.«

61

Zwei schwer verliebte Menschen. Oft ein wunderschönes Bild. Aber nicht in diesem Fall, nicht in dieser kühlen, sternenklaren Nacht in den Hügeln von Massachusetts.

Die Liebenden hießen Vince Petrillo und Francis Deegan und studierten im zweiten Jahr am Holy Cross College in Worcester. Seit dem ersten Tag waren sie unzertrennlich. Sie hatten sich im Mulledy-Studentenheim an der Easy Street kennen gelernt und sich danach nur selten getrennt. Sie hatten die beiden letzten Sommer sogar im selben Fischrestaurant in Provincetown gearbeitet. Nach dem Studienabschluss wollten sie heiraten und eine große Europareise unternehmen.

Holy Cross war ein Jesuitencollege, das – zu Recht oder zu Unrecht – im Ruf stand, homophob zu sein. Studenten konnten wegen »unanständigem oder unzüchtigem Verhalten« auf Zeit oder ganz vom College verwiesen werden. Die katholische Kirche verdammte nicht grundsätzlich die »Versuchung« gegenüber Angehörigen des gleichen Geschlechts, aber homosexuelle Handlungen wurden oft als »pervers« angesehen, als »schwere moralische Störung«. Da die Jesuiten homosexuelle Beziehungen, zumindest unter Studenten, hart bestrafen konnten, hielten Vince und Francis ihre so geheim wie möglich. Allerdings waren sie während der vergangenen Monate zu der Erkenntnis gelangt, dass ihre Beziehung wohl doch keine so große Sache war, wenn man die Skandale im katholischen Klerus betrachtete.

Der Campus Arboretum am Holy Cross war seit langem ein Ort, wo Studenten sich trafen, wenn sie allein sein wollten und romantische Absichten hegten. In dieser wunderschönen Gartenanlage wuchsen angeblich über hundert unterschiedliche Bäume und Sträucher. Man blickte von dort aufs Stadtzentrum von Worcester, von den Studenten »Wormtown« genannt.

An diesem Abend schlenderten Vince und Francis von der Easy Street zu einer Backsteinterrasse und einem Rasen. Dieser Platz hieß Wheeler Beach. Sie trugen beide Turnhosen, T-Shirts und die gleichen lila-weißen Baseballmützen. Der Wheeler Beach war sehr belebt, daher suchten sie sich einen stillen Ort im Arboretum.

Dort lagen sie auf einer Decke unter einem nahezu vollen Mond und blickten zum sternenfunkelnden Firmament empor. Sie hielten sich an den Händen und sprachen über W. B. Yeats Dichtung, den Francis verehrte und Vince, der Medizin studieren wollte, nach besten Kräften ertrug. Die beiden Männer waren vom Körperbau her ein seltsames Paar. Vince war knapp einsachtzig und wog achtzig Kilo. Das meiste waren Muskeln, da er ein eifriger Gewichtheber war. Er hatte schwarze Locken, die ein beinahe engelsgleiches Gesicht einrahmten, das sich von dem seiner Babyfotos kaum unterschied. Eins davon trug sein Liebhaber im Portemonnaie.

Bei Francis' Anblick lief beiden Geschlechtern das Wasser im Mund zusammen, sie sabberten regelrecht. Das war Vince' Privatscherz, wenn sie unter Kommilitoninnen waren: *»Sabbersusen«*. Francis war einsdreiundachtzig, ohne ein Gramm Fett. Sein weißblondes Haar ließ er immer noch so schneiden wie im ersten Jahr an der Christian Brothers Academy in New Jersey. Er betete Vince aus ganzem Herzen an, und umgekehrt war es genauso.

Natürlich holten sie sich Francis.

Ihn hatte man ausgespäht und gekauft.

62

Die drei bulligen Männer trugen weite Jeans, Arbeitsstiefel und dunkle Windjacken. Sie waren Schläger. In Russland hießen sie *baklany* oder *bandity*. Furcht einflößende Dämonen, wenn man ihnen begegnete, Ungeheuer aus Moskau, vom Wolf in Amerika losgelassen.

Sie parkten ihren schwarzen Pontiac Grand Prix auf der Straße und stiegen dann den Hügel zum Campus von Holy Cross hinauf.

Einer von ihnen war kurzatmig und beschwerte sich auf Russisch über den steilen Aufstieg.

»Halt die Schnauze, Arschloch«, sagte der Anführer der Gruppe, Maxin, der sich gern als persönlichen Freund des Wolfs bezeichnete, obgleich er das natürlich nicht war. Kein *pakhan* hatte echte Freunde, und schon gar nicht der Wolf. Er hatte nur Feinde und traf sich fast nie mit denen, die für ihn arbeiteten. Selbst in Russland war er als der große Unsichtbare bekannt. Hier in den Vereinigten Staaten kannte ihn buchstäblich niemand von Angesicht zu Angesicht.

Die drei Schläger beobachteten die Studenten auf der Decke, die sich an den Händen hielten, küssten und liebkosten.

»Die küssen wie Mädels«, sagte einer der Russen und lachte hässlich.

»Nicht wie Mädels, die ich je geküsst habe.«

Die drei schüttelten angewidert die Köpfe. Dann schritt der bullige Anführer weiter. In Anbetracht seiner Größe und seines Gewichts bewegte er sich überraschend schnell. Stumm deutete er auf Francis. Sofort rissen die beiden anderen Männer diesen von Vince weg.

»Hey, was zum Teufel soll das bedeuten?«, schrie Francis. Doch im nächsten Moment verschloss ein breites Isolierband seinen Mund und erstickte jeden Laut.

»Jetzt kannst du schreien«, sagte einer der Schläger grinsend. »Schrei doch wie ein Mädchen. Niemand wird dich hören.«

Sie arbeiten schnell. Ein Schläger fesselte Francis mit schwarzem Isolierband an den Fußknöcheln, ein anderer band damit seine Handgelenke auf den Rücken. Danach steckten sie ihn in einen großen Sack, mit dem sonst Sportgeräte wie Baseballschläger oder Basketbälle transportiert wurden.

Inzwischen hatte der Anführer ein dünnes scharfes Stilett herausgeholt. Damit schnitt er dem kräftigen Vince die Kehle durch, so wie er in seiner Heimat Schweine und Ziegen geschlachtet hatte. Vince war nicht gekauft worden und er hatte die Entführer gesehen. Im Gegensatz zu Slava und Zoya spielte dieses Team keine Spielchen. Sie wollten den Wolf weder verraten noch enttäuschen. Es würde keine Fehler mehr geben. Das hatte der Wolf deutlich gemacht, auf die ihm eigene gefährliche Art und Weise.

»Nehmt den hübschen Jungen. Schnell«, sagte der Anführer. Dann eilten sie zurück zum Auto, warfen den Sack in den Kofferraum des Pontiac und fuhren los.

Der Job war perfekt gelaufen.

63

Als Francis sich bemühte, ruhig und logisch seine Lage zu analysieren, sah er sie folgendermaßen: *Nichts, was ihm zugestoßen war, war wirklich geschehen!* Nein, er war nicht vor wenigen Stunden von drei schrecklichen Kerlen vom Campus des Holy Cross entführt worden. *Es war schlichtweg unmöglich, dass das geschehen war!* Man hatte ihn auch nicht in einem Kofferraum vier oder fünf Stunden nach Gott weiß wo transportiert.

Und das Wichtigste: Vince konnte nicht tot sein! Dieses herzlose grausame Stück Scheiße konnte Vince nicht die Kehle aufgeschlitzt haben. *Es war nicht geschehen!*

Alles musste demnach ein grauenvoll schlechter Traum sein, ein Albtraum von der Sorte, wie ihn Francis Deegan nicht mehr gehabt hatte, seit er drei oder vier Jahre alt gewesen war. Und dieser Mann, der jetzt vor ihm stand, mit diesem lächerlichen, weißblonden Haarkranz, in einem hautengen, schwarzen ledernen Bodysuit – nein, der konnte auch nicht real sein. Nie und nimmer.

»Ich bin sehr wütend auf dich! Stinksauer!«, brüllte Mr. Potter Francis ins Gesicht. »Warum hast du mich verlassen?«, kreischte er. »Warum? Sag mir, warum? Du darfst mich nie wieder verlassen. Ich bekomme ohne dich Angst, und das weißt du. Du weißt, wie ich bin. Das war wirklich gedankenlos von dir, Ronald!«

Francis hatte bereits versucht, mit diesem Irren, der sich Potter nannte – nein, nicht Harry Potter –, vernünftig zu reden, doch vergeblich. Er hatte diesem Wahnsinnigen mehrmals erklärt, dass er ihn noch nie zuvor gesehen hatte. Er war nicht Ronald. Er kannte keine Ronalds! Damit hatte er sich mehrere Schläge eingehandelt, so hart, dass seine Nase geblutet hatte. Dieses abartige Scheusal war viel stärker, als es aussah.

Völlig verzweifelt flüsterte Francis schließlich eine Entschuldigung. »Es tut mir Leid. Ehrlich, es tut mir Leid. Ich werde es nicht wieder tun.«

Da umarmte ihn Mr. Potter leidenschaftlich und brach in Tränen aus. Das war doch völlig absurd. »O Gott, ich bin ja so froh, dass du wieder da bist. Ich habe mir *solche* Sorgen um dich gemacht. Du darfst mich nie wieder verlassen, Ronald.«

Ronald? Wer zum Teufel war Ronald? Und wer war Mr. Potter? Was würde jetzt geschehen? War Vince tatsächlich tot? Hatte man ihn im College wirklich umgebracht? All diese Fragen explodierten in Francis' pochendem Schädel. Daher fiel es ihm leicht, in Potters Armen zu weinen und sich sogar verzweifelt an ihm festzuklammern. Sein Gesicht an das schwarze Leder zu pressen und immer wieder zu flüstern: »Es tut mir so Leid. Es tut mir ja so Leid. O mein Gott, es tut mir Leid.«

»Ich liebe dich auch, Ronald«, sagte Potter. »Ich bete dich an. Du wirst mich nie wieder verlassen, oder?«

»Nein. Ich verspreche es. Ich werde dich nie verlassen.«

Da lachte Potter auf einmal schallend und stieß den Jungen abrupt von sich.

»Francis, lieber Francis«, flüsterte er. »Wer zum Teufel ist Ronald? Ich spiele nur mit dir, Junge. Das ist eins meiner Spiele. Du studierst doch am College. Da musst du das doch längst begriffen haben. So, lass uns spielen, Francis. Gehen wir hinaus in die Scheune und spielen.«

64

Ich bekam in meinem vorläufigen Büro eine seltsame E-Mail von Monnie Donnelley. Informationen über den neuesten Stand der Dinge. Sie sei nicht suspendiert worden, schrieb Monnie. Noch nicht. Außerdem habe sie Neuigkeiten für mich. *Muss Sie heute Abend sehen. Selber Ort, selbe Zeit. Sehr wichtige Neuigkeiten. – M.*

Daher betrat ich kurz nach sieben den Command Post Pub und hielt nach Monnie Ausschau. Welche mysteriösen Neuigkeiten hatte sie? Die Bar war voll, aber ich entdeckte sie schnell. Es war leicht, da sie die einzige Frau war. Außerdem waren Monnie und ich im Command Post augenscheinlich die Einzigen, die nicht bei den Marines waren.

»Am Telefon konnte ich mit Ihnen in Quantico nicht darüber sprechen. Ekelhaft, oder? Aber wem kann man trauen?«, sagte sie, als ich zu ihr trat.

»Mir können Sie trauen. Selbstverständlich erwarte ich nicht, dass Sie mir das glauben, Monnie. Sie haben Neuigkeiten?«

»Allerdings. Und zwar meiner Meinung nach sogar gute.«

Ich setzte mich auf den Hocker neben Monnie. Der Barkeeper kam und wir bestellten Bier. Monnie begann, sobald er gegangen war. »Ich habe einen guten Freund beim ERF in Quantico.«

»Sie scheinen überall Freunde zu haben.«

»Stimmt. Allerdings wohl nicht im Hoover Building. Also, mein Freund hat meine Aufmerksamkeit auf eine Meldung gelenkt, die das FBI vor wenigen Tagen bekommen, aber als schlechten Scherz abgetan hat. Es geht um eine Website, die Wolfsbau heißt. Angeblich kann man dort eine

Liebhaberin oder einen Liebhaber kaufen, die dann wohl entführt werden. Angeblich ist es unmöglich, diese Website zu knacken. Das ist der Haken.«

»Und wie ist unser Hacker reingekommen?«

»*Sie* ist ein Genie. Ich nehme an, deshalb hat man sie ignoriert. Möchten Sie sie treffen? Sie ist vierzehn Jahre alt.«

65

Monnie hatte eine Adresse der Hackerin in Dale City, Virginia, nur zwölf Meilen von Quantico entfernt. Der Agent, der den ursprünglichen Anruf entgegengenommen hatte, hatte ihn nicht sehr gründlich bearbeitet. Deshalb würde er – unserer Meinung nach – gewiss nichts dagegen haben, wenn wir seine Arbeit erledigten.

Eigentlich hatte ich Monnie nicht mitnehmen wollen, aber sie bestand darauf. Wir stellten ihren Wagen bei ihrem Haus ab und fuhren mit meinem nach Dale City. Ich hatte vorher telefoniert und mit der Mutter des Mädchens gesprochen. Sie klang nervös, meinte aber, sie sei froh, dass das FBI endlich mit Lili sprechen wolle. Sie fügte hinzu: »Niemand kann Lili lang ignorieren. Sie werden sehen, was ich meine.«

Ein junges Mädchen in schwarzem Overall öffnete die Tür. Ich nahm an, es sei Lili, aber da irrte ich mich. Annie war die zwölfjährige Schwester, aber sie sah aus wie vierzehn. Sie bat uns ins Haus.

»Lili ist in ihrem Laboratorium«, sagte Annie. »Wo sonst?«

Dann trat Mrs. Olsen aus der Küche und wir stellten uns vor. Sie trug eine schlichte weiße Bluse und einen grünen Cordsamtrock und hielt einen fettigen Spatel in der Hand. Unwillkürlich dachte ich, wie normal diese häusliche Szene war. Besonders, wenn es stimmte, was Lili entdeckt hatte. Hatte die Vierzehnjährige eine mögliche Spur gefunden, die uns den Entführern näher brachte? Ich hatte gehört, dass Fälle schon auf eigenartigere Weise gelöst wurden. Und dennoch …

»Wir nennen sie Dr. Hawking. Wie Stephen Hawking. Sie hat einen *so* hohen IQ«, sagte ihre Mutter und hob den Spatel, um ihren Worten Nachdruck zu verleihen. »So gescheit Lili auch ist, sie lebt nur von Sprite und Pixie Stix. Ich bin machtlos. Ich kann ihre Essgewohnheiten nicht ändern.«

»Ist es okay, wenn wir jetzt mit Lili sprechen?«, fragte ich.

Mrs. Olsen nickte. »Sie nehmen die Sache also ernst. Das empfiehlt sich auch bei Lili. Sie denkt sich so etwas nicht aus, das können Sie mir glauben.«

»Nun, wir wollen nur mit ihr sprechen. Wir sind nicht sicher, ob es sich um etwas Ernstes handelt.«

»Oh, das ist es bestimmt«, erklärte Mrs. Olsen. »Lili macht nie einen Fehler. Bis jetzt jedenfalls nicht.«

Sie deutete zur Treppe. »Zweite Tür rechts. Sie hat zur Abwechslung mal nicht abgeschlossen, weil sie Sie erwartet. Sie hat uns befohlen, draußen zu bleiben.«

Monnie und ich gingen nach oben. »Sie hat keine Ahnung, worum es sich handeln könnte, oder?«, flüsterte sie. »Ich hoffe fast, dass es eine Sackgasse ist.«

Ich klopfte an eine Holztür, die hohl klang.

»Es ist offen«, rief eine hohe Stimme. »Kommen Sie rein.«

Ich öffnete die Tür und sah Lilis Zimmer. Fichtenmöbel, ein Bett mit zerknitterter Wäsche mit Kuhmuster, an den Wänden Poster vom MIT, von Yale und Stanford.

Hinter einer blauen Halogenlampe saß vor einem Laptop ein junges Mädchen – dunkle Haare, Brille und Zahnspange. »Ich bin auf Sie vorbereitet«, sagte sie. »Ich bin Lili und arbeite an der Entzifferung einer Geheimschrift. Im Grund geht es darum, Fehler in den Algorithmen aufzuspüren.«

Monnie und ich schüttelten Lili die Hand, die sehr klein war und mir so zerbrechlich wie eine Eierschale vorkam.

Monnie sagte: »Lili, du hast uns in deiner E-Mail geschrieben, dass du Informationen hättest, die bei den Entführungen in Atlanta und Pennsylvania weiterhelfen könnten.«

»Richtig. Aber Mrs. Meek haben Sie ja schon gefunden.«

»Du bist in eine sehr sichere Site eingedrungen. Stimmt doch, oder?«, fragte Monnie.

»Ich habe ein paar geheime UDP-Scans rausgeschickt. Dann IP-Spoofing. Deren Wurzelserver hat bei den falschen Paketen angebissen. Ich habe einen Source-Code für den Sniffer eingepflanzt. Beim Hacken habe ich eine DNS-Vergiftung benutzt. Eigentlich ist es noch komplizierter, aber im Prinzip läuft es so.«

»Verstehe«, sagte Monnie. Jetzt war ich froh, dass sie mit mir zu den Olsens gefahren war.

»Ich glaube, sie haben gemerkt, dass ich sie aufgespürt habe. Eigentlich bin ich mir sicher«, sagte Lili.

»Woher weißt du das?«, fragte ich.

»Sie haben es gesagt.«

»Bei Agent Tiezzi bist du nicht auf sehr viele Einzelheiten eingegangen. Du hast gesagt, du würdest *denken*, dass jemand auf dieser Website ›zu verkaufen‹ sei.«

»Ja, aber ich habe es vermasselt, richtig? Agent Tiezzi hat mir nicht geglaubt. Ich habe zugegeben, dass ich vierzehn und ein Mädchen bin. Wie blöd von mir.«

»Meiner Meinung nach hast du nichts falsch gemacht«, sagte Monnie und lächelte freundlich.

Endlich lächelte auch Lili. »Ich bekomme großen Ärger, nicht wahr? Das ist mir schon klar. Vielleicht wissen die bereits, wer ich bin.«

Ich schüttelte den Kopf. »Nein, Lili«, erwiderte ich. »Die wissen nicht, wer oder wo du bist. Da bin ich ganz sicher.«

Wenn sie es wüssten, wärst du bereits tot.

66

Es war ein eigenartiges und unheimliches Gefühl, im Zimmer des Wunderkinds zu sein, dessen Leben möglicherweise in großer Gefahr war. Lili war beim FBI ziemlich zurückhaltend gewesen. Ich verstand, weshalb der Hinweis untergegangen war. Außerdem, sie *war* eben erst vierzehn Jahre alt. Aber jetzt, nachdem wir mit Lili von Angesicht zu Angesicht gesprochen hatten, war ich sicher, dass sie etwas hatte, das uns helfen konnte.

Sie hatte sie sprechen gehört.

Jemand war verkauft worden, während sie lauschte.

Sie hatte Angst, um sich und ihre Familie.

»Möchten Sie mit den Leuten online gehen?«, fragte Lili aufgeregt. »Das könnten wir! Mal sehen, ob sie zusammen sind. Ich habe an echt cooler Software gearbeitet, die einen anonymisiert. Ich glaube, es funktioniert. Aber ganz sicher bin ich nicht. Nun, es wird schon klappen.«

Sie lächelte und zeigte uns ihre wunderschöne Zahnspange.

Ich sah in ihren Augen, dass sie uns unbedingt etwas beweisen wollte.

Monnie beugte sich zu mir. »Ist das eine gute Idee?«, fragte sie.

Ich nahm sie beiseite. »Wir müssen sie und die Familie ohnehin woanders hinbringen. Hier können sie nicht bleiben, Monnie.« Ich blickte zu Lili. »Okay. Versuch mal, die Website zu öffnen. Mal sehen, was sie vorhaben. Wir sind ja bei dir.«

Lili plapperte ständig, während sie die verschiedenen Schritte unternahm, um die Passworte und die verschlüsselte Sicherung zu knacken. Ich verstand kein Wort von dem, was die Vierzehnjährige von sich gab, aber Monnie begriff alles. Sie war begeistert und unterstützte Lili, doch hauptsächlich war sie tief beeindruckt.

Plötzlich blickte Lili alarmiert auf. »Irgendwas ist hier völlig falsch.« Dann widmete sie sich wieder ihrem Computer. »Scheiße! Verdammt!«, fluchte sie. »Diese *Mistkerle*. Ich fass es nicht.«

»Was ist passiert?«, fragte Monnie. »Sie haben die Schlüssel geändert, richtig?«

»Schlimmer«, antwortete Lili und tippte wie verrückt Befehle ein. »Viel, viel schlimmer. Verdammte Scheiße! Ich fass es nicht.«

Schließlich wandte sie sich vom Bildschirm des Laptops ab.

»Erstens, ich konnte die Site nicht mal *finden*. Sie haben dieses coole, sehr dynamische Netzwerk eingerichtet – es war in Detroit, Boston und Miami, ständig hin und her. Dann, als ich es endlich gefunden hatte, konnte ich nicht rein. *Niemand* kann in diese Website rein – nur die.«

»Wieso?«, fragte Monnie. »Was ist zwischen dem letzten Mal, als du drin warst, und jetzt passiert?«

»Sie haben einen *Eyescan* installiert. Den kann man praktisch nicht täuschen. Das Ganze wird von einem Typen geleitet, der sich Wolf nennt. Dieser Wolf ist ein echt schlimmer Typ. Ein Russe. Wie ein Wolf aus Sibirien. Ich glaube, der ist sogar noch klüger als ich. Und das heißt *echt* scheißklug.«

67

Am nächsten Tag arbeitete ich in den SIOC-Konferenzräumen im vierten Stock des Hoover Building. Ebenso Monnie Donnelley, die sich immer noch vorkam wie in einer Art Schwebezustand. Wir behielten das, was wir von Lili Olsen erfahren hatten, noch für uns, damit wir ein paar Dinge überprüfen konnten. Im Hauptraum summte es vor Aktivität. Die Entführungen waren jetzt *die* Story in den Medien. Das FBI hatte in den letzten Jahren unheimlich viel Druck abbekommen, es brauchte dringend einen Erfolg. *Nein*, dachte ich, *wir brauchen einen Erfolg*.

Bei der Gruppenbesprechung am späten Abend nahmen viele wichtige Leute aus den Führungsetagen teil, darunter der Leiter der Abteilung für Verhaltensforschung, der Chef des Zentrums für Ermittlungen bei Kindesentführung und Serienmorden und der Leiter der Abteilung Unschuldige Bilder, die im Internet Pädophile aufspürte und aus dem Verkehr zog. Stacy Pollack leitete erneut die Diskussion. Es bestand kein Zweifel, dass sie bei diesem Fall das Kommando führte.

Ein Student vom Holy Cross College in Massachusetts wurde vermisst, und ein enger Freund von ihm war ermordet auf dem Campus aufgefunden worden. Francis Deegans Ähnlichkeit mit Benjamin Coffey, dem Studenten, der in Newport entführt worden war, führte viele von uns zu der Schlussfolgerung, dass er als Ersatz für Coffey ausgewählt worden war, der wahrscheinlich tot war.

»Ich möchte die Bewilligung für eine Belohnung, vielleicht eine halbe Million«, sagte Jack Arnold von der Abteilung für Verhaltensforschung. Niemand reagierte auf diesen Vorschlag. Mehrere Agenten machten sich Notizen oder benutzten ihre Laptops. Eigentlich war diese Besprechung deprimierend.

»Ich glaube, ich habe da etwas«, sagte ich schließlich von hinten.

Stacy Pollack blickte in meine Richtung. Etliche Köpfe hoben sich als Reaktion auf die Unterbrechung der Stille im Raum. Ich stand auf.

Der Scheiß-Neue hatte das Wort. Ich stellte Monnie vor, aus purer Bosheit. Dann berichtete ich vom Wolfsbau und von unserem Treffen mit der vierzehnjährigen Lili Olsen. Ich erwähnte auch den Wolf, der, laut Monnies Nachforschungen, ein russischer Gangster namens Pasha Sorokin sein könnte. Sein Vorleben lag im Dunkeln, vor allem die Zeit, ehe er die UdSSR verlassen hatte. »Wenn wir irgendwie in den Bau gelangen könnten, würden wir meiner Meinung nach etwas über die vermissten Frauen finden. Bis dahin sollten wir noch mehr Druck auf die Sites ausüben, welche Unschuldige Bilder bereits identifiziert hat. Es scheint logisch zu sein, dass die Perversen, die den Wolfsbau besuchen, sich auch Porno-Sites anschauen. Wir brauchen Hilfe. Wenn sich herausstellt, dass der Wolf Pasha Sorokin ist, brauchen wir sogar sehr viel Hilfe.«

Stacy Pollack war interessiert. Sie leitete eine Diskussion, in der Monnie und ich in die Mangel genommen wurden. Es war klar, dass wir für einige andere Agenten im Raum eine Bedrohung darstellten. Dann fällte Pollack eine Entscheidung.

»Sie können alle Ressourcen haben«, erklärte sie. »Wir werden die Porno-Sites vierundzwanzig Stunden beobachten. Zum gegenwärtigen Zeitpunkt haben wir nichts Besseres. Ich möchte auch unsere Russen-Gruppe in New York hinzuziehen. Ich kann zwar kaum glauben, dass Pasha Sorokin persönlich in diesen Fall verstrickt ist, aber wenn dem so ist, dann handelt es sich tatsächlich um eine große Sache. Seit sechs Jahren sind wir an Sorokin interessiert! Ja, wir sind am Wolf *sehr* interessiert.«

68

Während der nächsten vierundzwanzig Stunden bekamen über dreißig Agenten die Aufgabe, vierzehn unterschiedliche Porno-Sites und Chatrooms zu observieren. Es war wohl eine der widerlichsten »Observierungen« aller Zeiten. Wir wussten nicht genau, wonach wir suchten, abgesehen davon, dass jemand eine Website erwähnt hatte, die »Wolfsbau« hieß oder »Wolf«. Inzwischen sammelten Monnie und ich alle Informationen, die wir über die Russenmafia, besonders über Pasha Sorokin, auftreiben konnten.

Später am Nachmittag musste ich weg. Der Zeitpunkt hätte kaum schlechter gewählt sein können, aber einen wirklich guten hätte es in dieser Angelegenheit ohnehin nicht gegeben. Ich war aufgefordert worden, mich mit Christine Johnsons Anwälten im Blake Building in der Nähe vom Dupont Circle zu treffen. Christine forderte Klein Alex.

Ich traf kurz vor fünf ein und musste gegen die Flut der Büroangestellten ankämpfen, die aus dem ungewöhnlichen zwölfgeschossigen Gebäude strömten, das die Ecke einnahm, wo die Connecticut Avenue auf die L-Street traf. Ich überflog die Firmenliste in der Eingangshalle und las Namen wie Mazda, Barron's, National Safety Council und die etlichen Anwaltskanzleien, darunter auch Mark, Haranzo und Denyeau.

Ich ging zu den Aufzügen und drückte auf den Knopf. Christine wollte das Sorgerecht für Alex junior. Ihr Anwalt hatte dieses Treffen in der Erwartung arrangiert, dass wir die Angelegenheit regeln könnten, ohne vor Gericht zu gehen. Ich hatte morgens mit meinem Anwalt gesprochen und beschlossen, ihn nicht dazuzubitten, da es sich um ein »informelles« Treffen handelte. Als ich im Lift in den sechsten Stock fuhr, bemühte ich mich, nur einen Gedanken zu haben: *Tu, was das Beste für Klein Alex ist.* Ganz gleich, was oder wie ich mich dabei fühlte.

Ich stieg im sechsten Stock aus. Gilda Haranzo wartete bereits auf mich. Sie war schlank und attraktiv und trug ein anthrazitfarbenes Kostüm mit weißer Seidenbluse. Mein Anwalt war schon gegen Ms. Haranzo angetreten und hatte mir gesagt, dass sie gut sei und außerdem ziemlich »missionarisch«. Sie war von ihrem Mann, einem Arzt, geschieden und hatte das Sorgerecht für ihre beiden Kinder. Ihr Honorar war hoch, aber sie hatte mit Christine zusammen Villanova besucht, und seitdem waren sie Freundinnen.

»Christine ist schon im Konferenzzimmer, Alex«, sagte sie, nachdem sie sich vorgestellt hatte. Dann fügte sie hinzu: »Es tut mir Leid, dass es dazu gekommen ist. Der Fall ist schwierig. Es sind keine bösen Menschen beteiligt. Bitte, folgen Sie mir.«

»Mir tut es auch Leid, dass es so weit gekommen ist«, sagte ich, war mir in Bezug auf die »bösen Menschen« aber gar nicht so sicher.

Ms. Haranzo führte mich in einen mittelgroßen Raum mit grauem Teppichboden und hellblauen Stofftapeten. In der Mitte stand ein Glastisch mit sechs eleganten schwarzen Ledersesseln. Auf dem Tisch standen nur eine Karaffe mit Eiswasser, einige Gläser und ein Laptop.

Durch die Fensterreihe sah man auf den Dupont Circle. Christine stand am Fenster. Sie sagte nichts, als ich eintrat. Dann ging sie zum Tisch und setzte sich in einen Ledersessel.

»Hallo, Alex«, sagte sie schließlich.

69

Gilda Haranzo setzte sich hinter ihren Laptop, ich wählte den Sessel gegenüber von Christine. Plötzlich wurde der Verlust von Klein Alex sehr real für mich. Bei diesem Gedanken stockte mir der Atem. Eine gute Entscheidung oder nicht, fair oder unfair – Christine hatte uns verlassen und war Tausende von Meilen fortgezogen und hatte ihn nicht ein einziges Mal besucht. Wissentlich hatte sie ihre Rechte als Elternteil aufgegeben. Und jetzt hatte sie ihre Meinung geändert. Was, wenn sie ihre Meinung noch mal änderte?

Christine sagte: »Danke, dass du hergekommen bist, Alex. Die Umstände tun mir Leid. Du musst mir glauben, dass es mir Leid tut.«

Ich wusste nicht, was ich sagen sollte. Ich war eigentlich nicht wütend auf sie, aber – doch, vielleicht war ich wütend. Ich hatte Klein Alex fast sein gesamtes Leben lang gehabt und konnte den Gedanken, ihn jetzt zu verlieren, nicht ertragen. Mein Magen fiel wie ein Lift im freien Fall. Es war so, als sähe man sein Kind auf die Straße rennen, direkt in einen schweren Unfall, und man könne nichts dagegen tun. Ich saß ganz still da und unterdrückte den Urschrei, der das gesamte Glas in der Kanzlei zerschmettert hätte.

Dann begann die Besprechung. Das informelle Beisammensein. Ohne irgendwelche bösen Menschen im Raum.

»Dr. Cross, danke, dass Sie sich die Zeit genommen haben und hergekommen sind«, sagte Gilda Haranzo.

»Weshalb hätte ich nicht kommen sollen?«, fragte ich.

Sie nickte und lächelte erneut. »Wir alle wollen dieses Problem freundschaftlich lösen. Sie haben hervorragend für Alex gesorgt, das bezweifelt niemand.«

»Ich bin sein Vater, Ms. Haranzo«, erwiderte ich.

»Natürlich. Doch jetzt ist Christine in der Lage, für den Jungen zu sorgen, und sie ist die Mutter. Außerdem ist sie Rektorin einer Grundschule in Seattle.«

Ich spürte, wie mir das Blut ins Gesicht schoss. »Sie hat Alex vor einem Jahr verlassen.«

»Das ist nicht fair, Alex«, meldete sich Christine zu Wort. »Ich habe dir gesagt, dass du ihn fürs Erste nehmen könntest. Unsere Übereinkunft war immer vorübergehend gemeint.«

»Dr. Cross, stimmt es, dass die meiste Zeit Ihre zweiundachtzigjährige Großmutter für das Baby sorgt?«, fragte Ms. Haranzo.

»Wir alle sorgen für ihn«, sagte ich. »Außerdem war Nana voriges Jahr, als Christine nach Seattle zog, nicht zu alt. Sie ist extrem fähig, und ich glaube nicht, dass Sie Nana je im Zeugenstand haben möchten.«

Die Anwältin fuhr fort. »Ihre Arbeit hält sie oft fern von daheim, nicht wahr?«

Ich nickte. »Gelegentlich. Aber Alex ist immer bestens versorgt. Er ist ein glückliches, gesundes und gescheites Kind, das die ganze Zeit über lächelt. Und er wird geliebt. Er ist das Zentrum unseres Haushalts.«

Ms. Haranzo wartete, bis ich fertig war, dann begann sie von neuem. Ich hatte das Gefühl, hier vor Gericht zu sein. »Ihre Arbeit, Dr. Cross, ist gefährlich. Sie haben schon mehrmals Ihre Familie in Gefahr gebracht. Außerdem hatten Sie intime Beziehungen mit anderen Frauen, seit Ms. Johnson weggegangen ist. Das stimmt doch, oder?«

Ich seufzte. Dann stand ich langsam auf. »Es tut mir Leid, aber diese Besprechung ist zu Ende. Entschuldigen Sie mich. Ich muss hier raus.« An der Tür wandte ich mich zu Christine um. »Das hier ist falsch.«

70

Ich musste raus und für eine Zeit lang auf andere Gedanken kommen. Ich kehrte ins Hoover Building zurück; niemand schien mich vermisst zu haben. Unwillkürlich drängte sich mir der Gedanke auf, dass einige dieser Agenten, die hier im Haupthaus umherwieselten, keine Ahnung hatten, wie man in der realen

Welt Verbrechen bekämpfte. Sie schienen zu glauben, dass man einen Computer mit Daten fütterte und dieser dann irgendwann einen Verbrecher ausspuckte. *Auf der Straße passiert es! Geht raus aus diesem fensterlosen »Crisis«-Raum, wo die Luft so schlecht ist!,* hätte ich am liebsten geschrien.

Aber ich sagte kein Wort. Ich setzte mich vor den Computer und las die letzten Meldungen über die Russenmafia. Ich sah keine vielversprechende Verbindung. Nach dem Treffen mit Christines Anwältin konnte ich mich allerdings auch nicht richtig konzentrieren. Kurz nach sieben packte ich meine Sachen zusammen und verließ das Hoover Building.

Niemand schien zu bemerken, dass ich ging. Und dann fragte ich mich: *Ist das so schlimm?*

Als ich heimkam, wartete Nana bereits. Ich ging die Stufen hinauf, da öffnete sie auch schon die Tür und kam nach draußen. »Damon, pass auf Klein Alex auf. Wir sind bald wieder da«, rief sie über die Schulter.

Nana humpelte die Treppe herunter und ich folgte ihr. »Wohin gehen wir?«, fragte ich.

»Wir machen eine Spazierfahrt«, antwortete sie. »Ich muss mit dir ein paar Dinge besprechen.«

Oh, Scheiße.

Ich stieg wieder in meinen alten Porsche und ließ den Motor an. Nana ließ sich auf den Beifahrersitz fallen.

»Fahr los«, sagte sie.

»Jawohl, Miss Daisy.«

»Riskier bloß keine große Lippe, das könnte dir noch Leid tun.«

»Ja, Ma'am.«

»Das ist ein gutes Beispiel für deine große Lippe.«

»Das weiß ich, Ma'am.«

Ich beschloss nach Westen zu fahren, in Richtung der Shenandoah Mountains, eine wunderschöne Landschaft und Nanas Lieblingsroute. Anfangs schwiegen wir beide, was äußerst ungewöhnlich war.

»Was war bei der Anwältin los?«, fragte Nana schließlich, als ich auf die Route 66 einbog.

Ich erzählte ihr die lange Version, wahrscheinlich weil ich Dampf ablassen musste. Nana hörte still zu, dann tat sie etwas für sie sehr Ungewöhnliches: Sie fluchte. »Zum *Teufel* mit Christine Johnson. Sie ist im Unrecht.«

»Ich kann nicht Christine die gesamte Schuld geben«, erklärte ich. Obwohl ich es nicht wollte, sah ich auch ihre Seite bei dieser Angelegenheit.

»Ich tue es. Sie hat das süße kleine Baby im Stich gelassen und ist nach Seattle gezogen. Sie hätte nicht so weit weggehen müssen. Ihre Entscheidung. Und jetzt muss sie damit leben.«

Ich warf einen kurzen Blick auf Nana. Ihre Züge waren hart. »Ich weiß nicht, ob man das heutzutage als einen aufgeklärten Standpunkt betrachtet.«

Nana winkte ab. »Ich glaube nicht, dass die heutige Zeit so aufgeklärt ist. Du weißt, dass ich für die Rechte der Frauen eintrete. Mutterrechte und so weiter, aber ich glaube auch, dass man für seine Handlungen verantwortlich ist. Christine hat diesen süßen kleinen Jungen verlassen. Sie hat sich ihrer Verantwortung entzogen.«

»Bist du fertig?«, fragte ich.

Nana hatte die Arme vor der Brust verschränkt. »Bin ich. Und jetzt fühle ich mich besser, viel besser. Du solltest dir auch ab und zu mal Luft machen, Alex. Die Kontrolle aufgeben. Lass es raus.«

Jetzt musste ich lachen. »Ich hatte das Radio während der Heimfahrt auf volle Lautstärke aufgedreht und ich habe den halben Weg gebrüllt. Ich bin noch aufgebrachter als du, Nana.«

Zum ersten Mal – ich kann mich nicht erinnern, es je erlebt zu haben – überließ sie mir das letzte Wort.

71

Jamilla rief an diesem Abend gegen elf Uhr an – acht Uhr ihrer Zeit. Ich hatte seit ein paar Tagen nicht mit ihr gesprochen und – ehrlich gesagt – war jetzt kein besonders guter Zeitpunkt. Christines Besuch in Washington und das Treffen bei ihrer Anwältin hatten mich ziemlich durcheinander gebracht. Ich bemühte mich, es mir nicht anmerken zu lassen, aber das war auch falsch.

»Du schreibst nie, du rufst nicht an«, sagte Jamilla und lachte auf ihre mitreißende Art. »Erzähl mir nur nicht, dass du schon mitten in einem Fall fürs FBI steckst. So ist es doch, oder?«

»Ja, groß und hässlich. Ich bin dabei und dann wieder nicht«, antwortete ich. Dann erklärte ich ihr, was im Hoover Building geschah und was *nicht*, sprach über meine gemischten Gefühle, fürs FBI zu arbeiten – über alles, was im Augenblick in meinem Leben nicht wirklich wichtig war.

»Du bist der Neue«, sagte sie. »Gib ihnen etwas Zeit.«

»Ich bemühe mich, geduldig zu sein. Aber ich bin an so viel verschwendete Energie und verschwendete Ressourcen einfach nicht gewöhnt.«

Ich hörte sie lachen. »Und außerdem warst du es gewohnt, im Zentrum der Aufmerksamkeit zu stehen, richtig? Du warst ein Star, Alex.«

Ich lächelte. »Du hast ja Recht, völlig Recht. Das ist wirklich Teil des Problems.«

»Du hast das FBI von der anderen Seite des Zauns gesehen. Du *hast gewusst*, worauf du dich einlässt. Oder hast du es etwa nicht gewusst?«

»Ja, ich nehme an, ich hätte es wissen müssen. Aber ich habe mir eine Menge Versprechen angehört, als ich unterschrieb.«

Jamilla seufzte. »Ich weiß, ich bin nicht besonders mitfühlend. Einer meiner Fehler.«

»Nein, es liegt an mir.«

»Ja, allerdings.« Sie lachte erneut. »Ich habe dich noch nie so deprimiert und am Boden zerstört erlebt. Mal sehen, was wir tun können, um dich wieder aufzurichten.«

Wir sprachen über den Fall, an dem sie gerade arbeitete. Dann erkundigte sich Jamilla nach jedem einzelnen Kind. Sie war wie immer sehr interessiert. Aber ich war in düsterer Stimmung, die ich einfach nicht abschütteln konnte. Ich fragte mich, ob sie es merkte. Dann erhielt ich die Antwort.

»Nun, ich wollte nur hören, wie es dir geht«, sagte Jam. »Ruf an, wenn es Neuigkeiten gibt. Ich bin immer für dich da, Alex. Du fehlst mir.«

»Du fehlst mir auch«, versicherte ich ihr.

Mit einem leisen »Bis dann« beendete Jamilla das Telefonat.

Ich saß da und schüttelte den Kopf. Scheiße! Was war ich doch manchmal für ein Esel! Ich gab Jamilla die Schuld für das, was mit Christine passiert war. Wie dämlich von mir.

72

»Hallo, ich vermisse dich«, sagte ich und lächelte. »Und es tut mir Leid.«

Fünf Minuten, nachdem Jamilla aufgelegt hatte, rief ich sie zurück, um den Schaden wieder gutzumachen.

»Es sollte dir auch Leid tun, du dummer Kerl. Ich bin aber froh, dass deine berühmten Antennen noch funktionieren«, sagte sie.

»Das war nicht allzu schwierig. Der entscheidende Beweis war direkt vor meinen Augen. Das war das kürzeste Telefonat, das wir je geführt haben. Wahrscheinlich auch das frustrierendste und unangenehmste. Ich hatte eines meiner *berühmten* Gefühle.«

»Also, was ist los, Pfadfinder? Ist es der Job oder etwas anderes? Geht es um mich, Alex? Du kannst es mir sagen. Aber ich muss dich warnen, ich trage eine Waffe.«

Ich lachte über ihren Scherz. Dann holte ich tief Luft und ließ langsam alles raus. »Christine Johnson ist wieder in der Stadt. Und es wird noch schlimmer. Sie ist wegen Klein Alex gekommen. Sie will ihn mir wegnehmen, wahrscheinlich mit nach Seattle.«

Ich hörte, wie sie die Luft einsog. »Oh, Alex, das ist ja schrecklich. *Entsetzlich.* Hast du mit ihr geredet?«

»Selbstverständlich. Ich war heute Nachmittag bei ihrer Anwältin. Christine fällt es schwer, hart zu sein, ihrer Anwältin nicht.«

»Alex, hat Christine euch beide zusammen gesehen? Wie du mit ihm umgehst? Wie in dem alten Film, *Kramer gegen Kramer*. Dustin Hoffman und der niedliche kleine Junge.«

»Nein, sie hat uns nicht wirklich zusammen gesehen,

aber ich habe sie mit Alex gesehen. Er hat seinen Charme versprüht und sie ohne Vorwürfe willkommen geheißen. Der kleine Verräter.«

Jetzt war Jamilla empört. »*Typisch* Klein Alex. Immer der perfekte Gentleman. Wie sein Vater.«

»Ja, und außerdem – sie ist seine Mutter. Die beiden haben eine gemeinsame Geschichte, Jam. Es ist kompliziert.«

»Nein, ist es nicht. Nicht für mich oder jemanden mit einem Funken Verstand. Sie hat ihn verlassen, Alex. Sie ist dreitausend Meilen weit weggezogen und ein Jahr geblieben. Wer weiß, ob sie das nicht wieder macht? Und was wirst du jetzt tun?«

Das war die große Frage.

»Was denkst du? Was würdest du tun?«

Jam unterdrückte ein Lachen. »Ach, du kennst mich – ich würde sie wie der Teufel bekämpfen.«

Ich musste lächeln. »Das werde ich auch tun. Ich werde Christine wie der Teufel bekämpfen.«

73

Die Telefonate waren für diesen Abend noch nicht beendet. Kaum hatte ich mich von Jamilla verabschiedet, fing der verdammte Apparat wieder an zu klingeln. War das etwa Christine? Ich wollte jetzt wirklich nicht über Klein Alex sprechen. Was würde sie zu mir sagen – was konnte ich ihr sagen?

Das Telefon hörte nicht auf zu klingeln. Ich schaute auf

meine Armbanduhr. Es war nach Mitternacht. Was jetzt? Ich zögerte, dann nahm ich ab.

»Alex Cross«, sagte ich.

»Alex. Hier ist Ron Burns. Tut mir Leid, dass ich Sie so spät noch anrufe. Ich fliege gerade von New York nach Washington. Wieder eine Konferenz zum Kampf gegen den Terrorismus, was immer das zurzeit auch bedeutet. Niemand scheint genau zu wissen, wie man diese Wichser bekämpft, aber jeder hat eine Theorie.«

»Vielleicht sollte man nach deren Regeln spielen. Selbstverständlich würde das einigen Leuten nicht behagen«, sagte ich. »Und mit Sicherheit ist es weder politisch noch gesellschaftlich korrekt.«

Burns lachte. »Sie kommen gleich auf den Punkt«, sagte er. »Und Sie halten mit Ihren Ideen nicht hinterm Berg.«

»Apropos Ideen…«

»Ich weiß, dass Sie sauer sind«, sagte Burns. »Nach dem, was passiert ist, kann ich Ihnen das nicht übel nehmen. Beim FBI geht es manchmal drunter und drüber. Man hat Sie gewarnt. Sie müssen etwas begreifen, Alex. Ich bemühe mich, einen sehr schwerfälligen Ozeandampfer zu wenden. Auf dem Potomac. Vertrauen Sie mir noch ein Weilchen länger. Übrigens, *wieso sind Sie noch in Washington* und nicht in New Hampshire?«

Ich begriff nicht. »Was ist denn in New Hampshire? Oh, Scheiße, sagen Sie es nicht!«

»Wir haben einen Verdächtigen. Das hat man Ihnen wohl nicht gesagt, oder? Ihre Idee, die Gespräche im Wolfsbau im Internet zu verfolgen, hat funktioniert. Wir haben jemanden.«

Ich konnte nicht fassen, was ich da nach Mitternacht hörte. »Niemand hat mir etwas gesagt. Ich bin zu Hause, seit ich mein Büro verlassen habe.«

Schweigen am anderen Ende. Dann: »Ich werde einige Telefonate führen. Steigen Sie morgen früh in ein Flugzeug. In New Hampshire wird man Sie erwarten. Glauben Sie mir, man *wird* Sie erwarten. Und, Alex, vertrauen Sie mir noch ein bisschen länger.«

»Ja, werde ich.« *Ein bisschen länger.*

74

Es klang äußerst unwahrscheinlich und seltsam, aber ein am Dartmouth College geachteter Assistenzprofessor für Englisch war Zielperson der FBI-Observierung in New Hampshire. Er war vor kurzem in einem Chatroom gewesen, der Tabu hieß, und hatte mit einer exklusiven Website angegeben, wo man alles kaufen könne, *sofern man über genügend Geld verfüge.*

Ein Agent hatte die eigenartige Konversation mit Mr. Potter heruntergeladen.

Freund: Wie viel ist denn genügend Geld, um »alles« zu kaufen?

Mr. Potter: Mehr als du hast, mein Freund. Außerdem gibt es einen Eyescan, um Gesindel wie dich auszusperren.

Das Paket: Wir fühlen uns *geehrt,* dass du heute Abend in unsere Niederungen herabgestiegen bist.

Mr. Potter: Der Wolfsbau ist nur etwa zwei Stunden pro Woche offen. Von euch ist natürlich keiner eingeladen.

Es stellte sich heraus, dass Mr. Potter der Name war, den Dr. Homer Taylor im Internet verwendete. Schuldig oder nicht, Dr. Taylor befand sich jetzt unter dem Mikroskop.

Vierundzwanzig Agenten in Zwei-Mann-Teams beobachteten in Acht-Stunden-Schichten jeden Schritt, den er in Hanover tat. Während der Woche lebte er in einem kleinen viktorianischen Haus in der Nähe des College, von dem aus er zu Fuß zu seinen Lehrveranstaltungen ging. Er war ein dünner, ordentlich wirkender Mann mit Halbglatze, der in England geschneiderte Anzüge, bunte Fliegen und absichtlich farblich abweichende Hosenträger trug und stets sehr selbstzufrieden aussah. Wir hörten von der Collegeleitung, dass er in diesem Semester Seminare über die Restauration, das Elisabethanische Drama und Shakespeare abhielt.

Dr. Taylors Seminare waren äußerst beliebt, ebenso wie er selbst. Er stand in dem Ruf, für alle Studenten da zu sein, sogar für jene, die nicht seine Seminare besuchten. Sein schneller Verstand und sein bösartiger Sinn für Humor waren ebenso berühmt wie berüchtigt. Oft gab es nur noch Stehplätze, wenn er unterrichtete. Das nannte er dann ein »volles Haus«. Er trug auch oft Szenen vor, in denen er sowohl die männlichen als auch die weiblichen Rollen spielte.

Man nahm an, dass er schwul sei, aber niemand wusste von einer festen Beziehung des Professors zu berichten. Ihm gehörte eine Farm, ungefähr fünfzig Meilen entfernt, in Webster, New Hampshire, wo er meistens das Wochenende verbrachte. Gelegentlich fuhr Taylor nach Boston oder New York, und er hatte auch mehrmals Europa besucht. Von irgendwelchen Zwischenfällen mit Studenten war nichts bekannt.

In der Collegeatmosphäre war die Beschattung Taylors schwierig. Bis jetzt gingen wir davon aus, dass unsere Agenten nicht entdeckt worden waren. Aber sicher waren wir keineswegs. Taylor verhielt sich bislang unauffällig. Er ging zum College und kehrte dann nach Hause zurück.

Am zweiten Tag in Hanover saß ich in einem Observierungswagen, einem dunkelblauen Crown Vic, zusammen mit einer Agentin, die Peggy Katz hieß. Katz war in Lexington, Massachusetts, aufgewachsen. Sie war eine ernsthafte Frau, deren Haupthobby das leidenschaftliche Interesse für Profi-Basketball zu sein schien. Sie konnte stundenlang über die NBA oder die WNBA reden, was sie auch während unserer gemeinsamen Observierung tat.

An diesem Abend hatten die Agenten Roger Nielsen, Charles Powiesnik und Michelle Bugliarello mit uns Dienst. Powiesnik war der Special Agent, der das Kommando führte. Ich war nicht sicher, wie ich hier hineinpasste, aber alle wussten, dass ich von Ron Burns höchstpersönlich hergeschickt worden war.

»Der gute Dr. Taylor kommt jetzt raus. Könnte interessant werden«, hörten Katz und ich später über Funk. Wir konnten sein Haus von dem Platz, wo wir parkten, nicht sehen.

»Er geht in eure Richtung. Ihr übernehmt ihn als Erste«, lautete die Anweisung von Special Agent Powiesnik.

Katz schaltete die Scheinwerfer ein und wir fuhren bis zur Ecke. Dann warteten wir darauf, dass Taylor uns überholte. Einen Moment später tauchte sein Toyota 4Runner auf.

»Er fährt in Richtung I-89«, meldete Katz. »Geschwindigkeit ungefähr fünfundvierzig, innerhalb der vorgeschriebenen Geschwindigkeit, was ihn für mich sofort verdächtig macht. Vielleicht will er zu seiner Farm in Webster.«

»Nielsen soll sich auf der I-89 vor ihn setzen. Ihr bleibt hinter ihm. Michelle und ich werden gleich bei euch sein«, sagte Powiesnik.

Das klang vertraut, offensichtlich auch für Agentin Katz, denn sie murmelte »Klar«, nachdem sie den Funk ausgeschaltet hatte.

Nachdem Taylor die 89 verlassen hatte, ging es auf engen Landstraßen weiter. Jetzt fuhr er fast sechzig Meilen die Stunde.

»Er scheint es jetzt etwas eiliger zu haben«, sagte Peggy.

Dann bog Taylors Toyota auf eine unbefestigte Straße ein. Wir mussten ein Stück zurückbleiben, sonst hätte er uns entdeckt. Nebel lag über den Weiden und Feldern. Wir fuhren langsam weiter, bis wir am Straßenrand sicher parken konnten. Die anderen FBI-Autos waren noch nicht eingetroffen, zumindest sahen wir keine. Wir stiegen aus und marschierten in den Wald.

Dann sahen wir Taylors Toyota. Er war vor einem Farmhaus im Schatten geparkt. Im Haus ging ein Licht an, dann noch eins. Agentin Katz war auffallend still. Ich fragte mich, ob sie bei einer derartigen Operation schon mal dabei gewesen war. Ich glaubte es nicht.

»Wir können Taylors Toyota vor dem Haus sehen«, meldete sie Powiesnik. Dann schaute sie mich an. »Und was jetzt?«, flüsterte sie.

»Das ist nicht unsere Entscheidung.«

»Und wenn sie es wäre?«

»Ich würde zu Fuß näher rangehen, weil ich herausfinden will, ob der vermisste Student vom Holy Cross da drin ist. Wir wissen nicht, in welcher Gefahr er schwebt.«

Powiesnik kontaktierte uns erneut. »Wir sehen uns mal um. Sie und Agent Cross bleiben, wo Sie sind.«

Agentin Katz wandte sich an mich. Nur mühsam unterdrückte sie ein Lachen. »Powiesnik meint, wir sollen es uns hier gemütlich machen.«

»Und in der Nase bohren«, fügte ich hinzu.

»Oder am Daumen lutschen«, meinte Katz gereizt.

Vielleicht hatte sie noch keine Action miterlebt, aber es war unverkennbar, dass sie jetzt welche sehen wollte. Und ich hatte das Gefühl, dass Agentin Katz dieser Wunsch erfüllt werden würde.

75

»Dort drüben. Er geht in Richtung Scheune«, sagte ich und deutete. »Das ist Taylor. Was macht er?«

»Powiesnik ist auf der anderen Seite des Hauses. Wahrscheinlich kann er nicht sehen, dass Taylor draußen ist«, sagte Agentin Katz.

»Mal sehen, was er vorhat.«

Katz zögerte. »Sie wollen aber nicht, dass ich erschossen werde, oder?«

»Nein«, erklärte ich etwas zu schnell. Plötzlich wurde die Situation kompliziert. Ich wollte Taylor folgen, aber ich musste auch auf Katz aufpassen.

»Gehen wir«, sagte Katz schließlich. »Taylor hat das Haus verlassen. Er geht nach Südwesten«, meldete sie Powiesnik. »Wir folgen ihm.«

Wir liefen knapp hundert Meter. Wir mussten uns beeilen, wenn wir Taylor nicht aus den Augen verlieren wollten. Über uns schien ein halber Mond, und das half, aber es war auch möglich, dass Taylor uns kommen sah. Wenn er Verdacht schöpfte, konnten wir ihn leicht verlieren.

Aber er schien überhaupt nicht wahrzunehmen, was um ihn herum vorging – bis jetzt jedenfalls noch nicht. Das vermittelte mir den Eindruck, dass er es gewohnt war, hier nachts herumzuschleichen, ohne sich Sorgen zu machen, dass jemand ihn sehen könnte. Das hier war sein Privatgebiet, richtig? Ich beobachtete, wie er in die Scheune ging.

»Wir sollten es melden«, sagte Katz.

Im Grund war ich ihrer Meinung, aber ich war nervös wegen der anderen Agenten, die schnell näher kamen und Lärm machten. Wie viele von ihnen verfügten über genügend Erfahrung in solch einer Situation?

»Ja, melden Sie sich lieber«, sagte ich schließlich.

Die anderen Agenten brauchten einige Minuten bis zum Waldrand, wo wir hinter Büschen kauerten. Aus der Scheune drang Licht durch die Ritzen und Löcher. Wir konnten von unserem Versteck aus weder etwas sehen noch etwas hören.

Jetzt dröhnte laute Musik aus der Scheune. Ein Song von Queen. Der Text handelte von jemandem, der mit dem Fahrrad unterwegs war. Völlig absurd um diese Nachtzeit und an diesem gottverlassenen Ort.

»Es gibt keine Hinweise auf Gewalt in seinem Lebenslauf«, sagte Powiesnik, als er sich neben mich kauerte.

»Oder Entführung«, fügte ich hinzu. »Aber er hat vielleicht jemanden in der Scheune. Möglicherweise den Studenten vom Holy Cross. Taylor wusste über den Wolfsbau Bescheid, sogar über den Eyescan. Ich bezweifle, dass er ein unschuldiger, harmloser Zeitgenosse ist.«

»Wir greifen uns Taylor«, erklärte Powiesnik. »Er könnte bewaffnet sein. Vorgehen, als ob er es wäre.«

Er beauftragte Nielsen und Bugliarello damit, die andere Seite der Scheune im Auge zu behalten, falls Taylor dort zu fliehen versuchte. Powiesnik, Katz und ich wollten durch die Tür eindringen, durch die Taylor die Scheune betreten hatte.

»Sind Sie sicher, dass wir jetzt zugreifen sollen?«, fragte ich Powiesnik.

»Es ist bereits entschieden«, antwortete er angespannt.

Wir bewegten uns auf die Scheunentür zu. Queen lief weiter mit voller Lautstärke. *»I want to ride my bicycle! Bicycle! Bicycle!«* Es war ein sehr eigenartiges Gefühl. Das FBI hatte hervorragende Ressourcen, um an Informationen zu gelangen, das Personal war in der Theorie bestens geschult, aber in der Vergangenheit hatte ich diejenigen stets gekannt, mit denen ich an einem gefährlichen Tatort gewesen war, und ich konnte ihnen vertrauen.

Ich bemerkte, dass Taylor die hölzerne Scheunentür weder verriegelt noch verschlossen hatte. Plötzlich brach die Musik ab.

Dann hörte ich drinnen laute Stimmen. *Mehr als eine.* Aber ich konnte nicht verstehen, was gesagt wurde, oder wer sprach.

»Wir sollten zuschlagen. *Sofort*«, flüsterte ich Powiesnik zu. »Wir haben uns bereits festgelegt. Wir müssen jetzt da rein.«

»Sagen Sie mir nicht –«

»Ich befehle es Ihnen«, unterbrach ich ihn.

Ich wollte Powiesnik das Kommando wegnehmen, denn er zögerte viel zu lange. Da wir nun so nahe zur Scheune vorgerückt waren, hätten wir nicht anhalten sollen.

»Ich gehe voraus. Sie halten sich hinter mir«, erklärte ich.

Powiesnik widersprach nicht. Katz sagte kein Wort.

Ich rannte zur Scheune; die Waffe hatte ich bereits aus dem Holster geholt. Die Tür quietschte laut, als ich sie aufriss. Greller Lichtschein fiel nach draußen und blendete mich für eine Sekunde. »FBI!«, schrie ich, so laut ich konnte.

Taylor starrte mich an. Überraschung und Angst standen in seinen Augen. Ich hätte ungehindert schießen können. Er hatte tatsächlich keine Ahnung, dass wir ihn verfolgt hatten. Er hatte sich vollkommen sicher gefühlt.

Ich sah im Schatten der Scheune noch eine Gestalt. Ein Mann war mit Lederriemen an einen Holzpfosten gebunden, der zu einem Dachbalken führte. Er war unbekleidet. Brust und Genitalien waren blutverschmiert. *Aber Francis Deegan lebte!*

»Sie sind festgenommen … Mr. *Potter*.«

76

Die erste Befragung Potters fand in seiner kleinen Bibliothek im Farmhaus statt. Sie war gemütlich und geschmackvoll eingerichtet und gab keinen Hinweis auf die grauenvollen Handlungen, die sich an anderer Stelle auf dem Besitz abgespielt hatten. Potter saß auf einer dunklen Holzbank, die Handgelenke steckten vor ihm in Handschellen. Seine dunklen Augen brodelten vor Wut, als er mich ansah.

Ich saß auf einem Stuhl, ihm direkt gegenüber. Einen langen Moment schauten wir uns nur an, dann ließ ich meine Augen durch den Raum wandern. Bücherregale und Schränke waren handgefertigt und bedeckten sämtliche Wände. Auf einem großen Eichenschreibtisch standen ein Computer und ein Drucker, zwei Holzkästen mit der Beschriftung »Eingang« und »Ausgang« und Stapel unkorrigierter Seminararbeiten. Auf einem grünen Schild hinter dem Schreibtisch war zu lesen: »Segne diese Unordnung!« Nirgends ein Hinweis auf den wahren Taylor oder »Potter«.

Ich las die Autorennamen auf den Buchrücken: Richard Russo, Jamaica Kincaid, Zadie Smith, Martin Amis, Stanley Kunitz.

Es war das Gerücht im Umlauf, dass das FBI über unglaublich viel Informationen über einen Verdächtigen verfügte, *ehe* eine Befragung durchgeführt wurde. Bei Taylor traf das zu. Ich wusste bereits, dass er seine Kindheit in Iowa verbracht und dann an der Universität von Iowa und an der NYU studiert hatte. Niemand hatte den Verdacht gehabt, dass er eine dunkle Seite haben könnte. Dieses Jahr hätte er eigentlich befördert werden sollen. Er hatte an der Fertigstellung eines Buches über Miltons *Verlorenes Paradies* gearbeitet und an einem Artikel über John Donne. Auf dem Schreibtisch lagen auch Entwürfe für andere literarische Projekte.

Ich stand auf und blätterte in den Papieren. *Er ist organisiert. Er hat für alles eine Schublade,* dachte ich. »Interessantes Zeug«, sagte ich.

»Seien Sie vorsichtig damit«, warnte er.

»Oh, Entschuldigung. Ich bin ganz behutsam«, versicherte ich ihm, als würde irgendetwas, das er über Milton oder Donne geschrieben hatte, jetzt noch eine Rolle spielen. Ich schaute mir weiter seine Bücher an: das *Altenglische Wörterbuch, The Riverside Shakespeare, Milton, Gravity's Rainbow,* ein *Merck-Handbuch*.

»Dieses Verhör ist illegal. Sie sollten das doch wissen. Ich möchte meinen Anwalt sprechen«, sagte er, als ich mich wieder setzte. »Das verlange ich.«

»Ach, wir plaudern doch nur«, erwiderte ich. »Das hier ist nur eine Befragung. Wir warten, bis der Anwalt hier ist. Ich möchte Sie nur näher kennen lernen.«

»Ist mein Anwalt verständigt? Ralph Guild in Boston?«, fragte Taylor. »Sagen Sie es mir. Verarschen Sie mich nicht.«

»Soweit ich weiß, ja«, erwiderte ich. »Mal sehen. Wir haben Sie gegen acht Uhr *morgens* festgenommen. Um halb neun wurde er angerufen.«

Taylor schaute auf seine Armbanduhr. Seine dunklen Augen funkelten. »Jetzt ist es erst halb eins!«

Ich zuckte mit den Schultern. »Kein Wunder, dass Ihr Anwalt noch nicht da ist. Sie unterrichten also englische Literatur, richtig? In der Schule mochte ich Literatur und habe viel gelesen. Das tue ich immer noch, aber Naturwissenschaften lagen mir mehr.«

Taylor funkelte mich immer noch an. »Sie vergessen, dass Francis ins Krankenhaus gebracht wurde. Der Zeitpunkt ist festgehalten.«

Ich schnippte mit den Fingern. »Richtig! Selbstverständlich. Er wurde kurz nach neun abtransportiert. Ich habe selbst das Formular unterschrieben«, sagte ich. »Ich habe wie Sie promoviert. In Psychologie, an der Johns Hopkins in Baltimore.«

Homer Taylor wiegte sich auf der Holzbank hin und her. Er schüttelte den Kopf. »Mir machen Sie keine Angst, *Sie beschissenes Arschloch*. Kleine Wichte wie Sie können mich nicht einschüchtern. Das können Sie mir glauben. Ich bezweifle, dass Sie promoviert haben. Vielleicht an der *Baumwoll*akademie.«

Ich ignorierte den Köder. »Haben Sie Benjamin Coffey getötet? Ja, ich denke, das haben Sie. Wir werden später nach der Leiche suchen. Warum ersparen Sie uns nicht die Mühe?«

Taylor lächelte boshaft. »Ihnen Mühe ersparen? Warum sollte ich?«

»Darauf habe ich eine ziemlich gute Antwort. Weil Sie später meine Hilfe brauchen werden.«

»Dann werde ich Ihnen später Mühe ersparen, *nachdem*

Sie mir geholfen haben.« Taylor grinste. »Was sind Sie?«, fragte er. »Der Quotennigger des FBI?«

Ich lächelte. »Nein. Ich bin Ihre letzte Chance. Sie sollten sie ergreifen.«

77

Nur Potter und ich waren in der Bibliothek im Farmhaus. Er trug Handschellen und war total cool, ohne eine Spur von Angst. Er funkelte mich an.

»Ich möchte meinen Anwalt«, sagte er erneut.

»Das glaube ich gern. Ich würde das auch wollen – an Ihrer Stelle. Ich würde hier richtig Theater machen.«

Taylor lächelte. Seine Zähne waren stark verfärbt. »Wie wär's mit einer Zigarette? Geben Sie mir *irgendwas*!«

Ich gab ihm eine. Ich zündete sie sogar für ihn an. »Wo haben Sie Benjamin Coffey vergraben?«, fragte ich noch einmal.

»Sie führen hier tatsächlich das Kommando?«, fragte er. »Interessant. Die Welt dreht sich, nicht wahr? Der Wurm auch.«

Ich ignorierte die Frage. »Wo ist Benjamin Coffey?«, wiederholte ich. »Er ist da draußen begraben, nicht wahr? Da bin ich mir sicher.«

»Weshalb fragen Sie dann? Wenn Sie die Antwort ohnehin kennen.«

»Weil ich keine Zeit damit verschwenden will, diese Felder umzugraben oder den Teich abzulassen.«

»Ich kann Ihnen wirklich nicht helfen. Ich kenne keinen

Benjamin Coffey. Francis war selbstverständlich *freiwillig* hier. Er hasste Holy Cross. Die Jesuiten mögen *uns* nicht. Zumindest einige der Priester.«

»Wen mögen die Jesuiten nicht? Wer außer Ihnen ist in diese Sache involviert?«

»Für einen dämlichen Polizisten sind Sie ganz schön komisch. Ich mag trockenen Humor.«

Ich streckte das Bein aus und trat ihm gegen die Brust. Die Bank fiel um, und er knallte mit dem Kopf auf den Fußboden. Ich sah, dass er verblüfft, ja schockiert war. Wenigstens hatte das ein wenig wehgetan.

»Soll mir das Angst einjagen?«, fragte er, sobald er wieder Luft bekam. Er war jetzt wütend, sein Gesicht war tiefrot, und die Halsschlagader pochte sichtbar. Das war zumindest ein Anfang. *»Ich will meinen Anwalt!... Ich fordere Sie in aller Deutlichkeit auf, meinen Anwalt zu verständigen!«* Immer wieder brüllte er: *»Anwalt! Anwalt! Anwalt! Anwalt! Kann mich jemand hören?«*

Taylor brüllte mich über eine Stunde lang an – wie ein widerborstiges Kind, das seinen Willen nicht bekommt. Ich ließ ihn brüllen und fluchen, bis er heiser wurde. Ich ging sogar hinaus, vertrat mir die Beine, trank eine Tasse Kaffee und unterhielt mich mit Charles Powiesnik, der ein recht netter Kerl war.

Als ich die Bibliothek wieder betrat, wirkte Potter verändert. Er hatte Zeit gehabt, über alles nachzudenken, was sich auf der Farm abgespielt hatte. Er wusste, dass wir mit Francis Deegan sprechen und dass wir auch Benjamin Coffey finden würden. Möglicherweise noch weitere Opfer.

Er seufzte laut. »Ich nehme an, wir könnten eine Art Arrangement treffen, das auch mir behagt. Was meinen Sie?«

Ich nickte. »Ich bin sicher, dass wir uns arrangieren können. Aber ich brauche etwas Konkretes als Gegenleistung.

Wie haben Sie die Jungs bekommen? Wie hat das funktioniert? Das muss ich von Ihnen hören.«

Ich wartete auf seine Antwort. Mehrere Minuten verstrichen.

»Ich sage Ihnen, wo Benjamin ist«, sagte er schließlich.

»Das ist das Mindeste.«

Ich wartete erneut, ging nochmals raus zu Charlie. Dann kehrte ich in die Bibliothek zurück.

»Ich habe die Jungs vom Wolf gekauft«, erklärte Potter. »Aber es wird Ihnen Leid tun, dass Sie gefragt haben. Und mir wahrscheinlich auch. Er wird uns beide dafür büßen lassen. Meiner bescheidenen Meinung nach – und denken Sie daran, mit Ihnen spricht nur ein Collegeprofessor – ist der Wolf der gefährlichste Mann auf Erden. Er ist Russe. Russenmafia.«

»Wo finden wir den Wolf?«, fragte ich. »Wie nehmen Sie Kontakt mit ihm auf?«

»Ich weiß nicht, wo er sich aufhält. Das weiß niemand. Er ist ein geheimnisumwitterter Mann. Das ist sein Markenzeichen.«

Erst nach etlichen Stunden, in denen wir redeten, feilschten und verhandelten, erzählte mir Potter endlich mehr über den Wolf, diesen mysteriösen Russen, der ihn so schwer beeindruckt hatte. Später schrieb ich in meinen Notizen: *Noch ergibt es keinen Sinn. Eigentlich nichts davon. Das Vorgehen des Wolfs scheint völlig verrückt zu sein. Ist es das?*

Dann notierte ich meine – zumindest für diesen Moment – letzten Gedanken:

Vielleicht ist es deshalb so brillant, weil es überhaupt keinen Sinn ergibt.

Für uns.

Für mich.

Teil Vier

Im Wolfsbau

78

Stacy Pollack wirkte feierlich, als sie sich an die Agenten wandte, die sich im vierten Stock des Hoover Building versammelt hatten. Viele mussten stehen. Auch ich hatte nur noch einen Stehplatz bekommen – ganz hinten. Aber wer ich war, wussten nach unserem Erfolg in New Hampshire fast alle. Wir hatten noch ein Entführungsopfer gerettet – Francis Deegan, der sich wieder erholen würde. Außerdem hatten wir die Leichen von Benjamin Coffey und zwei weiteren jungen Männern gefunden, die bisher nicht identifiziert waren.

»Es ist für mich ungewohnt, dass alles nach unseren Wünschen verlaufen ist«, begann Pollack und erntete ein paar Lacher. »Ich spreche von den letzten Ereignissen und danke sämtlichen höheren Mächten. Dies ist für uns ein Glücksfall. Wie viele von Ihnen wissen, ist der Wolf eine der Schlüsselpersonen unserer Russenmafia, wahrscheinlich *die* Schlüsselperson. Man munkelt, dass er die Finger überall drin hat: Waffenhandel, Erpressung, Schiebung beim Sport, Prostitution, weißer Sklavenmarkt. Sein Name könnte Pasha Sorokin sein, und dann hätte er sein Handwerk in den Außenbezirken Moskaus erlernt. Ich sage *könnte*, weil nichts sicher ist, wenn es um diesen Mann geht. Irgendwie hat er sich in den KGB hineinmanövriert, wo er drei Jahre blieb. Danach wurde er ein *pakhan*, ein Boss, in der russischen Unterwelt, bis er beschloss, nach Amerika auszuwandern. Dort tauchte er endgültig unter. Wir hielten ihn tatsächlich eine Zeit lang sogar für tot. Doch offensichtlich ist er das nicht – wenn wir Mr. Potter glauben können. Können wir ihm glauben?« Sie deutete in meine Richtung. »Übrigens, das ist Agent Alex Cross. Er war an der Festnahme in New Hampshire beteiligt.«

»Meiner Meinung nach können wir Potter glauben«, sagte ich. »Er weiß, dass wir ihn brauchen. Er hat vollkommen begriffen, was er uns zu bieten hat: die mögliche Spur zu Sorokin. Er hat mich gewarnt, dass der Wolf versuchen wird, uns aus dem Weg zu räumen. Seine Mission laut Potter: Verbrecher Nummer eins der gesamten Welt zu werden.«

»Und wozu dann der weiße Sklavenmarkt?«, fragte ein Agent. »Darin steckt doch nicht viel Geld, und es ist riskant. Wozu dann die Mühe? Klingt für mich wie Blödsinn. Vielleicht will man uns verarschen.«

»Wir wissen nicht, weshalb er tut, was er tut. Das ist Besorgnis erregend, da stimme ich Ihnen zu. Vielleicht liegt es an seiner Herkunft«, erzählte ein Agent von der Russengruppe des FBI in New York. »Er hatte immer die Finger in allem, was er finden konnte. Das war bereits so, als er noch die Straßen Moskaus unsicher machte. Außerdem liebt der Wolf selbst Frauen und abartigen Sex.«

»Ich glaube nicht, dass er sie *liebt*«, widersprach eine Agentin aus Washington. »Also, wirklich, Jeff.«

Der New Yorker Agent fuhr fort. »Einem Gerücht zufolge ist er vor zwei Wochen in einen Club in Brighton Beach marschiert und hat eine seiner Ex-Frauen getötet. Das ist sein Stil. Er hat zwei Kusinen aus seiner Heimat auf dem Sklavenmarkt verkauft. Bei Pasha Sorokin muss man sich immer vor Augen halten, dass er sich vor nichts und niemandem fürchtet. Er hat erwartet, in Russland jung zu sterben. Er ist überrascht, dass er immer noch lebt. Er liebt das Risiko.«

Stacy Pollack ergriff wieder das Wort. »Lassen Sie mich Ihnen noch ein paar Geschichten erzählen, um Ihnen ein Gefühl zu vermitteln, mit wem wir es zu tun haben. Es hat den Anschein, als hätte Pasha die CIA manipuliert, um ihn aus Russland zu schaffen. Und es stimmt, die CIA hat ihn hierher gebracht. Er sollte ihnen alle möglichen wichtigen Informationen geben, doch das hat er nie getan. Als er nach New York kam, verkaufte er Babys aus einem Apartment in Brooklyn. Angeblich verkaufte er an einem einzigen Tag sechs Babys an wohlhabende Paare – für jedes kassierte er zehntausend Dollar. Erst kürzlich hat er eine Bank in Miami um zwei Millionen Dollar betrogen. Er liebt, was er tut, und ist darin offensichtlich gut. Und jetzt kennen wir eine Internet-Site, welche er besucht. Möglicherweise gelingt es uns, in diese Site einzudringen. Wir arbeiten daran. Wir sind dem Wolf so nah wie noch nie.«

79

Der Wolf war an diesem Abend in Philadelphia, dem Geburtsort der Nation, allerdings nicht seiner Nation. Er ließ sich nicht anmerken, wie aufgeregt er war. Er genoss dieses Gefühl, es geilte ihn auf.

Er fühlte sich dann noch lebendiger. Er genoss es auch, unsichtbar zu sein, dass niemand wusste, wer er war, dass er überall hingehen konnte, dass er tun konnte, was immer er wollte. Heute Abend wollte er in Philadelphia im First Union Center die Flyers gegen Montreal spielen sehen. Dieses Eishockeyspiel hatte er manipulieren lassen, aber bis jetzt war noch nichts geschehen. Deshalb war er aufgeregt – und allmählich wurde er sehr wütend.

Als sich das letzte Drittel dem Ende näherte, war der Spielstand 2-1 für die Flyers! Er saß nur vier Reihen hinter den Strafbänken. Um sich abzulenken, ließ er den Blick über die Zuschauermenge schweifen – eine Mischung aus Yuppies in teurem Zwirn und mit gelockerten Krawatten und Arbeitern in übergroßen Flyers-Jacken. Alle hatten große Bierbecher und Tüten mit Chips dabei.

Seine Augen wanderten zurück zum Spiel. Die Spieler flitzten in atemberaubender Geschwindigkeit übers Eis. *Los, los, tut was*!, trieb er sie stumm an.

Plötzlich sah er, dass Ilia Teptev nicht auf seiner Position war. Und schon war es geschehen: Tor – für die Kanadier! Die Menge brüllte Beleidigungen. »Ilia, du Arsch! Du elender Stümper!«

Dann erklärte der Stadionsprecher über Lautsprecher: »Tor für Kanada durch Nummer achtzehn, Stevie Bowen, in der neunzehnten Minute.«

So endete das Drittel: 2-2. Sofort wurde die Eisfläche ausgebessert. Noch mehr Bier, noch mehr Chips wanderten in die Münder. Das Eis wurde wieder zu einer glänzenden Glasscheibe.

Die nächsten sechzehn Minuten blieb es bei der Pattsituation. Der Wolf hätte Teptev und Dobushkin am liebsten auf der Stelle erwürgt. Dann bahnte sich der kanadische Mittelstürmer Bowen einen Weg durch die halbherzige Abwehr und war im Strafraum der Flyers. *Ein Schuss*… Abgewehrt von Alexei Dobushkin – der sich mit dem Puck hinter dem eigenen Tor befand.

Er fuhr nach rechts, schlug einen Pass übers Eis – direkt vor dem Tor. Der Puck wurde von Bowen gestoppt und in die Torecke befördert.

Tor – für die Kanadier!

Zum ersten Mal an diesem Abend lächelte der Wolf. Dann wandte er sich an seinen Begleiter, seinen siebenjährigen Sohn Dimitri, dessen Existenz jeden überrascht hätte, der glaubte, den Wolf zu kennen.

»Gehen wir, Dimi, das Spiel ist gelaufen. Die Kanadier werden gewinnen. Wie ich es vorhergesagt habe. Hab ich es dir nicht gesagt?«

Dimitri war nicht so sicher wegen des Ergebnisses, aber er wagte es nicht, seinem Vater zu widersprechen. »Du hast Recht gehabt, Daddy«, sagte der kleine Junge. »Du hast immer Recht.«

80

Gegen halb zwölf Uhr abends wollte ich zum ersten Mal in den Wolfsbau eindringen, aber dazu benötigte ich die Hilfe von Mr. Potter. Homer Taylor war zu diesem Zweck nach Washington gebracht worden. Ich brauchte seine Augen.

Wir saßen dicht nebeneinander, Taylor mit Handschellen. Wir waren in einem Arbeitszimmer im vierten Stock des Hoover. Der Professor war nervös. Ich nahm an, dass er Skrupel wegen unseres Arrangements bezüglich des Wolfs hatte. »Glauben Sie ja nicht, dass er Sie nicht erwischt. Er ist gnadenlos. Er ist *verrückt*«, warnte er mich.

»Ich bin schon mehrmals mit Verrückten fertig geworden«, erklärte ich ihm. »Gilt unser Deal noch?«

»Ja. Habe ich eine andere Wahl? Aber Sie werden es bereuen. Und ich auch, fürchte ich.«

»Wir werden Sie beschützen.«

Seine Augen verengten sich. »Das sagen *Sie*!«

An diesem Abend war schon einiges los gewesen. Die Topcomputerexperten des FBI hatten mit einer Software zum Passwortknacken versucht, in den Wolfsbau einzudringen. Bis jetzt waren alle Versuche vergeblich gewesen. Wir brauchten Mr. Potter, um hineinzugelangen. Wir brauchten seine Augen. Die Blutgefäßmuster seiner Retina und die Flecken auf der Iris ermöglichten einzigartige Methoden der Identifizierung. Zum Scanning gehörten eine wenig intensive Lichtquelle und ein optischer Koppler.

Potter hielt ein Auge an das Gerät und konzentrierte sich auf einen roten Punkt. Der Abdruck wurde genommen und weitergeleitet. Sekunden danach hatten wir Zugang.

Hier ist Potter, tippte ich, während Taylor wieder abgeführt wurde. Diese Nacht sollte er im Lorton-Bundesgefängnis verbringen. Danach würde er wieder nach Neuengland verfrachtet werden. Ich verdrängte ihn aus meinem Kopf, aber ich konnte seine Warnung vor dem Wolf nicht vergessen.

Wir haben gerade von dir gesprochen, sagte jemand mit dem Benutzernamen Master Trekr.

Deshalb hat es in meinen Ohren geklingelt, tippte ich und fragte mich, ob ich zum ersten Mal mit dem Wolf Kontakt hatte. War er online? *Wenn ja, wo befand er sich?*

Ich stand im Mittelpunkt des Interesses: Über ein Dutzend Agenten und Techniker hatten sich um mich geschart. Die meisten hatten ebenfalls ihre Computer eingeschaltet. Die Szene wirkte wie ein Hightech-Klassenzimmer.

Master Trekr: Eigentlich haben wir gar nicht über dich geredet, Potter. Du leidest wie immer an Verfolgungswahn.

Ich schaute mir die Namen der anderen Benutzer an.

Shinx 3000
ToscaBella
Louis XV
Sterling 66

Kein Wolf. Bedeutete das, dass er nicht online war? Oder war er Master Trekr? Beobachtete er mich jetzt? Bestand ich seinen Test?

Ich brauche Ersatz für »Worcester«, tippte ich. Potter hatte mir gesagt, dass Francis Deegans Codename Worcester gewesen sei.

Sphinx 3000: Zieh eine Nummer! Erst reden wir über mein Paket, meine Lieferung. Ich bin an der Reihe. Das weißt du, du Spinner.

Ich antwortete nicht sofort. Das war meine Feuerprobe. Würde sich Potter bei Sphinx 3000 entschuldigen? Ich hielt das für unwahrscheinlich. Er würde eine sarkastische Bemerkung bringen. Oder doch nicht? Ich beschloss, erst einmal gar nichts zu sagen.

Sphinx 3000: Du kannst mich auch am Arsch lecken. Ich weiß, was du denkst, du abartiger Wichser!

Sphinx 3000: Wie ich vorhin sagte, ehe ich so rüde unterbrochen wurde. Ich möchte eine Südstaatenschönheit, je arroganter und eingebildeter, desto besser. Ich möchte eine Eisgöttin, die ich später zerschlagen kann. Total egoistisch. Sie trägt Chanel und Bulgari-Schmuck, selbst im Einkaufszentrum. Selbstverständlich hohe Absätze. Mir ist es gleich, ob sie hoch gewachsen oder klein ist. Wunderschönes Gesicht, tolle Titten.

ToscaBella: Wie originell.

Sphinx 3000: Scheiß auf originell und du kannst mich auch am Arsch lecken. Ich mag den alten Rock 'n' Roll und ich weiß, was ich will, und das hab ich mir verdient.

Sterling 66: Noch etwas? Deine Südstaatenschönheit? Mitte zwanzig oder über dreißig?

Sphinx 3000: Ist mir scheißegal.

Louis XV: Teenager?

Sterling 66: Wie lang willst du sie behalten?

Sphinx 3000: Eine phantastische Nacht voll Ekstase und wilder Hemmungslosigkeit... nur eine Nacht.

Sterling 66: Und dann?

Sphinx 3000: Ich werde mich ihrer entledigen. Also, was ist? Bekomme ich jetzt meine Göttin?

Pause.

Keine Antwort. Von niemandem.

Was war los?

Du bekommst sie, antwortete der Wolf. Aber sei vorsichtig, Sphinx. Wir werden beobachtet.

81

Ich war nicht sicher, wie ich auf den Wolf reagieren sollte, auf seine Warnung an Sphinx. Sollte ich jetzt sprechen? Wusste er, dass wir ihn aufgespürt hatten? Falls ja, woher?

Sterling 66: Was ist denn dein Problem, Potter?

Das war meine Chance. Ich wollte versuchen, den Wolf aus der Reserve zu locken, wenn ich konnte. Aber würde ich das schaffen? Ich war mir bewusst, dass mich alle im Raum beobachteten.

Ich habe kein Problem, tippte ich. Ich möchte nur einen neuen Jungen haben. Du weißt, dass ich es mir leisten kann. Habe ich das nicht immer bewiesen?

Sterling 66: Du bist bereit für einen neuen Jungen? Du hast doch erst vor kurzem »Worcester« bekommen? Vor einer Woche?

Ich tippte: Ja, aber er hat uns verlassen.

Sphinx 3000: Das ist lustig. Du bist so niedlich, Potter. So ein richtig niedlicher Psychokiller.

Sphinx mochte Potter offensichtlich nicht. Und ich hatte das Gefühl, dass das auf Gegenseitigkeit beruhte. Ich tippte: Ich liebe dich auch. Wir sollten uns persönlich kennen lernen.

Sterling 66: Darf ich von der Annahme ausgehen, dass er tot ist, wenn du sagst: »Er hat uns verlassen«?

Mr. Potter: Ja, der liebe Junge ist von uns gegangen. Aber ich habe meine Trauerarbeit hinter mir und bin bereit, weiterzumachen.

Sphinx 3000: Zum Schreien komisch.

Mir ging dieses Herumgezicke langsam auf die Nerven. Wer waren diese kranken Bastarde? Wo waren sie?

Mir schwebt da ein ganz bestimmter Junge vor. Ich beobachte ihn schon eine Zeit lang, tippte ich.

Sphinx 3000: Ich wette, er ist schön wie ein Gott.

Ich tippte: Allerdings. Ein echtes Einzelstück. Die Liebe meines Lebens.

Sterling 66: Das hast du über Worcester auch gesagt. Welche Stadt?

Ich tippte: Boston, eigentlich Cambridge. Er studiert

in Harvard. Arbeitet an seiner Doktorarbeit. Ich glaube, Argentinier. Im Sommer spielt er Polo.

Sterling 66: Wo hast du ihn getroffen, Potter?

Das nächste Stück hatte ich von Homer Taylor. Ich bin mal mit ihm zusammengestoßen. Herrlicher Körper.

Sphinx 3000: Wo genau hast du ihn getroffen?

Ich tippte: Ich war bei einem Symposium in Harvard.

Sterling 66: Über?

Ich tippte: Milton selbstverständlich.

Sterling 66: Und er hat daran teilgenommen?

Ich tippte: Nein – ich bin buchstäblich mit ihm zusammengestoßen. Auf der Herrentoilette. Den Rest des Tages habe ich ihn beobachtet. Ich habe herausgefunden, wo er wohnt. Seit drei Monaten studiere ich ihn.

Sterling 66: Und warum hast du dann Worcester gekauft?

Ich hatte gewusst, dass diese Frage kommen würde. Das war rein impulsiv, tippte ich. Aber dieser Junge in Cambridge ist die wahre Liebe. Kein flüchtiges Abenteuer.

Sterling 66: Hast du Namen und Adresse?

Ich tippte: Habe ich. Und ich habe mein Scheckbuch.

Sterling 66: Worcester kann nicht gefunden werden? Bist du ganz sicher?

Ich hörte Potters Stimme in meinem Kopf, als ich tippte: Gütiger Gott, natürlich! Außer es geht jemand in meiner Sickergrube schwimmen.

Sphinx 3000: Widerwärtig, Potter. Das gefällt mir.

Sterling 66: Nun, wenn du dein Scheckbuch parat hast.

Wolf: Nein. Wir wollen noch warten. Es ist zu früh, Potter. Wir melden uns bei dir. Wie immer habe ich unsere Unterhaltung sehr genossen, aber jetzt muss ich mich um andere Angelegenheiten kümmern.

Der Wolf verschwand. Er war weg. Scheiße! Er war einfach so gekommen und wieder gegangen. Wie immer der mysteriöse Mann. Wer war dieser Mistkerl?

Ich blieb noch ein paar Minuten online und plauderte mit den anderen. Ich äußerte meine Enttäuschung über die Entscheidung und wie dringend ich kaufen wollte. Dann verließ auch ich die Website.

Ich schaute meine Kollegen im Raum an. Einige fingen an zu klatschen, teilweise spöttisch, aber die meisten beglückwünschten mich aufrichtig. Kameradschaft unter Polizisten. Fast wie in alten Zeiten. Ich fühlte mich von den anderen im Raum zumindest ein bisschen akzeptiert. Eigentlich zum ersten Mal.

82

Wir warteten auf eine Meldung aus dem Wolfsbau. Alle hier wollten den Wolf erlegen. Er war ein komplizierter und abartiger Verbrecher. Zudem brauchte das FBI einen Erfolg. Die vielen Menschen, die hier schufteten bis zum Umfallen, brauchten diesen Erfolg. Den Wolf zu fangen, wäre ein großer Sieg. Wenn wir ihn nur aufspüren könnten! Und was, wenn wir diese anderen kranken Bastarde auch bekämen? *Sphinx. ToscaBella. Louis XV. Sterling.*

Irgendetwas lag mir schwer im Magen. Warum war der Wolf in diese Sache involviert, wenn er so mächtig und erfolgreich war, wie er zu sein schien? Weil er immer bei allen möglichen Verbrechen mitgemischt hatte? Oder weil er selbst ein Sexbesessener war? War das die Antwort? War der Wolf ein Sexsüchtiger? Brachte mich dieser Gedankengang weiter?

Er ist ein Irrer und besessen und deshalb …?

Abgesehen von den wenigen Stunden, die ich nach Hause fuhr, um die Kinder zu sehen, blieb ich die nächsten anderthalb Tage im Hoover Building. Und das taten auch viele andere Agenten, die an diesem Fall arbeiteten, sogar Monnie Donnelley. Wir sammelten weiter Informationen, besonders über kriminelle russische Vereinigungen in den Staaten. Hauptsächlich warteten wir jedoch auf eine Nachricht aus dem Wolfsbau an Mr. Potter. Ein Ja oder ein Nein, grünes Licht oder nicht. Worauf wartete dieser Bastard?

Ich telefonierte mehrmals mit Jamilla – gute Gespräche – und auch mit Sampson, den Kindern und Nana. Ich rief sogar Christine an. Ich musste herausfinden, welche Absichten sie bezüglich Klein Alex hegte. Nach unserem Gespräch war ich nicht sicher, ob sie wirklich wusste, was sie wollte. Das beunruhigte mich ungeheuer. Ich hatte einen ambivalenten Ton in ihrer Stimme gehört, als sie davon sprach, Alex großzuziehen. Andererseits war sie bereit, wegen des Sorgerechts vor Gericht zu gehen. Wenn ich an all das dachte, was sie durchgemacht hatte, konnte ich ihr nicht böse sein.

Aber ich hätte lieber meinen rechten Arm als meinen kleinen Jungen aufgegeben. Allein beim Gedanken, ihn verlieren zu können, bekam ich so heftige Kopfschmerzen, dass die lange Warterei auf eine Entscheidung noch schlimmer wurde. Gegen zehn Uhr abends klingelte das Telefon auf meinem Schreibtisch. Ich meldete mich sofort. »Hast du schon auf meinen Anruf gewartet? Wie läuft's denn?« Es war Jamilla. Sie klang so nah, aber sie war auf der anderen Seite des Landes in Kalifornien.

»Scheiße«, antwortete ich. »Ich sitze in einem fensterlosen Raum mit achtzig stinkenden FBI-Hackern fest.«

»Super. Hat Wolfsmann sich schon gemeldet?«

»Nein. Und das ist nicht alles.« Ich berichtete Jamilla von meinem Telefonat mit Christine.

Sie war keineswegs so verständnisvoll gegenüber Christine wie ich. »Für wen zum Teufel hält sie sich? Sie hat ihren kleinen Jungen im Stich gelassen.«

»Es ist komplizierter«, widersprach ich.

»Nein, ist es nicht, Alex. Du bist im Zweifel immer für den Angeklagten. Du glaubst, die Menschen seien im Grunde gut.«

»Ja, das tue ich. Deshalb kann ich meinen Job machen. Weil die meisten Menschen im Grunde gut *sind* und nicht die Scheiße verdienen, die man auf sie häuft.«

Jamilla lachte. »Aber du auch nicht. Denk darüber nach. Und Klein Alex, Damon, Jannie und Nana Mama auch nicht. Da du mich nicht um Rat gefragt hast, halte ich jetzt die Klappe. So, was tut sich nun in deinem Fall? Lass uns zu einem angenehmeren Thema wechseln.«

»Wir warten auf diesen russischen Verbrecher und seine perversen Freunde. Ich begreife immer noch nicht, weshalb er in einen Entführungsring involviert ist.«

»Du bist doch im FBI-Hauptquartier, im Hoover-Würfel, oder? Von dort sprichst du mit mir, oder?«

»Ja, aber es ist eigentlich kein Würfel. Es hat an der Pennsylvania Avenue wegen der Bauvorschriften in Washington nur sieben Stockwerke, hinten aber elf.«

»Vielen Dank, dass du dieses Wissen mit mir teilst. Du klingst schon fast wie ein FBI-Mann. Ich wette, da drin zu sitzen, ist ein komisches Gefühl.«

»Nein, nicht wirklich.«

»Auf der anderen Seite arbeiten, der *dunklen*. Im *J. Edgar*

Hoover Building. Ein *FBI-Mann* sein. Mir läuft es eiskalt über den Rücken, wenn ich nur daran denke.«

»Die Warterei ist die gleiche, Jam. Die Warterei ist immer die gleiche.«

»Wenigstens hast du gute Freunde, mit denen du dich dabei unterhalten kannst. Und du hast auch ein paar Telefonfreunde.«

»Ja, die habe ich. Du hast Recht, mit dir wartet es sich leichter.«

»Ich bin froh, dass du das so empfindest. Wir müssen uns sehen, Alex. Wir müssen uns berühren. Es gibt Dinge, über die wir sprechen müssen.«

»Das weiß ich. Sobald dieser Fall vorbei ist. Ich verspreche es. Ich steige ins erste Flugzeug.«

Jamilla lachte erneut. »Dann hau rein, Junge! Fang den großen bösen Wolf, diesen Psychowichser. Sonst bin ich im Flugzeug nach Osten.«

»Versprochen?«

»Versprochen.«

83

Ungefähr ein Dutzend Agenten saßen da, vertilgten Roastbeef-Sandwiches und deutschen Kartoffelsalat und tranken Eistee, als wir wieder Kontakt mit dem Wolfsbau bekamen. Der Wolf meldete sich persönlich.

Potter. Wir haben über deinen Wunsch entschieden, stand in der E-Mail. *Melde dich bei uns.*

Die Gruppe aß weiter. Wir waren uns einig, dass es nicht nötig war, sich sofort beim Wolf zu melden. Es könnte seinen Verdacht erregen. Ein Agent spielte bereits in Hanover die Rolle von Dr. Homer Taylor. Wir hatten die Lüge verbreitet, dass der Professor die Grippe hätte und eine Weile nicht unterrichten könne. Gelegentlich zeigte sich »Professor Taylor« in seinem Haus. Manchmal schaute er aus dem Fenster oder saß auf der vorderen Veranda. Unseres Wissens hatte sich niemand am Dartmouth College oder auf der Farm in Webster nach Taylor erkundigt. Beide Orte wurden von Agenten scharf observiert.

Ich hoffte, dass die Agenten im Außendienst wussten, was sie taten. Zu diesem Zeitpunkt hatten wir keine Ahnung, wie vorsichtig der Wolf war oder ob er bereits Verdacht geschöpft hatte. Wir wussten einfach nicht genug über den Russen. Nicht einmal, ob jemand vom FBI ihn mit Informationen versorgte.

Wir einigten uns darauf, dass ich anderthalb Stunden warten sollte, da ich nicht online gewesen war, als er Kontakt aufgenommen hatte. Der Wolf würde das wissen. Während des gestrigen Tages hatten wir erfolglos versucht, den Besitzer des Wolfsbaus oder einen der anderen Benutzer aufzuspüren. Das bedeutete, dass ein Spitzenhacker diese Website gesichert hatte. Die Experten des Büros waren zuversichtlich, dass sie durchbrechen könnten, aber bis jetzt war es noch nicht geschehen.

Homer Taylor war wieder nach Washington geschafft worden, und wir benutzten seine Augen für den Eyescan. Dann saß ich vor dem Computer und begann zu tippen. Ich folgte dem Kommunikationsmodell zum Wolfsbau, das Taylor als Teil unseres Abkommens gestellt hatte.

Hier ist Mr. Potter, begann ich. Kann ich jetzt meinen Geliebten bekommen?

84

Ich wartete auf die Antwort des Wolfs – wir alle warteten.

Keine Antwort. Scheiße. Was hatte ich falsch gemacht? Ich war zu weit gegangen, oder? Er war gerissen. Irgendwie wusste er, dass wir ihm auf die Schliche gekommen waren. Aber wie?

»Ich bleibe noch eine Weile drin«, sagte ich und blickte mich im Raum um. »Ich will wissen, was er anzubieten hat. Er weiß es. Angeblich bin ich doch total geil.«

Hier ist Potter, tippte ich ein paar Minuten später.

Plötzlich tauchten auf meinem Bildschirm Wörter auf.

Ich las: Wolf: Das ist überflüssig, Potter. Ich weiß, wer du bist.

Ich tippte noch mehr mit Taylors sarkastischer »Stimme«: Es ist unhöflich, mich so lange warten zu lassen. Du weißt, was ich fühle und durchmache.

Wolf: Wie sollte ich? Du bist der perverse Irre, Potter, nicht ich.

Ich tippte: So nicht! Du bist der wirklich Irre. Der Grausamste von allen.

Wolf: Warum sagst du das? Glaubst du etwa, dass ich Geiseln nehme – wie du?

Mein Herz raste. Was meinte er damit? Hatte der Wolf eine Geisel in seiner Gewalt? Vielleicht mehr als eine? Konnte Elizabeth Connolly nach so langer Zeit noch am Leben sein? Oder eine andere Geisel? Vielleicht eine, von der wir gar nichts wussten?

Wolf: Sag mir was, Schwuchtel. Beweise mir, dass du es tatsächlich bist.

Beweisen? Wie? Ich wartete auf weitere Anweisungen, doch es kamen keine.

Ich tippte: Was willst du wissen? Ich bin geil. Nein, nicht wirklich. Ich liebe ihn.

Wolf: Was ist mit Worcester geschehen? Ihn hast du doch auch geliebt.

Jetzt führte das Gespräch in unbekannte Gewässer. Ich hoffte, dass ich lückenlos an die Dinge anknüpfen konnte, die Taylor mir erzählt hatte. Die andere Frage machte mich wirklich nervös: War das tatsächlich der Wolf, mit dem ich sprach?

Wolf: Und es wird keine Auswirkungen geben?

Mr. Potter: Ich bin vorsichtig. Wie du. Ich liebe mein Leben. Ich will nicht erwischt werden. Und das wird auch nie geschehen!

Wolf: Heißt das, dass Worcester in Frieden ruht?

Ich wusste nicht, was ich antworten sollte. Mit einem zynischen Scherz?

Wolf: Ich will es ganz genau wissen. Gib mir die Scheißdetails, Potter. Los!

Mr. Potter: Ist das ein Test? Diesen Scheiß mache ich nicht mit.

Wolf: Du weißt, dass es ein Test ist.

Ich tippte: Sickergrube. Das habe ich schon gesagt.

Keine Antwort vom Wolf. Meine Nerven lagen blank.

Wann bekomme ich nun meinen neuen Jungen?, tippte ich.

Mehrere Sekunden Pause.

Wolf: Hast du das Geld?

Mr. Potter: Selbstverständlich.

Wolf: Wie viel hast du?

Ich glaubte, dass ich die richtige Antwort darauf wusste, aber sicher war ich nicht. Vor zwei Wochen hatte Taylor hundertfünfundzwanzigtausend Dollar von seinem Konto bei Lehman in New York abgehoben.

Mr. Potter: Hundertfünfundzwanzigtausend. Geld ist nicht das Problem. Es brennt mir ein Loch in die Tasche.

Keine Reaktion vom Wolf.

Ich tippte: Du hast mir gesagt, ich soll mich nicht wiederholen.

Wolf: Gut, in Ordnung. Vielleicht besorgen wir dir den Jungen. Sei vorsichtig! Einen nächsten gibt's vielleicht nicht.

Ich tippte: Dann kommen auch keine nächsten hundertfünfundzwanzigtausend!!!

Wolf: Da mache ich mir keine Sorgen. Es gibt jede Menge Freaks wie dich. Du würdest staunen, wie viele.

Mr. Potter: Und, wie geht es deiner Geisel?

Wolf. Ich muss wieder an die Arbeit... Noch eine Frage, Potter. Nur um sicher zu sein. Woher hast du deinen Namen?

Ich blickte im Raum umher. O Gott! Ich hatte vergessen, Taylor danach zu fragen. Eine Stimme flüsterte mir etwas ins Ohr. Monnie. »Die Kinderbücher? Sie nennen Harry in der Schule Mr. Potter. Möglich. Ich weiß es nicht.«

War es das? Ich musste etwas tippen. Es musste die richtige Antwort sein. Kam der Name von den Harry-Potter-Büchern? Weil er Jungen mochte? Dann schoss mir etwas durch den Kopf, das ich in Taylors Bibliothek auf der Farm gesehen hatte.

Meine Finger suchten die Tasten, hielten kurz inne. Dann tippte ich meine Antwort: Das ist absurd. Der Name kommt von dem Roman von Jamaica Kincaid – Mr. Potter. Leck mich!

Ich wartete auf eine Reaktion. Ebenso alle anderen im Raum. Endlich kam die Antwort.

Wolf: Ich besorge dir den Jungen, Potter.

85

Wir waren wieder im Geschäft und ich arbeitete wieder auf der Straße, so wie ich es liebte.

Ich war schon mehrmals in Boston gewesen und mochte die Stadt genug, um zu überlegen, dorthin zu ziehen. Ich fühlte mich wohl dort. Die nächsten beiden Tage beschatteten wir einen Studenten, der Paul Xavier hieß, auf dem Weg von seinem Apartment auf Beacon Hill zu den Lehrveranstaltungen in Harvard, dann ins Ritz Carlton, wo er als Kellner arbeitete, und schließlich in beliebte Clubs wie No Borders und Rebuke.

Xavier war der »Köder«, den wir für den Wolf und seine Menschenräuber ausgelegt hatten.

Xavier wurde von einem dreißigjährigen Agenten unserer Außenstelle in Springfield, Massachusetts, »gespielt«. Der Agent hieß Paul Gautier. Jungenhafter Charme, gut aussehend, groß, schlank, mit hellbraunen Locken. Er wirkte wie Anfang zwanzig. Er war bewaffnet, aber trotzdem bewachten ihn mindestens sechs Agenten rund um die Uhr, Tag und Nacht. Wir hatten keinen blassen Schimmer, wie oder wann das Team des Wolfs versuchen würde, ihn zu ergreifen, nur, dass es geschehen würde.

Zwölf Stunden pro Tag war ich einer der Agenten, die Gautier beobachteten und schützten. Ich hatte auf die Gefahr hingewiesen, einen »Köder« zu benutzen, um die Geiselnehmer zu fangen, aber niemand hatte auf mich gehört.

Am zweiten Abend der Observierung ging Paul Gautier, im Einklang mit dem Plan, zu den »Fens« am Muddy River, in der Nähe des Park Drive und der Boylston Street. In den Nachtstunden, nachdem die Clubs schlossen, war der *ech-*

te Paul Xavier häufig in die Fens gegangen, auf der Suche nach sexuellen Abenteuern. Deshalb hatten wir unseren Agenten hierher geschickt.

Es war für uns alle gefährlich, hier zu sein, besonders aber für Agent Gautier. Das Gebiet war dunkel, und es gab keinerlei Straßenbeleuchtung. Das hohe Schilf am Flussufer war dicht und bot Deckung für sexuelle Aktivitäten – und Entführungen.

Agentin Peggy Katz und ich befanden uns am Rand des Schilfgürtels, das Elefantengras glich. Während der vergangenen halben Stunde hatte sie mir gestanden, dass sie eigentlich gar nicht an Sport interessiert sei. Sie hatte nur so viel über Basketball und Football gelernt, weil sie in der Lage sein wollte, sich mit ihren männlichen Kollegen über *irgendetwas* zu unterhalten.

»Männer reden über andere Sachen«, widersprach ich und beobachtete dabei die Fens durchs Nachtglas.

»Das weiß ich. Ich kann auch über Geld und Autos reden. Aber ich weigere mich, mit euch geilen Böcken über Sex zu reden.«

Ich musste lachen. Katz war oft bissig, aber stets mit einem Augenzwinkern. Allerdings wusste ich auch, dass sie ziemlich tough sein konnte.

»Warum sind *Sie* zum FBI gegangen?«, fragte sie, während wir darauf warteten, dass Agent Gautier auftauchte. »Ihnen ist es doch bei der Washingtoner Polizei gut gegangen, oder?«

»Ja, mir ging es bestens.« Ich senkte die Stimme und deutete auf eine Lichtung weiter vorn. »Da kommt Gautier.«

Agent Gautier hatte die Boylston Street verlassen. Er schlenderte über die Fens zum Muddy River. Ich kannte die Gegend von einem früheren Erkundungsgang ziemlich gut. Während des Tages wurde dieser Abschnitt des Parks

Siegesgarten genannt. Hier pflanzten Leute Blumen und Gemüse an. Überall standen Schilder, welche die nächtlichen Besucher baten, diese nicht zu zertrampeln.

Der Anführer des Teams, Roger Nielsen, flüsterte etwas. Seine Stimme klang in meinem Kopfhörer ein wenig verzerrt. »Männlich, mit Kappe, Alex. Kräftiger Typ. Sehen Sie ihn?«

»Hab ihn.« Kappe sprach in ein Mikrofon im Kragen seines Sporthemds. Er gehörte nicht zu uns, daher musste er einer der anderen sein – einer der Männer des Wolfs.

Ich suchte die Gegend nach ein oder zwei Partnern ab. Die Entführungsmannschaft? Wahrscheinlich. Wo zum Teufel konnten sie sein?

»Ich glaube, er hat ein Mikro. Sehen Sie es?«, fragte Nielsen.

»Er hat eindeutig ein Mikro. Ich sehe noch einen verdächtigen Mann. Bei den Gärten links von uns«, meldete ich. »Der redet auch in seinen Kragen. Sie bewegen sich auf Gautier zu.«

86

Sie waren zu dritt. Kräftige Männer. Sie begannen Gautier einzukreisen. Gleichzeitig rückten wir vor. Ich hatte meine Glock in der Hand, aber war ich wirklich auf das vorbereitet, was in diesem kleinen dunklen Park geschehen würde?

Die Entführer hielten sich dicht am Park Drive. Meiner Meinung nach hatten sie auf der Straße einen Van oder

Truck geparkt. Sie wirkten selbstsicher und furchtlos. Offenbar hatten sie das schon früher gemacht: gekaufte Männer und Frauen packen und wegschleppen. Es waren Profi-Kidnapper.

»Wir sollten jetzt zuschlagen«, sagte ich zu Senior Agent Nielsen. »Gautier ist in Gefahr.«

»Wir warten, bis sie ihn packen«, widersprach er. »Wir wollen das richtig machen. Warten!«

Ich teilte Nielsens Meinung keineswegs und mochte ganz und gar nicht, was sich da abspielte. Weshalb warten? Gautier war allein da draußen, und der Park war dunkel.

»Gautier ist in Gefahr«, wiederholte ich.

Einer der Männer, ein Blonder, der eine Boston-Bruins-Windjacke trug, winkte Gautier zu.

Gautier blieb stehen und schaute dem Mann entgegen, der sich ihm näherte. Er nickte und lächelte. Der Blonde hatte eine Art Taschenlampe in der Hand. Damit leuchtete er Paul Gautier ins Gesicht.

Ich hörte sie sprechen. »Schöne Nacht für einen Spaziergang«, sagte Gautier, dann lachte er. Er klang nervös.

»Was tut man nicht alles für die Liebe«, erwiderte der Blonde. Er sprach mit russischem Akzent.

Die beiden standen sich im Abstand von einem knappen Meter gegenüber. Die zwei anderen Entführer hielten sich im Hintergrund, aber nicht weit entfernt.

Dann riss der Blonde eine Pistole aus der Jackentasche und hielt sie Gautier vors Gesicht. »Du kommst mit mir. Niemand wird dir wehtun. Komm einfach mit. Mach es dir selbst leicht.«

Die beiden anderen Männer gesellten sich dazu.

»Sie machen einen Fehler«, sagte Gautier.

»Ach, und wieso?«, fragte der Blonde. »Ich habe die Pistole, nicht du.«

»*Zugriff, jetzt*!«, kam der Befehl von Senior Agent Nielsen.

»FBI! Hände hoch! Weg von dem Mann!«, schrie Nielsen, als wir vorwärts stürmten.

»*FBI*!«, ertönte eine weitere Stimme. »Hände hoch, sofort!«

Dann überschlugen sich die Ereignisse. Die beiden anderen Entführer holten ebenfalls Waffen heraus. Der Blonde hielt seine immer noch Gautier an den Kopf.

»*Zurück*!«, brüllte er. »Sonst erschieße ich ihn. Lassen Sie die Waffen fallen. Ich erschieße ihn, das schwöre ich. Ich bluffe nicht.«

Unsere Agenten rückten weiter vor – langsam.

Dann geschah das Schlimmste: Der kräftige Blonde schoss Agent Paul Gautier ins Gesicht.

87

Ehe der Schock des Schusses verflogen war, rannten die drei Männer davon. Zwei liefen in Richtung Park Drive, aber der Blonde, der auf Paul Gautier geschossen hatte, sprintete auf die Boylston Street hinaus.

Er war ein großer Kerl, aber verdammt schnell. Ich erinnerte mich, wie Monnie Donnelley mir erzählt hatte, dass manchmal hervorragende russische Sportler, sogar ehemalige Olympiateilnehmer, von der Mafia rekrutiert wurden. *War der Blonde ein ehemaliger Spitzensportler?* Er bewegte sich jedenfalls entsprechend. Die Konfrontation, die

Schießerei und alles andere machten mir klar, wie wenig wir über die russischen Banden wussten. Wie gingen sie vor? Wie dachten sie?

Ich nahm die Verfolgung auf, und eine Überdosis Adrenalin schoss durch meinen Körper. Ich konnte immer noch nicht ganz begreifen, was geschehen war. Es hätte vermieden werden können. Jetzt war Gautier vermutlich tot.

Beim Rennen schrie ich: »Nehmt sie lebend gefangen!« Das war eigentlich eine Selbstverständlichkeit, aber die anderen Agenten hatte soeben gesehen, wie Paul Gautier umgelegt worden war. Ich wusste nicht, wie viel Straßenkampf sie erlebt oder gesehen hatten. Aber wir mussten die Entführer unbedingt verhören, sobald wir sie erwischt hatten.

Mir ging langsam die Luft aus. Vielleicht sollte ich mehr Sportstunden in Quantico besuchen, oder vielleicht lag es daran, dass ich in den letzten Wochen zu viel Zeit damit verbracht hatte, im Hoover Building herumzusitzen.

Ich jagte den blonden Killer durch eine Wohngegend mit vielen Bäumen. Gleich darauf hörten die Bäume auf und die glitzernden Türme des Prudential Center und das Hancock ragten vor mir auf. Ich warf einen Blick zurück. Drei Agenten folgten mir, darunter Peggy Katz mit gezogener Waffe.

Der Mann vor mir näherte sich dem Hynes Convention Center. Vier FBI-Agenten waren ihm auf den Fersen. Ich kam ihm langsam näher, doch nicht genügend. Vielleicht hatten wir ja Glück, dachte ich: *Konnte das vor mir der Wolf sein? Er zögerte nicht lang, richtig? Wenn ja, dann konnten wir ihn wegen Mordes anklagen.* Wer immer der Blonde war – er bewegte sich verdammt geschmeidig. Ein Langstreckenläufer.

»Halt! Wir werden schießen!«, schrie ein Agent hinter mir. Der blonde Russe blieb nicht stehen. Blitzschnell bog er in eine Seitenstraße ein. Diese war schmaler und dunkler als die Boylston Street. Einbahnstraße. Ich fragte mich, ob er diesen Fluchtweg zuvor erkundet hatte. Wahrscheinlich nicht.

Wirklich ungewöhnlich war, dass er keine Sekunde gezögert hatte, bevor er auf Agent Gautier schoss. *Ich bluffe nicht,* hatte er gesagt. Wer mordete derart kaltblütig? Während so viele FBI-Agenten zuschauten...

Der Wolf? Angeblich war er furchtlos und skrupellos, vielleicht sogar verrückt. Wie dachten diese Russen?

Ich hörte seine Schuhe auf dem Pflaster vor mir. Ich kam dem Russen langsam etwas näher und beschleunigte weiter.

Unvermittelt wirbelte er herum – *und schoss auf mich!*

Ich warf mich sofort auf den Boden, war aber auch blitzschnell wieder auf den Beinen und verfolgte ihn erneut. Ich hatte deutlich sein Gesicht gesehen: breit, flache Züge, dunkle Augen, Ende dreißig, Anfang vierzig.

Wieder drehte er sich um, zielte und feuerte.

Ich duckte mich hinter einen geparkten Wagen. Dann hörte ich einen Schrei. Ich wirbelte herum und sah einen Agenten auf der Straße liegen. Doyle Rogers. Der Blonde lief weiter, aber ich glaubte, genügend Luft zu haben, um ihn einzuholen. Und was dann? Er war bereit zu sterben.

Hinter mir ertönte ein Schuss. Ich konnte nicht glauben, was ich sah. Der Blonde fiel flach auf Gesicht und Brust.

Nachdem er den Boden berührt hatte, bewegte er sich nicht mehr. Einer der Agenten hinter mir hatte auf ihn geschossen. Ich drehte mich um und sah Peggy Katz. Sie war noch in der Hocke, in Schussposition.

Ich ging zu Agent Rogers. Er war nur in die Schulter getroffen worden. Bald würde er wieder in Ordnung sein. Dann ging ich allein zurück zu den Fens. Dort erfuhr ich, dass Paul Gautier noch lebte. Aber die beiden anderen Entführer waren entkommen. Sie waren in einen Wagen auf dem Park Drive gesprungen, und danach hatten unsere Agenten sie aus den Augen verloren. Schlechte Nachrichten, die schlimmsten.

Die gesamte Operation war ein Rohrkrepierer gewesen.

88

Ich glaube, ich habe mich während all der Jahre bei der Washingtoner Polizei wegen einer Operation nie so schlecht gefühlt. Wenn ich bisher nicht sicher gewesen war, war ich es jetzt. Ja, es war ein Fehler gewesen, zum FBI zu wechseln. Dort erledigte man die Dinge ganz anders, als ich es gewohnt war. Das FBI ging genau nach Lehrbuch vor, nach Zahlen. Es verfügte über ungeheure Ressourcen und atemberaubende Mengen an Informationen, aber auf der Straße waren die Agenten oft Amateure. Einige waren Supertypen, andere aber unglaubliche Loser.

Nach der Schießerei in Boston fuhr ich zu den FBI-Büros. Die Agenten, die sich dort versammelt hatten, blickten alle wie Opfer von Kriegsneurosen drein. Ich konnte es ihnen nicht verdenken. Was für eine Sauerei! Mein Gefühl sagte mir, dass Senior Agent Nielsen dafür verantwortlich war, aber was spielte das für eine Rolle? Was halfen Schuldzuweisungen? Zwei Agenten, die mit bester Absicht gehandelt hatten, waren verwundet. Einer war beinahe gestorben. Eigentlich unbegründet, fühlte auch ich mich ein wenig schuldig. Dabei hatte ich Nielsen aufgefordert, schneller einzugreifen, aber er hatte nicht auf mich gehört.

Der blonde Russe, den ich verfolgt hatte, war leider gestorben. Katz' Kugel hatte ihn hinten im Genick getroffen und den Großteil seines Halses weggerissen. Er hatte keinerlei Papiere bei sich. In seinem Portemonnaie waren knapp über sechshundert Dollar, aber ansonsten nicht viel. Er hatte eine Schlange, einen Drachen und einen Schwarzbären auf Schultern und Rücken tätowiert. Außerdem noch Worte in kyrillischer Schrift, die wir noch nicht entziffert hatten. Typische Knasttätowierungen. Wir gingen davon aus, dass er Russe war. Aber wir hatten keinen Namen, keine Identifikation, keinen echten Beweis.

Der Tote wurde fotografiert, seine Fingerabdrücke wurden genommen und nach Washington geschickt. Dort wurde alles ausgewertet. Wir in Boston konnten nichts anderes tun als warten, bis man uns anrief. Wenige Stunden später wurde der Ford Explorer, mit dem die beiden anderen Entführer geflohen waren, auf einem Parkplatz vor einem Möbelgeschäft in Arlington, Massachusetts, gefunden. Dort hatten sie ein anderes Fahrzeug gestohlen. Inzwischen hatten sie dieses wohl gegen den nächsten gestohlenen Wagen eingetauscht.

Alles war in jeglicher Hinsicht verpfuscht. Schlimmer hätte es nicht laufen können.

Ich saß allein in einem Konferenzraum und hatte den Kopf auf die Hände gestützt, als einer der Agenten aus Boston hereinkam. Er deutete mit dem Finger auf mich. »Direktor Burns ist am Telefon.«

Burns wollte mich zurück in Washington haben. Es gab keinerlei Erklärungen oder Vorwürfe wegen der Ereignisse in Boston. Ich vermutete, er wollte mich noch ein Weilchen länger im Dunkeln lassen und mir nicht sagen, was er tatsächlich dachte. Dieses Vorgehen konnte ich einfach nicht begreifen oder respektieren.

Um sechs Uhr morgens war ich im Hoover Building. Ich hatte nicht geschlafen. Überall herrschte rege Aktivität. Ich war froh, dass keiner Zeit hatte, über die zwei angeschossenen Agenten in Boston zu sprechen.

Stacy Pollack kam kurz darauf zu mir. Sie sah so müde aus, wie ich mich fühlte, aber sie legte mir die Hand auf die Schulter. »Alle hier wissen, dass Sie Gautier für sehr gefährdet hielten und sich bemüht haben, den Schützen früher zu überwältigen. Ich habe mit Nielsen gesprochen. Er hat mir erklärt, dass es seine Entscheidung gewesen sei.«

Ich nickte, sagte dann aber: »Vielleicht hätten Sie zuerst mit mir sprechen sollen.«

Pollacks Augen verengten sich, aber sie sagte nichts mehr über Boston. »Da ist noch etwas«, erklärte sie schließlich. »Wir hatten Glück. Die meisten von uns waren die ganze Nacht hier. Die Geldüberweisung, die wir zum Wolfsbau gemacht haben«, sagte sie. »Wir haben einen unserer Kontakte in der Finanzwelt benutzt, einen Banker von der Morgan Chase's International Correspondent Unit. Wir konnten es so einrichten, dass das Geld von den Caymans kam. Danach haben wir buchstäblich jede Transaktion an amerikanische Banken mit Korrespondenzverbindungen überwacht. Laut unseres Beraters, Robert Hatfield, wurde es dann ziemlich knifflig. Die telegrafische Transaktion sauste von Bank zu Bank – New York, dann Boston, Detroit, Toronto, Chicago und noch einige andere Städte. Aber wir wissen jetzt, wo das Geld letztendlich gelandet ist.«

»Wo?«, fragte ich.

»Dallas. Das Geld ging nach Dallas. Und wir haben einen Namen – einen Empfänger für die Summe. Wir hoffen, dass es der Wolf ist. Auf alle Fälle wissen wir jetzt, wo er lebt, Alex. Und Sie fliegen nach Dallas.«

89

Die frühesten Entführungsfälle, auf die wir gestoßen waren, hatten in Texas stattgefunden. Dutzende von Agenten und Analytikern machten sich ans Werk, sie gründlich zu studieren. Alles bei diesem Fall fand jetzt in viel größerem Maßstab statt. Die Anzahl der Observierungsteams bei den Häusern und Arbeitsplätzen der Verdächtigen war wirklich beeindruckend. Ich bezweifelte, dass sich die Polizei irgendwo im Land – mit Ausnahme vielleicht von New York und Los Angeles – derartigen Aufwand leisten konnte.

Wie üblich hatte das FBI gründliche Arbeit geleistet und alles, was möglich war, über den Mann herausgefunden, der von uns Geld über die Bank auf den Caymans erhalten hatte. Lawrence Lipton lebte in Old Highland Park, einer wohlhabenden Gegend nördlich des Zentrums von Dallas. Die Straßen schlängelten sich entlang kleiner Bäche unter einem Baldachin aus Magnolien, Eichen und Pekanbäumen. Die Gärten der Häuser waren für teures Geld angelegt worden, und der Hauptverkehr während des Tages bestand aus Lieferanten, Kindermädchen, Reinigungsdiensten und Gärtnern.

Unsere bisherigen Erkenntnisse über Lipton waren widersprüchlich. Er hatte St. Mark's besucht, eine angesehene Privatschule in Dallas, später die University of Texas in Austin. Seine Familie und die seiner Frau waren im Ölgeschäft tätig, aber Lawrence hatte seine Aktivitäten erweitert und besaß jetzt eine texanische Winzerei, eine Anlageberatungsgruppe und eine erfolgreiche Computer-Software-Firma. Die Computerverbindung stach mir – und auch Monnie Donnelly – ins Auge.

Lipton schien allerdings ein absolut unbescholtener Bürger zu sein. Er saß im Aufsichtsrat des Kunstmuseums von Dallas, er war Treuhänder für das Baylor Hospital und Diakon in der First-United-Methodist-Kirche.

Konnte er der Wolf sein? Mir schien das nicht möglich zu sein.

An meinem zweiten Morgen in Dalles fand eine Besprechung in der dortigen Dienststelle statt. Senior Agent Nielsen behielt das Kommando, aber allen war klar, dass Ron Burns die maßgeblichen Anweisungen von Washington aus erteilte. Ich glaube, keiner von uns wäre überrascht gewesen, wenn Burns bei dieser Besprechung plötzlich persönlich aufgetaucht wäre.

Um acht Uhr morgens stand Roger Nielsen vor einem Raum voller Agenten und las von einem Klemmbrett ab. »In Washington war man während der vergangenen Nacht sehr fleißig«, sagte er und schien weder überrascht noch beeindruckt. Offenbar war es ein Standardverfahren bei Fällen, die in den Medien große Aufmerksamkeit erregten. »Ich möchte Sie alle mit den neuesten Erkenntnissen über Lawrence Lipton vertraut machen. Die wichtigste Entwicklung scheint zu sein, dass ihm keinerlei Verbindung zum KGB oder zu russischen Verbrecherorganisationen nachgewiesen werden kann. Er ist kein Russe. Vielleicht kommt später noch etwas heraus, oder er versteht es schlichtweg hervorragend, seine Vergangenheit zu verschleiern. In den fünfziger Jahren zog sein Vater aus Kentucky nach Texas, um sein Glück ›in der Prärie‹ zu machen. Offenbar fand er es *unter* der Prärie, in den Ölfeldern im westlichen Texas.« Nielsen hielt inne und warf einen Blick in die Runde. Er musterte jedes Gesicht einzeln. »Es gibt eine interessante Entwicklung«, fuhr er fort. »In seinem Besitz befindet sich in Dallas auch eine Firma, die sich Safe Environs nennt.

Safe Environs ist eine private Sicherheitsfirma. Und Lawrence Lipton hat sich vor kurzem selbst bewaffnete Leibwächter zugelegt. Ich frage mich, weshalb? Macht er sich wegen uns Sorgen oder hat er vor jemand anderem Angst? Vielleicht vorm großen bösen Wolf?«

90

Wäre es nicht so unglaublich furchteinflößend, würde einem der Verstand versagen. Lizzie Connolly weilte immer noch unter den Lebenden. Sie schaffte es, positiv zu denken, indem sie sich woandershin versetzte – irgendwohin, weg von *diesem grauenvollen Wandschrank. Weg von diesem Irren, der zwei-, drei-, manchmal fünfmal pro Tag auftauchte.*

Hauptsächlich verlor sie sich in Erinnerungen. Es hatte mal eine Zeit gegeben – es schien unendlich lange zurückzuliegen –, da hatte sie ihre Mädchen Merry-Berry und Bobbie-Doll genannt oder ihnen andere Kosenamen gegeben. Gemeinsam hatten sie »High Hopes« gesungen und Lieder aus *Mary Poppins.*

Sie hatten endlose Positive-Energie-Gedanken – Lizzie nannte sie »Glücksgedanken« –, die sie sich gegenseitig mitteilten und natürlich auch Brendan.

Woran konnte sie sich sonst noch erinnern? Ach ja, im Laufe der Jahre hatten sie so viele Haustiere gehabt, dass sie schließlich jedem eine Nummer gegeben hatten.

Chester, ein schwarzer Labrador, war Nummer 16. Der Labrador bellte ständig, Tag und Nacht, bis Lizzie ihm eine

Flasche Tabascosoße nur *zeigte*. Beim Anblick dieser *Geheimwaffe* hörte er sofort auf.

Dukie, Nummer 15, war ein orangefarbener Papagei, der nach Lizzies Meinung früher in einem anderen Leben eine alte jüdische Dame gewesen war, die sich ständig beklagte: »O nein, nein, nein, nein.«

Maximus Kiltimus war Nummer 11, Stubbles Nummer 31, Kitten Little Nummer 35.

Erinnerungen waren alles, was Lizzie Connolly geblieben war – denn eine Gegenwart konnte es für sie nicht geben.

Sie konnte nicht hier in diesem Horrorhaus sein.

Sie musste irgendwo anders sein.

So musste es sein!

Musste sein!

Musste sein!

Denn jetzt war er in ihr.

Der Wolf war in ihr, in der realen Welt; stöhnend und grunzend stieß er zu wie ein Tier und vergewaltigte sie minutenlang – ihr kam es so vor, als wären es Stunden.

Aber am Ende würde doch Lizzie lachen, nicht wahr?

Sie war nicht hier.

Sie war irgendwo in ihren Erinnerungen.

91

Endlich war er gegangen, dieser grässliche, unmenschliche Wolf. Dieses Scheusal! Diese Bestie! Er hatte ihr erlaubt, ins Badezimmer zu gehen, und hatte ihr etwas zu essen gegeben. Dann war er verschwunden. O Gott, diese Arroganz, sie hier in seinem Haus gefangen zu halten! *Wann wird er mich töten? Ich verliere den Verstand!*

Sie blickte durch tränennasse Augen in die Dunkelheit. Wieder war sie gefesselt und geknebelt. In gewisser Weise war das eine gute Nachricht. Es bedeutete, dass er sie immer noch begehrte, richtig?

Guter Gott, ich lebe, weil eine so grässliche Bestie mich begehrt! Bitte, hilf mir, lieber Gott. Bitte, bitte, hilf mir.

Sie dachte an ihre kleinen Mädchen und dann an Flucht. Reine Fantasie, das war ihr klar, daher musste sie in ihr Inneres fliehen.

Inzwischen kannte sie diesen Wandschrank in- und auswendig, sogar in totaler Dunkelheit. Es war, als könnte sie alles sehen, als verfüge sie über ein Nachtsichtgerät. Am meisten war sie sich ihres Körpers bewusst. Er war hier *gefangen* und ihr Verstand ebenso.

Lizzie ließ ihre Hände wandern, so weit es ihr möglich war. Im Wandschrank befand sich Kleidung, Männersachen – *seine*. Ihr am nächsten hing eine Jacke mit runden glatten Knöpfen – möglicherweise ein Blazer. Leichter Stoff, was sie in ihrer Auffassung bestärkte, dass sie sich in einer Stadt mit warmem Klima befand.

Das nächste Kleidungsstück war eine Weste. Ein kleiner harter Ball steckte in einer Tasche. Vielleicht ein Golfball.

Was konnte sie mit einem Golfball anfangen? Konnte er eine Waffe sein?

Ein Reißverschluss an der Tasche. *Was konnte sie mit einem Reißverschluss tun? Liebend gern hätte sie seinen tätowierten Schwanz darin eingeklemmt!*

Dann eine Windjacke. Dünn. Widerlicher Tabakgeruch. Dann ein weicher Mantel, möglicherweise Kaschmir. Ihn berührte sie am liebsten.

Es gab noch mehr »Schätze« in den Manteltaschen.

Ein loser Knopf. Papierstücke. *Von einem Notizblock?*

Ein Kugelschreiber, möglicherweise ein Bic. Münzen – vier Quarters, zwei Dimes, ein Nickel. Es sei denn, es waren ausländische Münzen. Darüber zerbrach sie sich endlos den Kopf.

Außerdem waren da noch Streichhölzer, in glänzender Verpackung mit aufgeprägten Buchstaben.

Was sagten diese Buchstaben? Könnten sie ihr die Stadt verraten, in der sie gefangen gehalten wurde?

Und ein Feuerzeug.

Eine halbe Packung Zimtbonbons. Das roch sie an ihren Händen.

Und ganz unten in der Tasche – Fusseln, völlig belanglos, aber für sie jetzt doch wichtig.

Hinter dem Mantel hing Kleidung, die noch in Plastiksäcken von der chemischen Reinigung steckte. Am ersten Paket war ein Zettel angeheftet. Eine Quittung?

Sie stellte sich den Namen der Reinigung vor, eine rote Kennnummer, die ein Angestellter darauf gekritzelt hatte.

All das war für Lizzie eigenartig kostbar, weil sie sonst nichts anderes hatte.

Abgesehen von einem starken Lebenswillen.

Abgesehen von dem Wunsch, sich an dem Wolf zu rächen.

92

Ich gehörte zu der Einheit der Observierer in der Nähe des Hauses in Highland Park. Ich war zuversichtlich, dass wir Lawrence Lipton bald festnehmen würden, vielleicht schon innerhalb weniger Stunden. Man hatte uns mitgeteilt, dass Washington mit der Polizei von Dallas zusammenarbeitete.

Ich starrte gedankenverloren auf die große, zweigeschossige Villa im Tudorstil, die von zirka zweieinhalb Morgen Land umgeben war. Ein roter Ziegelpfad führte von der Straße zu einem Bogengang, durch welchen man zu dem Sechzehn-Zimmer-Haus gelangte. Die große Neuigkeit des Tages in Dallas war ein Feuer im Kessler Park, das auf eine auf einem riesigen Grundstück stehende Prachtvilla übergegriffen hatte. Der Lipton-Besitz war nicht ganz so groß, aber dennoch beeindruckend.

Es war kurz vor neun Uhr abends. Ein Senior Agent vom Dallas-Büro, Joseph Denyeau, meldete sich in meinem Kopfhörer. »Gerade kam eine Anweisung vom Büro des Direktors. Wir sollen sofort abziehen. Ich verstehe das auch nicht. Aber der Befehl ist eindeutig. Zurückziehen! Alle zurück ins Büro. Wir müssen das aufklären und darüber reden.«

Mit mir im Auto saß ein Agent namens Bob Shaw. Es war ziemlich offensichtlich, dass er auch nicht kapierte, was zum Teufel da los war.

»Was war *das*?«, fragte ich.

Shaw schüttelte den Kopf und verdrehte die Augen. »Woher soll ich das wissen? Wir fahren zurück ins Büro, trinken schlechten Kaffee, und vielleicht erklärt uns ein höheres Tier, was los ist, aber rechnen Sie nicht damit.«

Wir brauchten um diese Abendzeit fünfzehn Minuten

bis zur Außenstelle des FBI. Wir betraten einen Konferenzraum, und ich sah eine Menge müder, verwirrter und verärgerter Agenten. Wir waren nahe an einem Durchbruch gewesen, und jetzt hatte man uns zurückgepfiffen. Keiner schien zu verstehen, weshalb.

Schließlich kam Joseph Denyeau aus seinem Büro. Er wirkte gereizt und stinksauer, als er seine staubigen Cowboystiefel auf den Konferenztisch knallte. »Ich habe keinen blassen Schimmer«, erklärte er. »Keine Ahnung, Leute. Betrachtet euch als entlassen.«

Ungefähr vierzig Agenten warteten auf eine Erklärung, aber es kam keine. Roger Nielsen rief schließlich in Washington an. Man erklärte ihm, man würde sich wieder bei uns melden. In der Zwischenzeit sollten wir nichts unternehmen. Es könnte sogar sein, dass man uns morgen heimschicken würde.

Gegen elf Uhr bekam Denyeau eine neue Information von Nielsen und gab sie an uns weiter. »Sie arbeiten daran«, erklärte er und schnitt eine Grimasse.

»*Woran* arbeiten sie?«, rief jemand von hinten.

»Keine Ahnung, Donnie. Vielleicht schneiden sie sich die Fußnägel oder arbeiten daran, uns dazu zu bringen, das FBI zu verlassen. Dann wird es keine Agenten mehr geben und wohl auch keine peinlichen Berichte in den Medien, was wir mal wieder alles versaut haben. Ich werde mich jetzt erst mal aufs Ohr legen. Ich rate allen, das Gleiche zu tun.«

Und das taten wir.

93

Um acht Uhr morgens waren wir wieder in der Außenstelle. Mehrere Agenten sahen nach dem freien Abend ein wenig ramponiert aus. Als Erstes war Burns am Telefon. Ich war ziemlich sicher, dass Burns nur selten, wenn überhaupt, so zu seinen Leuten sprach. Warum jetzt? Was war los?

Die Agenten im Raum schauten sich verdutzt an. Hochgezogene Brauen, gerunzelte Stirnen. Niemand vermochte zu begreifen, weshalb Burns sich so ins Zeug legte. Vielleicht wusste ich es. Ich hatte seine Ruhelosigkeit gesehen, seine Unzufriedenheit darüber, wie alles in der Vergangenheit durchgeführt worden war. Selbst wenn Burns nicht alles effektiv auf einen Schlag ändern konnte, er bemühte sich. Er hatte als einfacher Cop in Philadelphia angefangen und sich bis zum Commissioner hochgearbeitet. Vielleicht konnte er einiges im FBI ändern.

»Ich möchte erklären, was gestern geschehen ist«, sagte er über Lautsprecher. Sämtliche Agenten im Raum lauschten gespannt. »Außerdem möchte ich mich bei Ihnen allen entschuldigen. Die Kräfte vor Ort haben sich eingemischt: die Polizei von Dallas, der Bürgermeister, sogar der Gouverneur von Texas. Die Polizei bat, dass wir uns zurückziehen, weil sie in uns angeblich kein volles Vertrauen hatte. Ich stimmte der Aktion zu, weil ich lieber mit ihnen sprechen wollte, als unsere Anwesenheit mit der Brechstange durchzusetzen. Sie wollten keinen Fehler riskieren und waren nicht sicher, ob wir den Richtigen hatten. Die Familie Lipton genießt in der Stadt einen ausgezeichneten Ruf. Er verfügt über alle möglichen Kontakte. Wie auch immer – Dallas war erstaunt, dass wir uns ihre Bedenken angehört haben. Und jetzt haben sie sich beruhigt und respektieren das Team, das wir zusammengestellt haben. Wir werden mit unserer Aktion gegen Lawrence Lipton fortfahren. Und glauben Sie mir: Wir werden diesen Dreckskerl festnageln. Und dann greifen wir uns Pasha Sorokin, den Wolf. Ich möchte nicht, dass Sie sich wegen Fehlern in der Vergangenheit Sorgen machen. Tun Sie einfach Ihre Arbeit in Dallas. Ich setze das größte Vertrauen in Sie.«

Burns legte auf. Auf den Gesichtern der Agenten im Raum war ein Lächeln zu sehen. Burns hatte die Dinge gesagt, auf die viele jahrelang gewartet hatten. Besonders gut tat die Tatsache, dass er an ihre Fähigkeiten glaubte und dass er ihnen versichert hatte, sie sollten sich wegen vergangener Fehler keine Sorgen machen. Wir waren wieder im Spiel. Man erwartete von uns, Lawrence Lipton zu ergreifen.

Kurz nach Burns' Anruf klingelte mein Handy. Ich meldete mich. Es war Burns persönlich. »Und, wie war ich?«, fragte er. Ich hörte förmlich das Lächeln in seiner Stimme.

Ich ging von der Gruppe fort in eine Ecke und sagte Burns, was er hören wollte. »Sie waren super. Jetzt sind alle ganz heiß auf den Job.«

Burns atmete aus. »Alex, ich möchte, dass Sie diesen Kerl mächtig unter Druck setzen. Ich habe Sie Dallas als meinen Spitzenmann des Teams verkauft. Sie wissen, wie gut Sie unserer Meinung nach sind. Ich möchte, dass Sie Lawrence Lipton das Leben zur Hölle machen. Handeln Sie ganz nach eigenem Ermessen.«

Ich musste unwillkürlich lächeln. »Mal sehen, was ich tun kann.«

»Und, Alex, im Gegensatz zu dem, was ich den anderen gesagt habe: Machen Sie *keine* Fehler!«

94

Machen Sie keine Fehler! Das war eine teuflisch gute Schlusspointe, das musste ich ihm lassen. Irgendwie komisch, aber auch ein wenig sadistisch. Ich begann Ron Burns wieder zu mögen. Ich konnte einfach nicht anders. *Aber konnte ich ihm trauen?*

Ich hatte auch das Gefühl, dass Burns sich wegen möglicher Fehler keine ernsthaften Sorgen machte. Er wollte die Entführer fangen – besonders Pasha Sorokin –, auch wenn wir bis jetzt nicht genau wussten, wer er war oder wo er lebte. Laut Burns' Befehl musste ich nur eine Möglichkeit finden, Lawrence Lipton zur Aufgabe zu zwingen, und das möglichst schnell und so, dass dem FBI jede Peinlichkeit erspart blieb.

Ich besprach mit Roger Nielsen mögliche Strategien – wir hatten die Observierung von Lipton bereits wieder aufgenommen. Wir kamen zu der Entscheidung, dass es Zeit wurde, ihn richtig unter Druck zu setzen und ihn wissen zu lassen, dass wir in Dallas waren und dass wir über ihn *Bescheid wussten*. Ich war nicht überrascht, dass man mich ausgewählt hatte, um Lipton gegenüberzutreten.

Wir beschlossen, dass ich Lipton in seinem Büro im Lakeside Square Building aufsuchen sollte. Das Gebäude war zwanzig Etagen hoch, mit viel reflektierendem Glas. Als ich im texanischen Sonnenschein zum Himmel emporschaute, wurde ich praktisch geblendet. Ich betrat das Gebäude kurz nach zehn Uhr morgens. Liptons Büro befand sich im achtzehnten Stock. Als ich aus dem Aufzug trat, begrüßte mich eine Stimme vom Band mit: »Howdy!«

Ich ging in einen riesigen Empfangsraum mit weinfarbenem Teppichboden, beigen Wänden und dunkelbraunen Ledersofas und Sesseln. An den Wänden hingen gerahmte Fotos von Roger Staubach, Nolan Ryan und Tom Landry.

Eine sehr nett aussehende junge Frau in dunkelblauem Hosenanzug bat mich zu warten. Selbstsicher saß sie hinter einem schmalen Schreibtisch aus Walnussholz. Sie sah wie zweiundzwanzig, höchstens dreiundzwanzig aus, frisch aus der Charme-Schule. Sie sprach und benahm sich ebenso korrekt, wie sie aussah.

»Ich warte, aber sagen Sie Mr. Lipton bitte, dass ich vom FBI komme. Es ist wichtig, dass ich mit ihm spreche«, erklärte ich.

Die Empfangsdame lächelte so lieblich, als hätte sie das alles schon früher gehört, und beantwortete weiter Telefonanrufe, die sie über Headset entgegennahm. Ich setzte mich und wartete geduldig. Ich wartete fünfzehn Minuten. Dann stand ich wieder auf und schlenderte zu ihrem Schreibtisch.

»Haben Sie Mr. Lipton gesagt, dass ich hier bin?«, fragte ich höflich. »Und dass ich vom FBI bin?«

»Habe ich, Sir«, antwortete sie mit sirupartiger Stimme, die mir langsam auf die Nerven ging.

»Ich muss ihn sofort sprechen«, erklärte ich und wartete. Sie rief noch mal bei Liptons Assistentin an.

Sie sprachen kurz, dann blickte sie wieder mich an. »Können Sie sich ausweisen, Sir?«, fragte sie. Jetzt runzelte sie die Stirn.

»Selbstverständlich.« Ich zeigte ihr meine neue glänzende FBI-Marke. Sie beäugte sie misstrauisch, so als würde sie einen falschen Fünfzigdollarschein mustern.

»Würden Sie bitte wieder dort drüben Platz nehmen?«, sagte sie höflich, aber jetzt schien sie ein wenig nervös zu sein. Ich hätte gern gewusst, was Lawrence Liptons Assistentin ihr gesagt und welche Verhaltensregeln sie erhalten hatte.

»Sie scheinen nicht zu begreifen, oder vielleicht habe ich mich nicht klar genug ausgedrückt«, sagte ich. »Ich bin nicht hier, um mit Ihnen herumzualbern, und ich bin nicht hier, um zu warten.«

Die Empfangsdame nickte. »Mr. Lipton ist in einer Besprechung. Mehr weiß ich nicht, Sir.«

Ich nickte ebenfalls. »Sagen Sie der Assistentin, sie soll ihn sofort aus dieser Besprechung herausholen. Sie soll Mr. Lipton erklären, dass ich ihn aber *noch nicht* verhaften will.«

Ich schlenderte zurück zu den Sofas, machte mir jedoch nicht die Mühe, mich zu setzen. Ich stand da und schaute hinaus auf den prächtigen Rasen in Technicolorgrün, der sich bis an den Rand des LBJ Freeway erstreckte. Innerlich kochte ich.

Ich hatte mich gerade wie ein typischer Cop verhalten. Ich fragte mich, ob Burns das billigen würde, aber es spielte keine Rolle. Er hatte mir viel Spielraum gegeben, und ich hatte eine Entscheidung gefällt, die ich nicht ändern würde, nur weil ich jetzt ein FBI-Agent war. Ich war in Dallas, um einen Kidnapper zur Strecke zu bringen. Ich war hier, um herauszufinden, ob Mrs. Elizabeth Connolly und andere noch lebten und vielleicht irgendwo als Sklaven gefangen gehalten wurden. Ich erledigte wieder meine gewohnte Arbeit. Ich hörte, wie hinter mir eine Tür geöffnet wurde, und drehte mich um. Ein schwergewichtiger Mann mit grau meliertem Haar stand da und blickte mich empört an.

»Ich bin Lawrence Lipton«, sagte er. »Worum zum Teufel geht es?«

95

»Worum zum Teufel geht es?«, wiederholte Lipton lautstark und arrogant. Er sprach zu mir, als wäre ich ein Staubsaugervertreter. »Ich nehme doch an, man hat Ihnen gesagt, dass ich in einer wichtigen Besprechung bin. Was will das FBI von mir? Und warum kann es nicht warten? Warum haben Sie nicht die Höflichkeit, um einen Termin zu bitten?«

Er hatte etwas an sich, das mir irgendwie sonderbar vorkam. Er bemühte sich, den knallharten Typen zu spielen, aber ich glaubte nicht, dass er das war. Er war es nur gewohnt, andere Geschäftsleute zu schlagen. Er trug ein zerknittertes blaues Hemd, eine konservative Krawatte und Mokassins und hatte mindestens fünfzig Pfund Übergewicht. Was konnte dieser Mann mit dem Wolf gemeinsam haben?

Ich blickte ihm in die Augen und sagte: »Es geht um Entführung. Es geht um Mord. Wollen Sie hier draußen darüber sprechen, im Empfangsbereich, *Sterling?*«

Lawrence Lipton wurde kreidebleich, und seine Arroganz fiel von ihm ab. »Kommen Sie herein«, sagte er und trat einen Schritt zurück.

Ich folgte ihm in eine Abteilung, wo Kleinbüros durch niedrige Trennwände abgeteilt waren. Jede Menge Büroangestellte. Bis jetzt lief alles so, wie ich es erwartet hatte. Doch nun würde es interessant werden. Vielleicht war Lipton »weicher«, als ich gedacht hatte, aber er hatte in Dallas mächtige Beziehungen. Dieses Bürogebäude war eines der Wahrzeichen der Stadt.

»Ich bin Mr. Potter«, stellte ich mich vor, als wir einen Korridor mit Stofftapeten entlanggingen. »Zumindest habe ich Mr. Potter beim letzten Mal gespielt, als wir im Wolfsbau plauderten.«

Lipton drehte sich nicht um, er reagierte überhaupt nicht. Wir traten in ein mit Holz getäfeltes Büro. Er schloss die Tür. Der große Raum hatte ein halbes Dutzend Fenster und bot einen herrlichen Panoramablick. Neben der Tür sah ich auf einer Hutablage mehrere Dallas-Cowboyhüte und Texas-Ranger-Kappen, alle mit Autogrammen.

»Ich habe immer noch keine Ahnung, worum es geht, aber ich gebe Ihnen genau fünf Minuten, um es mir zu erklären«, sagte er forsch. »Ich glaube nicht, dass Sie wissen, mit wem Sie sprechen.«

»Doch, tue ich. Sie sind Henry Liptons ältester Sohn. Sie sind verheiratet und haben drei Kinder und ein schönes Haus in Highland Park. Außerdem sind sie an Entführungs- und Mordfällen beteiligt, in denen wir seit mehreren Wochen ermitteln. Sie sind Sterling, und wir wollen, dass Sie etwas begreifen: All Ihre Beziehungen und all die Beziehungen Ihres Vaters in Dallas werden Ihnen jetzt nicht helfen. Andererseits würde ich Ihre Familie gern so gut wie möglich schützen. Das liegt ganz bei Ihnen. Ich bluffe nicht. Ich bluffe nie.«

»Ich rufe meinen Anwalt an«, sagte Lawrence Lipton und ging zum Telefon.

»Das Recht haben Sie. Aber ich würde es nicht tun, wenn ich Sie wäre. Es wird Ihnen nicht helfen.«

Irgendetwas in meiner Stimme hielt Lipton davon ab, anzurufen. Seine Hand zog sich vom Telefon auf dem Schreibtisch zurück. »Warum?«, fragte er.

»Sie sind mir völlig egal«, sagte ich. »Sie sind an Mord beteiligt. Aber ich habe Ihre Frau und Ihre Kinder gesehen. Wir haben Ihr Haus observiert, und wir haben bereits mit Ihren Nachbarn und Freunden gesprochen. Wenn Sie verhaftet werden, ist Ihre Familie in Gefahr. Wir können sie vor dem Wolf schützen.«

Liptons Gesicht und Hals färbten sich tiefrot. »Was zum Teufel ist mit Ihnen los?«, brüllte er. »Haben Sie den Verstand verloren? Ich bin ein geachteter Geschäftsmann. Ich habe nie im Leben einen Menschen entführt oder verletzt. Das ist doch total verrückt.«

»Sie haben die Befehle gegeben. Das Geld ist zu Ihnen geflossen. Mr. Potter hat Ihnen hundertfünfundzwanzigtausend Dollar geschickt. Nun, eigentlich war es das FBI.«

»Ich rufe jetzt meinen Anwalt an«, schrie Lipton. »Das ist doch völliger Irrsinn. Das muss ich mir von niemandem gefallen lassen.«

Ich zuckte mit den Schultern. »Dann haben Sie den schlechtmöglichsten Weg gewählt. Diese Büros werden umgehend durchsucht werden. Danach Ihr Haus in Highland Park. Auch das Haus Ihrer Eltern im Kessler Park. Ebenso das Büro Ihres Vaters. Auch die Büros Ihrer Frau im Kunstmuseum werden durchsucht werden.«

Er griff zum Telefon. Aber ich sah, dass seine Hand zitterte. Er flüsterte: »Fick dich doch selbst.«

Ich holte ein Walkie-Talkie heraus und sprach hinein. »Zugriff auf die Häuser und Büros«, befahl ich. Dann wandte ich mich wieder an Lipton. »Sie sind festgenommen. Jetzt können Sie Ihren Anwalt anrufen. Sagen Sie ihm, dass man Sie ins FBI-Büro gebracht hat.«

Wenige Minuten später stürmte ein Dutzend Agenten das Büro mit dem atemberaubenden Blick auf die Stadt und der eleganten, teuren Einrichtung.

Wir hatten Sterling verhaftet.

96

Pasha Sorokin war in der Nähe und beobachtete alle und alles mit großem Interesse. Vielleicht war es an der Zeit, dem FBI zu zeigen, wie man diese Dinge in Moskau erledigte, zu zeigen, dass das kein Kinderspiel war, das man nach den Regeln spielen konnte, welche die Polizei aufstellte.

Er war vor Sterlings Bürogebäude gewesen, als das FBI-Team hineinstürmte. Über ein Dutzend Agenten. Manche in dunklen Anzügen, andere in dunkelblauen Windjacken, auf denen hinten in großen Buchstaben FBI aufgedruckt war. Keine fünfzehn Minuten später kamen sie wieder heraus, mit Lawrence Lipton in Handschellen. Vergeblich versuchte dieser sein Gesicht zu verbergen. Was für ein Schauspiel. Sie wollten eine Show daraus machen, nicht wahr? Warum?, fragte er sich. Um zu beweisen, wie tough sie waren? Wie klug? Aber sie waren nicht besonders klug. *Ich werde euch zeigen, wie klug und tough man sein muss. Ich werde euch zeigen, was euch in jeglicher Hinsicht fehlt.*

Er gab dem Fahrer die Anweisung, den Motor anzulassen. Der Mann am Steuer reagierte sofort. Er wusste, dass er Anordnungen nie in Frage stellen durfte. Die Art des Wolfs war seltsam und unorthodox, aber sie war erfolgreich.

»Fahr an ihnen vorbei«, befahl der Wolf. »Ich möchte Hallo sagen.«

Die FBI-Agenten warfen nervöse Blicke auf die Straße, während sie Lawrence Lipton zu einem Van führten. Ein Schwarzer ging neben Sterling. Groß und merkwürdig selbstsicher. Pasha Sorokin wusste von seinem Informanten beim FBI, dass das Alex Cross war und dass man ihn sehr schätzte.

Wie war es möglich, dass man einem Schwarzen das Kommando für diese Aktion übertragen hatte?, fragte er sich. In Russland blickte man auf den amerikanischen Neger herab, und Sorokin hatte seine Vorurteile nie überwunden. In den Vereinigten Staaten gab es dafür auch keinen Grund.

»Näher ran!«, sagte er zum Fahrer. Er ließ das Fenster hinten herunter. In der Sekunde, als Cross und Lipton an seinem Wagen vorbeigingen, zog Sorokin eine automatische Waffe und zielte auf Sterlings Hinterkopf. Dann geschah etwas Unerwartetes – etwas, mit dem er wirklich nicht gerechnet hatte.

Alex Cross warf Lipton aufs Pflaster und beide rollten hinter ein geparktes Auto. *Wie hatte Cross das wissen können? Was hatte er gesehen, das ihn alarmiert hatte*?

Sorokin schoss trotzdem, aber er hatte kein klares Ziel. Dennoch, der Knall des Schusses hatte seine Nachricht übermittelt. *Sterling war nicht in Sicherheit. Sterling war ein toter Mann.*

97

Wir brachten Lawrence Lipton ins FBI-Außenbüro in Dallas und hielten ihn dort fest. Ich drohte, ihn nach Washington zu schaffen, falls sich die örtliche Polizei oder die Presse einmischen sollte. Ich hatte mit der Polizei in Dallas ein Abkommen geschlossen: Sobald ich mit Lipton fertig war, könnten sie übernehmen.

Um elf Uhr abends ging ich in einen fensterlosen Vernehmungsraum. Er war so klein, dass man Platzangst bekommen konnte, und wirkte vollkommen steril. Ich hatte das Gefühl, als sei ich zuvor schon hundertmal hier gewesen. Ich nickte Lawrence Lipton zu. Er reagierte nicht. Er sah schrecklich aus. Ich wahrscheinlich ebenfalls.

»Wir können Ihrer Familie helfen. Wir sorgen für ihre Sicherheit. Kein anderer kann Ihnen jetzt helfen«, erklärte ich. »Das ist die Wahrheit.«

»Ich möchte nicht mehr mit Ihnen sprechen«, erwiderte Lipton. »Ich habe Ihnen bereits erklärt, dass ich an dieser Scheiße, die Sie mir vorhalten, nicht beteiligt bin. Und jetzt sage ich überhaupt nichts mehr. Holen Sie meinen Anwalt.« Er winkte ab.

In den letzten sieben Stunden war er von anderen FBI-Agenten verhört worden. Für mich war es die dritte Sitzung, und es wurde nicht leichter. Seine Anwälte waren im Gebäude, aber sie hatten sich zurückgezogen. Man hatte ihnen mitgeteilt, dass Lipton wegen Entführung und Mordes angeklagt und nach Washington überführt werden würde. Sein Vater war ebenfalls im Gebäude, doch man hatte ihm nicht erlaubt, mit seinem Sohn zu sprechen. Ich hatte Henry Lipton befragt, aber er hatte nur geweint und hartnäckig behauptet, die Festnahme seines Sohnes sei ein Irrtum.

Ich setzte mich Lawrence gegenüber. »Ihr Vater ist hier. Möchten Sie ihn sehen?«, fragte ich.

Er lachte. »Klar. Ich muss nur gestehen, ein Kidnapper und Mörder zu sein. Dann kann ich meinen Vater sehen und ihn um Vergebung für meine Sünden anflehen.«

Ich ignorierte seinen Sarkasmus. Er war darin nicht besonders gut. »Sie wissen, dass wir die Unterlagen der Firma Ihres Vaters beschlagnahmen und sie notfalls schließen können? Außerdem ist Ihr Vater wahrscheinlich ein Ziel des Wolfs. Wir sind nicht hier, um Ihrer Familie wehzutun«, fügte ich hinzu. »Nicht, wenn Ihr Vater mit der ganzen Sache nichts zu tun hat.«

Er schüttelte den Kopf und hielt die Augen gesenkt. »Mein Vater hat sich nie etwas zuschulden kommen lassen.«

»Das habe ich auch gehört«, erwiderte ich. »Ich habe während des gestrigen Tages viel über Sie und Ihre Familie gelesen. Bis zurück zu Ihrer Schulzeit in Texas. In Austin sind Sie ein paarmal mit dem Gesetz in Konflikt geraten. Zweimal wurde Ihnen vorgeworfen, die junge Frau, die mit Ihnen ausgegangen war, vergewaltigt zu haben. Keiner der beiden Fälle kam vor Gericht. Ihr Vater hat damals Ihren Arsch gerettet. Diesmal wird das nicht geschehen.«

Lawrence Lipton antwortete nicht. Seine Augen wirkten leblos, und er sah aus, als hätte er seit Tagen nicht geschlafen. Sein blaues Hemd war so zerknittert wie ein gebrauchtes Papiertaschentuch; unter den Armen war es schweißgetränkt. Sein Haar war nass, und dünne Rinnsale liefen von den Koteletten in seinen Hemdkragen. Er hatte dicke Tränensäcke, die im grellen Licht des Vernehmungsraums leicht lila schimmerten.

»Ich will nicht, dass meiner Familie etwas zustößt«, sagte er plötzlich. »Lassen Sie meinen Vater da raus. Schützen Sie ihn.«

Ich nickte. »Okay, Lawrence. Wo fangen wir an? Ich bin bereit, Ihre gesamte Familie in Schutzhaft zu nehmen, bis wir ihn haben.«

»Und danach?«, fragte er. »Mit ihm hört es nicht auf.«

»Wir werden Ihre Familie schützen.«

Lipton seufzte laut. »Na schön. Ich bin der Geldmann. Ich bin Sterling. Ich könnte Sie vielleicht zum Wolf führen. Aber ich brauche schriftliche Zusagen. Eine Menge Zusagen.«

98

Ich war auf dem Weg in die tiefste Dunkelheit, welche mich ebenso magisch anzog wie andere Menschen das Sonnenlicht. Ich dachte an Elizabeth Connolly, die vermutlich tot war.

Liptons Vater besuchte ihn mehrmals, und die beiden Männer weinten. Mrs. Lipton wurde gestattet, ihren Mann zu sehen. Die Familienmitglieder weinten alle ziemlich viel, und die meisten Tränen hielt ich für echt.

Ich blieb mit Sterling bis drei Uhr morgens im Vernehmungsraum. Ich war bereit, noch länger zu bleiben, so lange, wie es nötig war, um die Information zu bekommen, die ich brauchte. Während der Nacht wurden mehrere Abkommen mit seinen Anwälten geschlossen.

Gegen zwei Uhr morgens waren die Besprechungen mit den Anwälten zum größten Teil abgeschlossen. Lipton und ich saßen wieder da und redeten. Zwei Agenten von der FBI-Außenstelle in Dallas waren ebenfalls anwesend. Sie sollten Protokoll führen und alles auf Band aufzeichnen.

Ich war derjenige, der das Verhör durchführte.

»Wie sind Sie mit dem Wolf zusammengekommen?«, fragte ich Lawrence Lipton, nachdem ich ihm nochmals meine Besorgnis wegen seiner Familie erläutert hatte. Er schien jetzt klarer im Kopf und konzentrierter als vor einigen Stunden. Ich spürte, dass eine schwere Last von ihm abgefallen war. Schuld, Verrat an seiner Familie – vor allem an seinem Vater? Seinen Schulunterlagen nach war er ein intelligenter, aber schwieriger Schüler gewesen. Seine Probleme kreisten stets um seine Sex-Besessenheit, aber er hatte sich keinen einzigen Tag einer Therapie unterzogen. Lawrence Lipton war ein abartiger Perverser.

»Wie bin ich mit dem Wolf zusammengekommen?«, wiederholte er, als stelle er sich selbst diese Frage. »Ich habe eine Schwäche für junge Mädchen, verstehen Sie. Teenies und noch jünger. Heutzutage sind diese jungen Dinger leicht zu haben. Das Internet hat da ganz neue Quellen eröffnet.«

»Wofür? Seien Sie so konkret wie möglich, Lawrence.«

Er zuckte mit den Schultern. »Für solche wie mich. Heute können wir alles bekommen, was wir wollen. Und ich weiß, wie man die richtig schlimmen Websites findet. Anfangs habe ich mich mit Fotos und Filmen begnügt. Besonders Reality-Filme haben mir gefallen.«

»Wir haben einige in Ihrem Arbeitszimmer in Ihrem Haus gefunden.«

»Eines Tages hat mich ein Mann aufgesucht. Er kam ins Büro, genau wie Sie.«

»Um Sie zu erpressen?«, fragte ich.

Lipton schüttelte den Kopf. »Nein, keine Erpressung. Er fragte mich, was ich *wirklich* wollte. *Sexuell.* Und dass er mir helfen würde, es zu bekommen. Ich habe ihn rausgeschmissen. Am nächsten Tag kam er wieder. Er hatte Unterlagen über alles, was ich je im Internet gekauft hatte. ›So, und was wollen Sie *wirklich*?‹, hat er noch mal gefragt. Ich sagte ihm, dass ich junge Mädchen mag. Er versorgte mich mit zwei oder drei pro Monat. *Genau*, was ich mir in meinen Fantasien vorgestellt hatte. Haarfarbe, Form der Brüste, Schuhgröße, alles, was ich begehrte.«

»Was ist aus den Mädchen geworden? Haben Sie sie ermordet? Das müssen Sie mir sagen.«

»Ich bin kein Killer. Ich war dafür, die Mädchen wieder loszuwerden. Wir feierten eine Party, dann wurden sie freigelassen. Immer. Sie hatten keine Ahnung, wer ich war oder woher ich kam.«

»Sie waren also mit dem Arrangement zufrieden?«

Lipton nickte. »Völlig. Von so etwas hatte ich mein ganzes Leben lang geträumt. Die Realität war so gut wie die Fantasien. Selbstverständlich kostete das etwas.«

»Man musste einen Preis bezahlen?«

»Allerdings. Dann habe ich den Wolf kennen gelernt, zumindest glaube ich, dass er es war. In den ersten Tagen hatte er einen Abgesandten zu mir ins Büro geschickt. Später kam er dann persönlich. Er war äußerst Furcht einflößend. Russen-Mafia, sagte er. Er erwähnte auch den KGB, aber ich weiß nicht, wie diese Verbindung aussah.«

»Was wollte er von Ihnen?«

»Mit mir ins Geschäft kommen, ein Partner sein. Er brauchte die Sachkenntnis meiner Firma in Bezug auf Computer und das Internet. Der Sex-Club war für ihn zweitrangig, ein Zubrot. Sein Hauptinteresse waren Schutzgelderpressung, Geldwäsche, Falschgeld. Der Club war meine Sache. Sobald wir uns geeinigt hatten, suchte ich nach reichen Perversen, die sich ihre Träume erfüllen wollten. Perverse, die bereit waren, sechsstellige Summen auszugeben, um einen Sklaven zu bekommen, männlich oder weiblich, das spielte keine Rolle. Manchmal nannten sie eine spezielle Zielperson, manchmal nur den Typ.«

»Um sie zu ermorden?«, fragte ich Lipton.

»Was immer sie tun wollten. Lassen Sie mich Ihnen erklären, was er mit dem Club wollte. Er wollte reiche, mächtige Männer an Land ziehen. Wir hatten schon einen Senator aus West Virginia. Er hatte große Pläne.«

»Lebt der Wolf in Dallas?«, wollte ich wissen. »Sie müssen mir helfen, wenn ich Ihnen helfen soll.«

Lipton schüttelte den Kopf. »Er stammt nicht aus dieser Gegend. Er lebt nicht in Dallas. Nicht in Texas. Er ist ein mysteriöser Mann.«

»Aber Sie wissen, wo er sich aufhält?«

Er zögerte, doch dann fuhr er fort. »Er weiß nicht, dass ich es weiß. Er ist schlau, kennt sich mit Computern aber nicht allzu gut aus. Einmal habe ich ihn aufgespürt. Er war überzeugt, seine Nachrichten seien absolut sicher, aber ich habe sie geknackt. Ich wollte etwas gegen ihn in der Hand haben.«

Dann erzählte mir Sterling, wo ich den Wolf seiner Meinung nach finden würde. Und auch, wer er war. Ich konnte es nicht glauben, als Sterling mir den Namen nannte, den Pasha Sorokin in den Vereinigten Staaten verwendete.

Er lautete Ari Manning.

99

Ich saß im Cockpit einer Luxusjacht auf dem Intercoastal Waterway in der Nähe der Millionaires Row in Fort Lauderdale, Florida. Waren wir dem Wolf dicht auf den Fersen? Ich musste glauben, dass es so war. Sterling hatte es geschworen. Und er hatte keinen Grund, uns zu belügen, oder? Er hatte jeden Grund der Welt, uns die Wahrheit zu sagen.

Touristen kamen mit Motorbooten hierher, daher würden wir meiner Meinung nach nicht gleich auffallen. Außerdem wurde es dunkel. Wir fuhren an Villen vorbei, die meist im mediterranen oder portugiesischen Stil gehalten waren. Gelegentlich signalisierte ein Gebäude im georgianischen Kolonialstil, dass dort »Geld aus dem Norden« zu Hause war. Man hatte uns gewarnt, nicht zu forsch vorzugehen, in dieser reichen Gegend nicht zu viel Staub aufzuwirbeln. Doch war das – ehrlich gesagt – nicht möglich. In wenigen Minuten würden wir mächtig Staub aufwirbeln.

Neben mir standen Ned Mahoney und zwei Mitglieder seines siebenköpfigen Sturmkommandos. Normalerweise nahm Mahoney nicht selbst an derartigen Missionen teil, aber seit Baltimore hatte der Direktor das geändert. Das FBI sollte im Außendienst präsenter werden.

Ich betrachtete durchs Fernglas eine große Villa, während unser Boot sich einer Anlegestelle näherte. Mehrere Luxusjachten und Schnellboote tanzten in der Nähe auf den Wellen. Wir hatten uns einen Plan des Hauses beschafft und herausgefunden, dass es vor zwei Jahren für vierundzwanzig Millionen gekauft worden war. *Keinen Staub aufwirbeln.*

Eine Riesenparty fand auf dem Besitz statt, der Ari Manning gehörte. Laut Sterling war er Pasha Sorokin, der Wolf.

»Sieht so aus, als hätten die jede Menge Spaß«, sagte Mahoney. »Mann, ich liebe gute Partys. Essen, Musik, Tanzen – prickelnd.«

»Ja, es geht hoch her. Dabei sind die Überraschungsgäste noch gar nicht eingetroffen«, erwiderte ich.

Ari Manning war in und um Fort Lauderdale und Miami für die Partys berühmt, die er veranstaltete, zuweilen zwei pro Woche. Seine Veranstaltungen waren wegen ihrer Überraschungen bekannt – Überraschungsgäste wie die Trainer der Miami Dolphins und Miami Heat, heiße Musical-Nummern aus Las Vegas, Politiker, Diplomaten, Botschafter, sogar Leute aus dem Weißen Haus.

»Ich schätze, heute Abend sind wir die Überraschungsgäste«, erklärte Mahoney und grinste.

»Ja, und wir haben den weiten Weg von Dallas hinter uns«, sagte ich. »Mit einem Gefolge von vierzehn Mann.«

Die Gäste und die Art der Party machten die Operation heikel. Wir waren ungemein angespannt. Deshalb fühlten Mahoney und ich uns wohl verpflichtet, Witze zu reißen. Wir wollten noch warten, aber das Geisel-Befreiungs-Team wollte jetzt zuschlagen, solange wir wussten, dass sich der Wolf dort befand. Der Direktor gab seine Einwilligung. Die letzte Entscheidung lag bei ihm.

Ein Bursche in alberner Seemannskluft bedeutete uns nachdrücklich, vom Anlegesteg fernzubleiben. Wir fuhren weiter. »Was will dieses Arschloch auf dem Steg von uns?«, fragte Mahoney.

»Wir sind voll! Ihr kommt zu spät!«, rief der Mann auf dem Steg. Seine Stimme übertönte die Musik, die aus dem hinteren Teil der Villa dröhnte.

»Ohne uns fängt die Party nicht an«, erklärte ihm Ned Mahoney. Dann betätigte er das Signalhorn.

»Nein, nein! Nicht hier anlegen!«, schrie der Pseudo-Matrose. »Haut ab!«

Mahoney betätigte erneut das Signalhorn.

Die Motorjacht krachte gegen ein Bertram-Speedboat. Der Kerl auf dem Anleger sah aus, als bekäme er gleich einen Schlaganfall. »Herrgott, passt doch auf! Das ist eine Privatparty! Sie können nicht einfach hierher kommen. Sind Sie Freunde von Mr. Manning?«

Mahoney tutete noch einmal. »Allerdings. Hier ist meine Einladung.« Er holte seine Dienstmarke und seine Waffe heraus.

Ich war bereits vom Boot gesprungen und rannte zur Villa.

100

Ich bahnte mir einen Weg durch die Menge der reichen Partygäste bis zu den von Kerzen erleuchteten Tischen. Es wurde gerade das Abendessen serviert. Steaks und Hummer, kübelweise Champagner und teure Weine. Alle schienen Kleidung von Dolce & Gabbana, Versace oder Yves Saint Laurent zu tragen. Ich steckte in ausgeblichenen Jeans und einer blauen FBI-Windjacke.

Elegant frisierte Köpfe drehten sich zu mir um, empörte Blicke hefteten sich auf mich, als wäre ich ein Partyschreck. *Der war ich. Der Partyschreck aus der Hölle. Diese Menschen hatten keine Ahnung.*

»FBI!«, schrie Mahoney hinter mir und führte seine schwer bewaffnete Truppe in die Menge.

Von Sterling wusste ich, wie Pasha Sorokin aussah. Ich marschierte auf ihn zu. *Er war da*. Der Wolf trug einen teuren grauen Anzug und ein blaues T-Shirt aus Kaschmir. Er unterhielt sich mit zwei Männern in der Nähe einer blaugelb gestreiften Markise, wo die Grills standen. Riesige Fleischscheiben und Fisch wurden von lächelnden, schwitzenden Küchenchefs zubereitet, allesamt schwarz oder hispanischer Herkunft.

Ich holte meine Glock heraus. Pasha Sorokin blickte mich an, ohne einen Muskel zu bewegen. Er starrte mich einfach an. Rührte sich nicht, versuchte nicht zu fliehen. Dann lächelte er, als hätte er mich erwartet und freue sich, dass ich endlich gekommen war. Was war los mit diesem Kerl?

Dann gab er mit der Hand einem weißhaarigen Mann ein Zeichen, der eine üppige Blondine an sich presste, die halb so alt war wie er. »Atticus!«, rief Sorokin und der Mann lief schneller als ein Küchenjunge zu ihm.

»Ich bin Atticus Stonestrom, Mr. Mannings Anwalt«, stellte er sich vor. »Sie haben keinerlei Berechtigung, auf diese Weise in Mr. Mannings Haus einzudringen. Sie überschreiten Ihre Kompetenzen. Ich muss Sie bitten, sofort zu gehen.«

»Keine Chance. Lassen Sie uns diese Privatparty ins Haus verlegen. Nur wir drei«, sagte ich zu Stonestrom und Sorokin. »Es sei denn, Sie wollen, dass die Festnahme vor Ihren Gästen erfolgt.«

Der Wolf schaute seinen Anwalt an, dann zuckte er mit den Schultern, als sei ihm das völlig egal. Er begann zum Haus zu gehen. Dann blieb er stehen und drehte sich um, als hätte er etwas vergessen. »Ihr kleiner Junge heißt *Alex*, nicht wahr?«

101

Sie war nicht tot! Es war wirklich erstaunlich, oder?

Elizabeth Connolly war wieder in ihrer eigenen Welt, und das war eindeutig der beste Ort. Sie spazierte an einem perfekten Strand an Oahus Nordküste entlang. Sie hob die herrlichsten Muscheln auf, eine nach der anderen, und verglich die Struktur.

Dann hörte sie Rufe – *»FBI!«* Sie konnte es nicht glauben.

Das FBI war hier? Hier im Haus? Ihr Herz schlug wie verrückt, dann hörte es fast auf zu schlagen.

War man endlich hergekommen, um sie zu retten? Warum sonst sollte das FBI hier sein? Oh, lieber Gott!

Lizzie zitterte am ganzen Leib. Tränen strömten über ihre Wangen. Sie mussten sie finden und herauslassen. Die Arroganz des Wolfs würde ihn vernichten!

Hier bin ich! Hier!

Plötzlich wurde es auf der Party schrecklich still. Alle flüsterten, und sie konnte kaum etwas verstehen. Aber sie hatte eindeutig »FBI« gehört und Theorien, weshalb sie hier waren. *»Drogen.«* Alle schienen das zu denken.

Lizzie betete, es möge nicht um Drogen gehen. Was, wenn das FBI den Wolf verhaftete und ins Gefängnis brachte? Dann wäre sie hier verlassen. Sie zitterte vor Angst.

Sie musste das FBI wissen lassen, dass sie hier war! Aber wie? Sie war gefesselt und geknebelt. Die Rettung war so nahe… *Ich bin im Wandschrank! Bitte, schaut in den Wandschrank!*

Sie hatte sich Dutzende von Fluchtplänen ausgedacht, allerdings nur für die Zeit, *nachdem* der Wolf sie an der Leine zum Badezimmer oder zu einem Spaziergang durchs Haus geführt hatte. Lizzie wusste, dass es keine Möglichkeit gab, aus dem abgeschlossenen Wandschrank auszubrechen. Sie hatte keine Ahnung, wie sie sich bemerkbar machen sollte.

Dann hörte sie, wie eine tiefe Männerstimme eine Erklärung abgab. Ruhig und beherrscht.

»Ich bin Agent Mahoney vom FBI. Hiermit fordere ich alle auf, das Haupthaus zu verlassen und sich auf dem Rasen dahinter zu versammeln. Alle müssen das Haus jetzt verlassen! Niemand verlässt den Garten!«

Lizzie hörte Schuhe übers Parkett laufen – eilige Schritte. Die Leute gingen hinaus? Und dann? Dann würde sie ganz allein sein. Wenn sie den Wolf mitnahmen… was wurde dann aus ihr? Es musste etwas geben, um das FBI wissen zu lassen, dass sie hier drin war. Aber was?

Jemand, der Atticus Stonestrom hieß, redete sehr laut.

Dann hörte sie den Wolf sprechen. Es lief ihr eiskalt über den Rücken. Er war immer noch im Haus. Er stritt sich mit jemandem. Sie konnte nicht verstehen, mit wem oder worum es ging.

Was kann ich tun? Irgendwas!

Aber was, was?

Woran habe ich bis jetzt noch nicht gedacht?

Und dann kam Lizzie eine Idee. Sie hatte schon zuvor daran gedacht, aber die Idee immer wieder verworfen.

Weil sie ihr eine Höllenangst machte.

102

»Ich bin froh, dass Sie hier sind und das miterleben, Atticus«, sagte der Wolf zu seinem Anwalt. »Das ist eine unverschämte Belästigung und total lächerlich. Meine Geschäfte sind über jeden Tadel erhaben. Das wissen Sie besser als jeder andere. Es ist eine unglaubliche Beleidigung.« Er schaute mich an. »Wissen Sie, wie viele meiner Geschäftsfreunde Sie bei dieser Party beleidigt haben?«

Ich musste mich immer noch zusammenreißen, um ihm nicht auf seine Drohung gegen meine Familie, gegen Klein Alex, zu antworten. Ich wollte ihn nicht festnehmen. Lieber wäre ich mit ihm nach draußen gegangen.

»Glauben Sie mir, es handelt sich nicht um eine Belästigung«, erklärte ich dem Anwalt. »Wir sind hier, um Ihren Mandanten wegen Entführung festzunehmen.«

Sorokin verdrehte die Augen. »Haben Sie den Verstand verloren? Wissen Sie überhaupt, wer ich bin?«, fragte er. Mein Gott, ich hatte in Dallas fast die gleichen Worte gehört.

»Allerdings weiß ich das«, antwortete ich. »Ihr wahrer Name lautet Pasha Sorokin, nicht Ari Manning. Manche Leute behaupten, Sie seien der russische Pate. Der Wolf.«

Sorokin ließ mich aussprechen, dann lachte er wie ein Irrer. »Ihr seid ja alle solche Idioten, vor allem *Sie*!« Er deutete auf mich. »Sie begreifen es einfach nicht.«

Plötzlich hörte ich aus einem anderen Raum im Erdgeschoss Schreie. »*Feuer*!«, rief jemand.

»Los, Alex!«, sagte Mahoney. Wir überließen Sorokin drei anderen Agenten und liefen los, um zu sehen, was geschehen war. *Wie konnte es jetzt zu einem Feuer kommen? Und wo?*

Es brannte tatsächlich. Augenscheinlich hatte es in einem großen Arbeitszimmer hinter dem Wohnbereich angefangen, in einem Wandschrank. Rauchschwaden drangen unter der Tür hervor. Starker Rauch.

Ich packte den Türknopf. Er war heiß. Der Wandschrank war verschlossen. Ich zögerte keine Sekunde. Ich senkte die Schulter und stieß mit voller Wucht gegen die Tür. Das Holz zerbrach. Noch ein Rammstoß und die Tür gab nach. Dicker schwarzer Rauch schlug mir entgegen.

Ich spähte hinein. Dann sah ich, wie sich etwas bewegte.

Jemand war da drin. Ich konnte ein Gesicht sehen.

Es war Elizabeth Connolly – und sie schien in Flammen zu stehen!

103

Ich holte tief Luft und sprang in die Wolke aus Rauch und Hitze. Ich spürte, wie meine Gesichtshaut brannte; trotzdem drang ich weiter in den Wandschrank vor. Dann bückte ich mich, riss Elizabeth Connolly in meine Arme und taumelte mit ihr wieder hinaus. Meine Augen tränten und ich hatte das Gefühl, Blasen auf dem Gesicht zu haben. Elizabeths Augen waren geweitet, als ich den Knebel entfernte. Ned Mahoney kümmerte sich um die Seile, mit denen ihre Arme gefesselt waren.

»Danke«, flüsterte sie. Ihre Stimme war durch den Rauch ganz rau. »Vielen Dank«, stieß sie hervor.

Tränen strömten aus ihren Augen und verschmierten den Ruß auf ihren Wangen. Mein Herz schlug wie verrückt, während ich ihre Hand hielt und auf den Notarzt wartete. Ich konnte es kaum glauben, dass sie tatsächlich noch lebte. Das wog alles andere auf.

Leider konnte ich dieses Gefühl nur wenige Sekunden genießen. Schüsse ertönten. Ich lief aus dem Arbeitszimmer, bog um die Ecke und sah zwei Agenten auf dem Boden. Sie waren verwundet, aber am Leben.

»Ein Leibwächter ist hereingestürmt und hat losgeballert«, erklärte mir der eine Agent. »Er ist mit Manning nach oben gerannt.«

Ich lief mit Ned Mahoney die Treppe hinauf. Warum wollte der Wolf nach oben? Das ergab für mich keinen Sinn. Weitere Agenten folgten uns. Wir durchsuchten jeden Raum. Nichts! Wir fanden weder den Wolf noch den Leibwächter. *Warum waren sie nach oben gelaufen?*

Mahoney und ich marschierten auch durch sämtliche

Räume im ersten und zweiten Stock. Die Polizei von Fort Lauderdale war inzwischen eingetroffen und half, das Haus zu sichern.

»Ich sehe keine Möglichkeit, wie sie rausgekommen sind«, sagte Mahoney. Wir waren auf dem Korridor im ersten Stock und standen vor einem Rätsel.

»Es muss da oben irgendwo einen Fluchtweg geben. Wir müssen alles noch mal genau durchsuchen.«

Wir gingen zurück, überprüften wieder etliche Gästezimmer. Am Ende des Korridors im ersten Stock war noch eine Treppe, wahrscheinlich fürs Personal. Wir hatten sie bereits untersucht. Dann fiel mir etwas ein: eine winzige Kleinigkeit, die ich zuvor übersehen hatte.

Ich rannte auf den ersten Absatz. Dort gab es ein Flügelfenster mit einer Sitzbank davor. Genau wie ich mich erinnerte. Die beiden Kissen der Bank lagen auf dem Boden. Ich riss den Sitz der Bank hoch.

Ned Mahoney stöhnte laut. Er sah, was ich gefunden hatte: den Fluchtweg. Der Wolf war uns entkommen!

»Vielleicht ist er noch da drin. Mal sehen, wohin das führt«, sagte ich. Dann zwängte ich mich in die Öffnung. Sechs Holzstufen. Mahoney leuchtete mir mit der Taschenlampe, als ich hinabstieg.

»Hier ist es, Ned«, rief ich nach oben. Jetzt sah ich, wie sie entkommen waren. Ein Fenster stand offen. Dicht darunter sah ich Wasser.

»Sie sind aufs Wasser geflohen«, rief ich Mahoney zu.

104

Ich beteiligte mich an der hektischen Suche auf dem Wasser und in der Nachbarschaft, aber es war bereits dunkel. Mahoney und ich fuhren die schmalen Straßen zwischen den Villen ab. Dann entlang des Las Olas Boulevard. Wir hofften, dass jemand zwei Männer in nasser Kleidung bemerkt hätte. Aber niemand hatte den Wolf oder seinen Leibwächter gesehen.

Ich wollte nicht aufgeben und fuhr zurück in die Gegend der Isla Bahia. Irgendetwas stimmte nicht. Warum hatte niemand zwei Männer gesehen, auf die unsere Beschreibung passte? Ob der Wolf auch eine Taucherausrüstung in dem Loch unter der Fensterbank gelagert hatte? Wie gründlich hatte er seine Flucht geplant? Welche Vorsichtsmaßnahmen hatte er getroffen?

Dann ließ ich meine Gedanken in eine andere Richtung wandern: *Er ist arrogant und furchtlos. Er hatte nicht geglaubt, dass wir ihn finden, hierher kommen und festnehmen würden. Er hatte keinen Fluchtweg! Daher war es durchaus möglich, dass er sich doch noch in Isla Bahia aufhielt.*

Ich gab meine Ideen an das Geisel-Befreiungs-Team weiter. Doch dort hatte man bereits begonnen, von Tür zu Tür zu gehen. Dutzende von Agenten und örtliche Polizei putzten Klinken in dieser exklusiven Gegend Fort Lauderdales. Ich würde nicht aufgeben und auch die anderen nicht aufgeben lassen. Was trieb mich an? Beharrlichkeit? Sturheit? Früher hatte sich das ausgezahlt. Aber wir fanden weder den Wolf noch jemanden, der ihn gesehen hatte.

»Wirklich nichts? Kein Hinweis? Hat niemand etwas gesehen?«, fragte ich Mahoney.

»Nichts«, antwortete Mahoney. »Wir haben nur einen Cockerspaniel gefunden, der frei umhergelaufen ist.«

»Und wem gehört der Hund?«, fragte ich.

Mahoney verdrehte die Augen. Ich konnte es ihm nicht übel nehmen. »Ich werde es überprüfen.« Er ging, kehrte aber nach wenigen Minuten zurück.

»Er gehört Mr. Steve Davis. Die Familie Davis wohnt am Ende der Straße. Ich lasse ihnen den Hund bringen. Zufrieden?«

Ich schüttelte den Kopf. »Nicht so ganz. Wir beide sollten den Hund selbst zurückbringen«, sagte ich. »Ich finde es komisch, dass ein Hund um diese Zeit frei herumläuft. Ist die Familie zu Hause?«

»Sieht nicht so aus. Es brennt kein Licht. Kommen Sie, Alex. Herrgott, das ist sinnlos. Sie klammern sich an einen Strohhalm. Pasha Sorokin ist weg.«

»Fahren wir. Holen Sie den Hund«, sagte ich. »Wir fahren zum Haus der Davis'.«

105

Wir machten uns mit dem braun-weißen Cockerspaniel gerade auf den Weg zum Haus der Davis', als eine Meldung über Funk reinkam. *»Zwei verdächtig aussehende Männer. Bewegen sich in Richtung Las Olas Boulevard. Sie haben uns entdeckt! Wir nehmen die Verfolgung auf.«*

Wir waren nur wenige Blocks vom Geschäftsviertel entfernt, und nach ein paar Minuten waren wir dort. Der

Cockerspaniel bellte auf dem Rücksitz. Streifenwagen der Polizei von Fort Lauderdale und FBI-Fahrzeuge hatte einen engen Ring um das Modegeschäft Gap gezogen. Weitere Streifenwagen trafen ein. Sirenen heulten durch die Nacht. Die Straße war sehr belebt, und die Polizei hatte Mühe, die Menge zurückzudrängen.

Mahoney fuhr zur Absperrung. Wir ließen für den Hund das Fenster einen Spalt offen. Dann lief ich mit Mahoney zum Geschäft. Wir trugen Schutzwesten und hielten unsere Waffen schussbereit.

Das Geschäft war hell erleuchtet. Ich sah die Menschen darin. Aber nicht den Wolf. Auch nicht den Leibwächter.

»Wir glauben, dass er es ist«, teilte uns ein Agent vor dem Geschäft mit.

»Wie viele da drin sind bewaffnet?«, fragte ich.

»Wir haben zwei gezählt. Könnten aber mehr sein. Es herrscht ein ziemliches Durcheinander.«

»Ja, sieht so aus. Scheiße«, sagte Mahoney.

Während der nächsten Minuten ereignete sich nichts, was uns weitergeholfen hätte. Es kamen nur noch mehr Streifenwagen zum Tatort. Dann auch eine bis an die Zähne bewaffnete SWAT-Einheit. Und jemand, der mit den Geiselnehmern verhandeln sollte. Zwei Hubschrauber kreisten über dem Gap und den umliegenden Geschäften.

»Keiner geht da drin an das verdammte Telefon«, meldete der Vermittler. »Es klingelt nur.«

Mahoney blickte mich fragend an. Ich zuckte mit den Schultern. »Wir wissen nicht einmal genau, ob die beiden, die wir suchen, da drin sind.«

Der Vermittler griff zum Megaphon. »Hier spricht die Polizei von Fort Lauderdale. Kommen Sie heraus. Wir werden nicht verhandeln. Kommen Sie mit erhobenen Händen raus. Wer immer dort drin ist, rauskommen!«

Das schien mir die falsche Vorgehensweise zu sein. Zu feindlich. Ich ging zu dem Vermittler. »Ich bin FBI-Agent Cross. Müssen wir ihn so in die Enge treiben? Er ist gewalttätig und extrem gefährlich.«

Der Vermittler war ein untersetzter Typ mit buschigem Schnurrbart. Er trug eine Schutzweste, aber sie war nicht geschlossen. »Verpissen Sie sich gefälligst!«, brüllte er.

»Das ist ein Fall für die Bundespolizei«, schrie ich zurück. Ich entriss ihm das Megaphon. Der Vermittler ging mit den Fäusten auf mich los, aber Mahoney überwältigte ihn blitzschnell. Die Presse schaute zu. Zum Teufel mit ihr! Wir hatten hier einen Job zu erledigen.

»Hier ist das FBI!«, rief ich durchs Megaphon. »Ich möchte mit Pasha Sorokin sprechen.«

Und dann ereignete sich das Seltsamste dieses Abends – und es hatten sich bereits eine Menge seltsamer Dinge ereignet. Ich wollte meinen Augen kaum trauen.

Zwei Männer traten aus dem Gap heraus.

Sie hielten die Hände vors Gesicht, um sich vor den Kameras abzuschirmen – oder vor uns.

»Runter auf den Boden!«, rief ich. Sie gehorchten nicht.

Dann erkannte ich die Männer. Es waren Sorokin und sein Leibwächter.

»Wir sind nicht bewaffnet«, rief Sorokin so laut, dass alle es hören konnten. »Wir sind unbescholtene Bürger. Wir haben keine Waffen.«

Ich wusste nicht, ob ich ihm glauben konnte. Keiner von uns wusste, was er tun sollte. Der Hubschrauber kreiste extrem tief über unseren Köpfen.

»Was soll das?«, fragte mich Mahoney.

»Keine Ahnung… *Auf den Boden!*«, rief ich erneut.

Der Wolf und der Leibwächter schritten weiter auf uns zu. Langsam und vorsichtig.

Ich bewegte mich mit Mahoney vorwärts. Wir hielten unsere Waffen schussbereit. War das ein Trick? Was konnten sie unternehmen, wo doch so viele Gewehre und Pistolen auf sie gerichtet waren?

Der Wolf lächelte, als er mich sah. *Warum zum Teufel lächelte er*?

»Sie haben uns also erwischt«, rief er. »Super! Aber es spielt keine Rolle, denn ich habe eine Überraschung für Sie, FBI. Sind Sie bereit? Ich heiße tatsächlich Pasha Sorokin, aber ich bin *nicht* der Wolf.« Er lachte. »Ich bin nur ein Mann, der im Gap einkaufen war. Meine Sachen sind nass geworden. Ich bin *nicht* der Wolf, Mr. FBI. Ist das nicht furchtbar komisch? Sind Sie jetzt glücklich? Ich bin es. Und der Wolf ebenfalls.«

106

Pasha Sorokin war *nicht* der Wolf. *War das möglich*? Es gab keine Möglichkeit, es mit Sicherheit zu wissen. Während der nächsten achtundvierzig Stunden wurde uns bestätigt, dass die Männer, die wir in Florida festgenommen hatten, *tatsächlich* Pasha Sorokin und Ruslan Federov waren. Beide gehörten zur Russenmafia, aber beide sagten aus, den echten Wolf nie kennen gelernt zu haben. Sie behaupteten, sie hätten nur die »Rollen« gespielt, die man ihnen zugewiesen hatte. Und jetzt waren sie bereit, für sich die besten Deals herauszuschlagen.

Wir hatten keine Möglichkeit, genau herauszufinden, was sich abspielte. Aber die Verhandlungen wegen des Deals dauerten zwei Tage. Das FBI machte gern Deals. Ich nicht. Zur Mafia wurden Kontakte geknüpft, und es tauchten weitere Zweifel auf, dass Sorokin der Wolf war. Schließlich stöberte man die Leute von der CIA auf, die den Wolf aus Russland herausgeschafft hatten. Sie wurden in Sorokins Zelle gebracht. Sie behaupteten, dass er nicht der Mann sei, dem sie geholfen hatten, die Sowjetunion zu verlassen.

Dann nannte Sorokin uns einen Namen, den wir wissen wollten. Dieser schockierte mich zutiefst. Allen anderen erging es genauso. Es war Teil seines »Deals«.

Er lieferte uns Sphinx aus.

Am nächsten Morgen warteten vier FBI-Teams vor dem Haus von Sphinx darauf, dass er zur Arbeit fuhr. Wir hatten beschlossen, ihn nicht im Haus festzunehmen. Ich wollte das nicht. Ich brachte es nicht übers Herz.

Wir alle fühlten, dass Lizzie Connolly und ihre Töchter bereits mehr als genug Schmerz erlitten hatten. Sie sollten nicht mit ansehen, wie Brendan Connolly – Sphinx – im Haus der Familie in Buckhead verhaftet wurde. So sollten sie die grässliche Wahrheit über ihn nicht erfahren.

Ich saß in der glänzenden, dunkelblauen Limousine, die zwei Blocks entfernt parkte, aber dennoch mit Blick auf die große Villa im georgianischen Stil. Ich fühlte mich wie betäubt. Ich erinnerte mich an das erste Mal, als ich hier gewesen war. Ich erinnerte mich an mein Gespräch mit den kleinen Mädchen und dann an das mit Brendan Connolly in seinem Arbeitszimmer. Seine Trauer war mir zu Herzen gegangen; ich hatte sie für ebenso echt gehalten wie die seiner Töchter.

Selbstverständlich hatte niemand den Verdacht gehegt, dass er seine Frau betrügen und *sie an einen anderen Mann verkaufen* könnte. Pasha Sorokin hatte Elizabeth bei einer Party im Haus der Connollys kennen gelernt. Er hatte sie begehrt, Brendan Connolly nicht. Der Richter hatte seit Jahren Affären. Elizabeth erinnerte Sorokin an Claudia Schiffer, die während seiner Zeit als Gangster in Moskau überall von Plakaten herabgelächelt hatte. So wurde der grässliche Handel abgeschlossen. *Ein Ehemann hatte seine Frau in die Gefangenschaft verkauft*. Er hatte sie sich auf die entsetzlichste Weise vom Hals geschafft. Wie konnte er Elizabeth so gehasst haben? Und wie hatte sie ihn lieben können?

Ned Mahoney saß mit mir im Auto und wartete darauf, Sphinx festzunehmen. Wenn wir den Wolf noch nicht haben konnten, war er die zweitbeste Wahl – der Trostpreis.

»Ich frage mich, ob Elizabeth von dem Doppelleben ihres Mannes wusste«, murmelte Mahoney.

»Möglich, dass sie einen Verdacht hatte. Sie haben nicht regelmäßig zusammen geschlafen. Als ich im Haus war, zeigte Connolly mir das Arbeitszimmer. Da stand ein Bett. Nicht gemacht.«

»Glauben Sie, dass er heute zur Arbeit fährt?«, fragte Mahoney. Er verspeiste seelenruhig einen Apfel. Ein Kollege mit wahrlich kühlem Kopf.

»Er weiß, dass wir Sorokin und Fedorov festgenommen haben. Meiner Meinung nach wird er vorsichtig sein. Wahrscheinlich spielt er den Unschuldigen. Schwer zu sagen.«

»Vielleicht sollten wir ihn doch im Haus verhaften. Was meinen Sie?« Er biss erneut in den Apfel. »Alex?«

Ich schüttelte den Kopf. »Das bringe ich nicht fertig, Ned. Das kann ich seiner Familie nicht antun.«

»Okay, war ja nur 'ne Frage.«

Wir warteten. Kurz nach neun trat Brendan Connolly aus der Vordertür und ging zu einem silberfarbenen Porsche Boxster, der auf der Zufahrt parkte. Er trug einen blauen Anzug und in der Hand eine schwarze Sporttasche. Er pfiff fröhlich vor sich hin.

»Dreckschwein«, flüsterte Mahoney. Dann sprach er ins Walkie-Talkie. »Hier ist Alpha Eins… Sphinx verlässt das Haus. Er steigt in einen Porsche. Fertig machen für Zugriff. Kennzeichen V6T-81K.«

Der Rückruf kam prompt. »Hier Braves Eins… Sphinx ist in Sicht. Wir haben alles im Griff. Er gehört uns.«

Dann: »Braves Drei in Position an zweiter Kreuzung. Wir warten auf ihn.«

»Dürfte etwa zehn bis fünfzehn Sekunden dauern. Er fährt die Straße hinunter. Jetzt biegt er rechts ab.«

»Ich möchte ihn festnehmen, Ned«, sagte ich ruhig zu Mahoney.

Er blickte starr nach vorn durch die Windschutzscheibe. Antwortete mir nicht. Aber er sagte auch nicht Nein.

Ich beobachtete, wie der Porsche sich mit normaler Geschwindigkeit der nächsten Kreuzung näherte. Dann wurde er langsamer, um abzubiegen. *Und dann gab Brendan Connolly Gas und floh!*

»O Mann«, sagte Mahoney und warf seinen Apfel weg.

107

Über Funk kam eine Meldung. »Verdächtige Person fährt nach Südosten. Er muss uns gesehen haben.«

Ich trat ebenfalls aufs Gas und raste in die Richtung, in die der Porsche verschwunden war. Ich jagte mit fünfundsechzig Meilen durch die engen gewundenen Straßen zwischen den Villen. Immer noch konnte ich den silbrigen Porsche nicht sehen.

»Ich fahre nach Osten«, meldete ich über Funk. »Ich rechne damit, dass er versuchen wird, den Highway zu erreichen.« Ich wusste nicht, was ich sonst hätte tun können. Mir kamen mehrere Autos entgegen. Die Fahrer drückten empört auf die Hupe. Das hätte ich auch getan. Ich fuhr fünfundsiebzig in einer Wohngegend.

»Ich sehe ihn!«, schrie Mahoney.

Ich trat noch kräftiger aufs Gas. Endlich verringerte sich der Vorsprung ein wenig. Ich sah einen blauen Wagen, der sich dem Porsche aus östlicher Richtung näherte. Das war Braves Zwei. Wir hatten Brendan Connolly in der Zange. Jetzt war die Frage, ob er aufgeben würde oder nicht.

Unvermittelt schoss der Porsche nach rechts von der Straße in ein Gebüsch, das höher war als das Autodach. Der Porsche stellte sich kurz auf und rollte dann einen steilen Hang hinab.

Ich bremste erst in letzter Sekunde, dann aber so kräftig, dass wir uns drehten, ehe wir stehen blieben.

»Mann-o-Mann!«, rief Mahoney vom Beifahrersitz.

»Ich dachte, Sie seien beim HRT«, sagte ich.

Mahoney lachte. »Alles klar, Partner. Los, schnappen wir uns den Scheißkerl!«

Ich steuerte den Wagen durch die Büsche bis zu dem Steilhang, der von großen Steinen übersät war und auf dem Bäume standen. Dann sah ich den Porsche. Er war gegen eine mittelgroße Eiche geprallt und auf die Seite gedrückt worden. Jetzt glitt er noch fünfzehn Meter weiter, ehe er liegen blieb.

Sphinx war erledigt.

Los, schnappen wir uns den Scheißkerl!

108

Mahoney und ich wollten Sphinx. Bei mir war es eine persönliche Sache, vielleicht auch bei uns beiden. Ich ließ unseren Wagen noch knapp sechzig Meter weiterrollen, dann hielt ich an. Mahoney und ich sprangen hinaus. Beinahe wären wir auf dem Hang ausgerutscht, weil er so glitschig war.

»Wahnsinniger Dreckskerl«, schimpfte Mahoney, während wir vorwärts liefen.

»Welche Wahl hatte er denn? Er musste fliehen.«

»Ich meine *Sie. Sie sind wahnsinnig*! Wie kann man nur so rasen!«

Wir sahen, wie Brendan Connolly aus dem demolierten Porsche kletterte. Er hielt eine Pistole auf uns gerichtet. Dann gab Connolly zwei schnelle Schüsse ab. Er konnte mit der Waffe nicht gut umgehen, aber er verschoss echte Patronen.

»Elender Wichser!« Mahoney gab einen Schuss ab und traf den Porsche – nur um Connolly zu zeigen, dass wir ihn erschießen konnten, wenn wir wollten.

»*Legen Sie die Pistole weg!*«, rief Mahoney. »*Waffe weg*!«

Brendan Connolly wollte den Hang hinabrennen, stolperte aber immer wieder. Mahoney und ich kamen ihm schnell näher. Wir waren keine dreißig Meter mehr von ihm entfernt.

»Lassen Sie mich«, sagte ich.

Brendan Connolly blickte in diesem Moment über die Schulter zurück. Ich sah, dass er müde oder verängstigt war – oder beides. Arme und Beine bewegten sich hektisch. Vielleicht trieb er in einem Fitness-Club Sport, aber jetzt schien er fertig zu sein.

»Bleiben Sie zurück oder ich schieße!«, brüllte er – mir beinahe ins Gesicht.

Ich rammte ihn. Connolly stürzte und rollte über den Boden. Ich blieb aufrecht stehen, ohne mein Gleichgewicht zu verlieren. Das war der gute Teil. Es war fast so etwas wie eine Genugtuung für einige unserer Fehlschläge und Pannen.

Connollys unkontrolliertes Rollen endete schließlich nach ungefähr sieben Metern. Doch dann machte er einen Riesenfehler: Er stand wieder auf.

Blitzschnell war ich bei ihm. Ja, ich wollte Sphinx, diesem miesen Schwein, die Fresse polieren. *Er hatte seine eigene Frau verkauft – die Mutter seiner Kinder.*

Ich versetzte Connolly einen kräftigen Hieb auf die Nasenwurzel. Dem Knacken nach hatte ich ihm die Nase gebrochen. Er sank auf ein Knie – doch dann stand er wieder auf. Ganz der einstige Collegesportler. Der einstige knallharte Typ. Zurzeit aber das miese Arschloch.

Seine Nase war eindeutig gebrochen. Gut so! Ich versetzte Connolly einen Schlag in die Magengrube. Mir gefiel das Gefühl so sehr, dass ich noch einen weiteren Schlag folgen ließ. Dann ein schneller Haken gegen die Wange. Es begann mir tatsächlich Spaß zu machen.

Ich schlug erneut auf die gebrochene Nase. Connolly stöhnte. Noch ein Schlag. Dann ein gut platzierter Kinnhaken, ein Volltreffer. Brendan Connollys blaue Augen rollten nach oben. Die Lichter gingen aus, und er sank in den Schlamm und blieb, wohin er gehörte.

Hinter mir hörte ich eine Stimme. »Macht man das so in Washington?«, fragte Mahoney, der ein Stück von mir entfernt stand.

Ich blickte zu ihm auf. »Ja, genau so. Ich hoffe, Sie haben sich Notizen gemacht.«

109

Die nächsten Wochen waren ruhig – beängstigend ruhig. Zum Verrücktwerden. Man teilte mir mit, dass man mich ins Hauptquartier nach Washington versetzen würde, als Deputy Director of Investigations, und dass ich direkt für Burns arbeiten würde. »Ein großer fetter Brocken«, meinten alle. Für mich klang es wie ein Schreibtischjob, und den wollte ich nicht. Ich wollte den Wolf. Ich wollte die Straße. Ich war nicht zum FBI gegangen, um im Hoover Building an einem Schreibtisch zu sitzen.

Man hatte mir eine Woche freigegeben, und ich unternahm einiges mit Nana und den Kindern. Trotzdem herrschte im Haus eine gewisse Spannung. Wir warteten auf das, was Christine Johnson tun würde.

Jedes Mal, wenn ich Klein Alex anschaute, tat mir das Herz weh. Jedes Mal, wenn ich ihn in den Armen hielt oder abends ins Bett brachte, musste ich daran denken, dass er das Haus vielleicht für immer verlassen würde. Das konnte ich nicht zulassen, aber mein Anwalt hatte mir erklärt, dass es passieren könnte.

Eines Morgens wollte der Direktor mich während meiner Urlaubswoche sprechen. Das war kein Problem. Ich setzte die Kinder bei der Schule ab und fuhr dann zu ihm. Tony Woods, Burns Assistent, schien außergewöhnlich erfreut zu sein, mich zu sehen.

»Im Moment sind Sie eine Art Held. Genießen Sie es«, sagte er und klang – wie immer – wie ein echter Profi. »Lang wird's nicht dauern.«

»Sie sind immer so erfrischend optimistisch, Tony«, erwiderte ich.

»Das gehört zu meinen Tätigkeitsmerkmalen, junger Mann.«

Ich hätte gern gewusst, wie viel Ron Burns seinem Assistenten mitteilte und was der Direktor heute Morgen von mir wollte. Ich wollte Tony über diesen Superjob ausfragen, für den ich vorgesehen war. Aber ich tat es nicht.

In Burns' Büro warteten Kaffee und Gebäck auf mich, aber der Direktor war nicht da. Es war kurz nach acht. Ich fragte mich, ob er überhaupt schon zum Dienst erschienen war. Es war schwierig, sich vorzustellen, dass Ron Burns ein Leben außerhalb des Büros führte. Allerdings wusste ich, dass er eine Frau und vier Kinder hatte und in Virginia wohnte, ungefähr eine Stunde von Washington entfernt.

Schließlich erschien Burns in der Tür. Er trug ein blaues Hemd mit hochgerollten Ärmeln und eine Krawatte. Daher wusste ich, dass er bereits in einer Besprechung gewesen war. Ich hoffte, dass es nicht um einen neuen Fall gegangen war, zu dem er mich hinzuziehen wollte. Es sei denn, es ging um den Wolf.

Burns grinste, als er mich erblickte. Es schien, als könne er meine Gedanken lesen. »Im Prinzip habe ich einige hässliche Fälle, die Sie bearbeiten könnten, aber deshalb wollte ich Sie nicht sprechen, Alex. Trinken Sie in Ruhe Kaffee. Entspannen Sie sich. Schließlich haben Sie ja Urlaub, richtig?« Er kam herein und nahm mir gegenüber Platz. »Ich wollte hören, wie es so läuft. Vermissen Sie Ihre Arbeit beim Morddezernat? Wollen Sie immer noch beim FBI bleiben? Sie können gehen, wenn Sie wollen. Die Washingtoner Polizei möchte Sie zurückhaben. Unbedingt.«

»Freut mich zu hören, dass ich so begehrt bin. Was das FBI betrifft – was kann ich sagen? Die Ressourcen sind erstaunlich. Es gibt hier eine Menge guter Leute, großartige Kollegen. Ich hoffe, dass Sie das wissen.«

»Tue ich. Ich bin ein Fan unserer Mitarbeiter, zumindest der meisten. Und wie steht's mit der dunklen Seite?«, fragte er. »Problemgebiete? Woran sollte man arbeiten? Ich möchte Ihre Meinung hören. Ich muss es hören. Sagen Sie mir bitte die Wahrheit, so wie Sie sie sehen.«

»*Bürokratie.* Das ist eine Art Lebensstil. Beinahe die Kultur des FBI. Und *Angst*. Diese ist hauptsächlich politischer Natur und behindert den Einfallsreichtum der Agenten. *Bürokratie* habe ich bereits erwähnt? Sie ist schrecklich, schlimm und lähmend. Da sollten Sie Ihren Agenten zuhören.«

»Ich höre zu«, erwiderte Burns. »Sprechen Sie weiter.«

»Die Agenten sind nicht annähernd so gut, wie sie sein könnten. Selbstverständlich ist das bei den meisten Jobs so, richtig?«

»Auch bei Ihrer alten Dienststelle in Washington?«

»Nicht so sehr wie hier. Aber das kommt daher, dass ich mich oft über Papierkrieg und anderen Unsinn, der meine Arbeit behindert hätte, schlicht hinweggesetzt habe.«

»Gut. Setzen Sie sich auch hier über derartigen Unsinn hinweg, Alex«, sagte Burns. »Sogar, wenn er von mir kommt.«

Ich lächelte. »Ist das ein Befehl?«

Burns nickte mit ernster Miene. Ich hatte das Gefühl, dass ihm noch etwas anderes Kopfzerbrechen bereitete. »Ehe Sie kamen, hatte ich eine heikle Besprechung. Gordon Nooney verlässt das Büro.«

Ich schüttelte den Kopf. »Ich hoffe, dass ich nichts damit zu tun habe. Ich kenne Nooney nicht gut genug, um ihn beurteilen zu können. Ehrlich nicht.«

»Tut mir Leid, aber Sie hatten doch etwas damit zu tun. Aber es war meine Entscheidung. Der schwarze Peter wird hier mit hundert Meilen in der Stunde weitergegeben, und das ist mir Recht. *Ich* kenne Noony gut genug, um ihn zu beurteilen. Nooney war die undichte Stelle zur *Washington Post*. Dieser Scheißkerl hat das schon jahrelang gemacht. Alex, ich habe daran gedacht, Ihnen seinen Job zu geben.«

Seine Worte waren ein Schock für mich. »Ich habe noch nie Leute ausgebildet. Ich habe ja selbst nicht mal die Orientierung abgeschlossen.«

»Aber Sie *könnten* unsere Leute ausbilden.«

Da war ich nicht so sicher. »Vielleicht könnte ich es schaffen, wenn ich mir Mühe gebe. Aber ich mag die Straße. Das liegt mir im Blut. Das habe ich über mich herausgefunden.«

»Ich weiß, schon kapiert, Alex. Aber ich möchte, dass Sie hier im Hoover Building arbeiten. Wir werden Dinge ändern. Wir werden öfter gewinnen als verlieren. Bearbeiten Sie die großen Fälle hier im Hauptquartier mit Stacey Pollack. Sie ist eine unserer Besten. Tough, clever – sie könnte eines Tages die Leitung des Ladens übernehmen.«

»Mit Stacey könnte ich arbeiten«, erwiderte ich und ließ es dabei bewenden.

Ron Burns streckte mir die Hand entgegen und ich ergriff sie.

»Das wird eine gute Sache. Und aufregend«, sagte er. »Das erinnert mich an ein Versprechen, das ich gegeben habe. Wir haben hier auch Platz für Detective John Sampson und einen anderen Kollegen von der Washingtoner Polizei, den Sie vielleicht gern dabeihätten. Jeden, der gewinnen will. Und wir *werden* gewinnen, Alex.«

Das bekräftigten wir mit einem Händedruck. Ja, auch ich wollte unbedingt gewinnen.

110

Am Montagmorgen war ich in meinem neuen Büro im vierten Stock des Hauptquartiers in Washington. Tony Woods hatte mich zuvor herumgeführt. Mich hatten etliche seltsame, verblüffende Details beeindruckt, die ich nicht gleich aus dem Kopf bekam. Zum Beispiel: Die Bürotüren waren im gesamten Gebäude aus Metall, nur nicht in der Führungsetage, dort waren sie aus Holz. Das Eigenartige daran war aber, dass die Holztüren genauso aussahen wie die aus Metall. Willkommen beim FBI.

Ich musste sehr viel lesen und hoffte, mich an ein relativ kahles Büro von dreieinhalb mal fünf Metern zu gewöhnen. Die Einrichtung sah aus, als hätte man sie sich von der Regierungsbuchhaltung ausgeliehen. Ein Schreibtisch, ein Stuhl, ein Aktenschrank mit großem rundem Sicherheitsschloss, ein Garderobenständer, auf dem meine schwarze Schutzweste und eine blaue Nyloneinsatzjacke hingen. Vom Büro aus konnte ich die Pennsylvania Avenue sehen, was mich ein wenig aufmunterte.

Kurz nach zwei Uhr nachmittags erhielt ich einen Anruf, den ersten in meinem neuen Büro. Es war Tony Woods. »Schon eingewöhnt?«, fragte er. »Brauchen Sie noch etwas?«

»So langsam, Tony. Vielen Dank, dass Sie sich erkundigen.«

»Prima, Alex. In etwa einer Stunde müssen Sie die Stadt verlassen. Es gibt eine Spur vom Wolf in Brooklyn. Stacey Pollack geht mit Ihnen, also ist es ein großes Ding. Sie fliegen um fünfzehn Uhr von Quantico ab. Die Sache ist noch nicht vorbei.«

Ich rief zu Hause an, raffte einige Papiere über den Wolf zusammen, nahm meine Reisetasche – mit dem Nötigsten für eine Übernachtung –, die ich immer im Büro hatte, und ging zur Parkgarage. Stacey Pollack kam ein paar Minuten später.

Sie fuhr und nach weniger als einer halben Stunde erreichten wir den kleinen Privatflugplatz in Quantico. Unterwegs berichtete sie mir über die Spur in Brooklyn. Angeblich war der echte Wolf in Brighton Beach gesehen worden.

Einer der schwarzen Bells wartete bereits auf uns. Stacey und ich stiegen aus dem Auto und gingen nebeneinander zum Hubschrauber. Der Himmel war strahlend blau, und die wenigen Wolkenschleier lösten sich gerade in der Ferne auf.

»Schöner Tag für ein Eisenbahnunglück«, sagte Stacey und grinste.

In dem Wald direkt hinter mir ertönte ein Schuss. Ich hatte den Kopf zurückgeworfen und lachte über Staceys kleinen Scherz. Dann sah ich, wie sie getroffen wurde. Blut spritzte. Ich warf mich sofort auf sie.

Agenten rannten aufs Rollfeld. Der eine feuerte in Richtung des Scharfschützen. Zwei liefen zu uns, andere in den Wald in Richtung des Schusses.

Ich lag auf Stacey, um sie zu schützen, und hoffte, dass sie nicht tot war. Dann fragte ich mich, ob die Kugel vielleicht für mich bestimmt gewesen war.

Sie werden den Wolf nie erwischen, hatte Pasha Sorokin in Florida gesagt. *Er wird euch erwischen.* Jetzt hatte sich die Warnung erfüllt.

Die Krisensitzung an diesem Abend im Hoover Building war die emotionalste, die ich beim FBI bislang erlebt hatte. Stacey Pollack lebte, aber sie lag in kritischem Zustand im Walter-Reed-Krankenhaus. Die meisten Agenten respektierten Stacey Pollack ungemein und konnten es nicht fassen, dass sie das Ziel dieses Anschlags gewesen war. Ich fragte mich immer noch, ob die Kugel nicht für mich bestimmt gewesen war. Wir beide waren wegen des Wolfs auf dem Weg nach New York gewesen. Er war unser Hauptverdächtiger bei diesem Anschlag. Hatte ihn jemand innerhalb des FBI mit Informationen versorgt?

»Es gibt noch weitere schlechte Nachrichten«, erklärte Ron Burns der Gruppe an diesem Abend. »Unsere Spur nach Brighton Beach war eine falsche Fährte. Der Wolf ist nicht in New York und war offenbar in letzter Zeit auch nicht dort. Jetzt müssen wir folgende Fragen beantworten: *Wusste er, dass wir ihm auf den Fersen waren? Wenn ja, woher wusste er das? Hat einer von uns ihm das gesteckt?* Ich verspreche, dass ich alles tun werde, um die Antworten auf diese Fragen herauszufinden.«

Nach diesem Meeting war ich einer der Agenten, die zu einem Gespräch in kleinerem Kreis in den Konferenzraum des Direktors gebeten wurden. Die Stimmung blieb ernst und gedrückt, und Burns ergriff erneut das Wort. Er schien über den Schuss auf Stacey Pollack noch erregter zu sein als die Übrigen.

»Als ich sagte, dass wir diesen russischen Bastard zur Strecke bringen werden, habe ich das auch so gemeint. Ich gründe jetzt ein BAM-Team, das ihn jagen soll. Sorokin hat behauptet, der Wolf würde auf uns Jagd machen – und das hat er getan. Aber jetzt werden wir ihn mit allem jagen, was wir haben, mit sämtlichen Ressourcen.«

Alle im Raum nickten zustimmend. Ich hatte von der Existenz von BAM-Einheiten im FBI gehört, war aber nie sicher gewesen, ob sie tatsächlich existierten. Die Abkürzung stand für *By Any Means, Mit Allen Mitteln*. Das brauchten wir jetzt. Das hatte ich hören wollen.

111

Jetzt schien alles zu schnell zu gehen, so als würde sich alles drehen und außer Kontrolle geraten. Aber vielleicht stimmte das ja. Der Fall war außerhalb *unserer* Kontrolle – jetzt hatte der Wolf das Sagen.

Zwei Nächte später bekam ich zu Hause einen Telefonanruf. Es war Viertel nach drei Uhr in der Früh. »Hoffentlich eine gute Nachricht.«

»Nein. Die Hölle ist ausgebrochen, Alex. Es herrscht Krieg.« Der Anrufer war Tony Woods und er klang ziemlich fertig.

Ich massierte mir die Stirn. »Wieso Krieg? Was ist passiert?«

»Wir haben vor wenigen Minuten eine Meldung aus Texas bekommen. Lawrence Lipton ist tot. Ermordet. Sie haben ihn in seiner Zelle erledigt.«

Jetzt war ich hellwach.

»Wie? Er hatte doch eine Sonderbewachung, oder?«

»Zwei Agenten wurden zusammen mit Lipton umgebracht. Er hat es vorausgesagt, richtig?«

Ich nickte. »Ja«, sagte ich.

»Alex, sie haben auch die gesamte Familie Lipton ausgelöscht. Sie sind tot. Eines unserer HRT-Teams ist auf dem Weg zu Ihrem Haus, eines zum Direktor und eines zu Mahoney. Jeder, der an diesem Fall gearbeitet hat, ist unserer Meinung nach in Gefahr.«

Ich sprang aus dem Bett und nahm meine Glock aus dem Nachtschränkchen.

»Gut, ich warte auf das HRT«, sagte ich zu Woods. Dann lief ich mit der Waffe in der Hand nach unten.

War der Wolf schon hier?, fragte ich mich.

Der Krieg kam wenige Minuten später in unser Haus. Es war zwar das FBI-Team, aber es war dennoch Furcht einflößend. Nana Mama begrüßte die schwer bewaffneten Agenten mit wütenden Blicken, machte ihnen aber Kaffee. Dann ging ich mit ihr nach oben, um die Kinder so behutsam wie möglich zu wecken.

»Das ist nicht richtig, Alex. Nicht in unserem Haus«, flüsterte Nana auf dem Weg zu Jannie und Damon. »Irgendwo muss Schluss ein, oder? Das hier ist schlimm.«

»Ich weiß. Alles ist irgendwie außer Kontrolle geraten. So ist das in der heutigen Welt nun mal.«

»Und was wirst du dagegen unternehmen? Was hast du vor?«

»Erst mal die Kinder wecken. Sie in den Arm nehmen und küssen. Dann müssen sie für eine Zeit lang aus dem Haus.«

»Hörst du eigentlich, was du da redest?«, fragte Nana, als wir auf der Schwelle von Damons Zimmer waren. Er saß bereits aufrecht im Bett.

»Dad?«, fragte er.

Ned Mahoney trat hinter mich. »Alex, kann ich Sie für eine Sekunde sprechen?« Was tat er hier? Was war sonst noch passiert?

»Ich wecke Jannie und mache beide fertig«, sagte Nana. »Rede du mit deinem Freund.«

Ich ging mit Mahoney ein Stück beiseite. »Was ist los, Ned? Mein Gott, kann das nicht ein paar Minuten warten?«

»Die Wichser haben bei Burns zugeschlagen, aber es geht allen gut. Wir sind gerade noch rechtzeitig gekommen.«

Ich schaute Mahoney in die Augen. »Und Ihre Familie?«

»Sie haben das Haus verlassen. Im Augenblick sind sie in Sicherheit. Wir müssen den Wolf finden und ausschalten.«

Ich nickte. »Aber vorher muss ich mich um meine Kinder kümmern.«

Zwanzig Minuten später brachte eine Eskorte meine Familie zu einem Kleinbus vor dem Haus. Wie verängstigte Flüchtlinge in einem Kriegsgebiet kletterten sie hinein. Ja, die Welt wurde so, oder? Jede Großstadt, jedes Kaff war ein potenzielles Schlachtfeld. Es gab keinen sicheren Ort.

Kurz bevor ich in den Kleinbus stieg, sah ich einen Fotografen, der gegenüber von unserem Haus an der Fifth Street Position bezogen hatte. Es sah so aus, als fotografiere er unsere Flucht aus dem Haus. *Warum das?*

Ich wusste nicht, wer er war, aber irgendwie ahnte ich es. *Er ist nicht von einer Zeitung*, dachte ich. Wut und Ekel stiegen in mir auf. *Er arbeitete für Christines Anwältin!*

112

Chaos.

Am nächsten Tag und an den zwei darauf folgenden war ich in Huntsville, Texas, im Bundesgefängnis, wo man Lawrence Lipton ermordet hatte, während er unter der Aufsicht des FBI stand. Niemand hier konnte sich erklären, wie es möglich gewesen war, dass Lipton und die zwei Agenten getötet worden waren.

Es war während der Nacht geschehen. In seiner Zelle. Eigentlich war es eine Art Suite, wo er unter Sonderbewachung stand. Keine Überwachungskamera hatte Besucher aufgezeichnet. Kein Verhör hatte zu einem möglichen Verdächtigen geführt. In Liptons Leib waren die meisten Knochen gebrochen. *Zamochit*. Markenzeichen der Russenmafia.

Die gleiche Methode war letzten Sommer bei einem Mitglied der italienischen Mafia angewendet worden. Augustino Palumbo. Angeblich war Palumbos Mörder ein russischer Krimineller – möglicherweise der Wolf. Dieser Mord hatte sich im Hochsicherheitsgefängnis in Florence, Colorado, ereignet.

Am nächsten Morgen traf ich in Colorado ein. Ich wollte dort einen Mörder besuchen, der Kyle Craig hieß und früher mal ein FBI-Agent und mein Freund gewesen war. Kyle war für Dutzende von Morden verantwortlich und einer der schlimmsten psychopathischen Killer der Geschichte. Ich hatte ihn zur Strecke gebracht. Meinen Freund.

Wir trafen uns in einem Verhörraum im Todestrakt in der Isolationsabteilung. Kyle sah verblüffend fit aus. Beim letzten Mal war er sehr blass gewesen, hatte ausgezehrt gewirkt, mit tiefen, dunklen Augenringen. Inzwischen hatte er mindestens fünfzehn Kilo zugelegt, alles Muskeln. Ich fragte mich, wieso – was hatte Kyle Hoffnung gemacht? Was immer es war, es machte mir ein bisschen Angst.

»Alle Wege führen nach Florence?«, witzelte er und grinste, als ich den Verhörraum betrat. »Einige deiner Kollegen beim FBI waren gestern hier. Oder war es vorgestern? Als wir uns das letzte Mal sahen, hast du gesagt, es sei dir völlig egal, was ich denke. Das hat mich verletzt, Alex.«

Ich verbesserte ihn, weil ich wusste, dass Kyle das furchtbar ärgern würde. »Das ist nicht genau das, was ich gesagt habe. Du hast mir vorgeworfen, ich sei herablassend, und dass du das nicht magst. Ich habe gesagt: ›Wen kümmert es noch, was du magst?‹ Mir ist wichtig, was du denkst. Deshalb bin ich hier.«

Kyle lachte laut und zeigte dabei die Zähne. Mir lief es

kalt über den Rücken. »Dich habe ich immer am liebsten gemocht«, sagte er.

»Du hast mich erwartet?«, fragte ich.

»Hmm. Schwer zu sagen. Eigentlich nicht. Vielleicht irgendwann in der Zukunft.«

»Du siehst aus, als hättest du große Pläne. Du bist ganz aufgekratzt.«

»Welche Pläne könnte ich schon haben?«

»Die üblichen Wahnvorstellungen. Mordfantasien, Vergewaltigungen, unschuldige Menschen umbringen.«

»Ich *hasse* es, wenn du den Psychologen spielst, Alex. Es gibt gute Gründe, weshalb du es in dieser Welt nicht geschafft hast.«

Ich zuckte mit den Schultern. »Das weiß ich, Kyle. Keiner meiner Patienten in Southeast hatte Geld, um mich zu bezahlen. Ich müsste eine Praxis in Georgetown eröffnen. Vielleicht mache ich das irgendwann.«

Er lachte erneut. »Und du wirfst *mir* Wahnvorstellungen vor! Also, warum bist du hier? Nein, ich werde es dir sagen. Es hat einen schrecklichen Justizirrtum gegeben und ich werde freigelassen. Du bist der Überbringer dieser freudigen Botschaft.«

»Der einzige Justizirrtum ist, dass du noch nicht hingerichtet wurdest, Kyle.«

Kyles Augen blitzten. Er mochte mich tatsächlich. »Na schön, nachdem du mich mit deinem Charme bezaubert hast – was willst du?«

»Du weißt, was ich will, Kyle«, erwiderte ich. »Ganz genau.«

Er klatschte Beifall. »*Zamochit*! Der irre Russe.«

Während der nächsten halben Stunde berichtete ich Kyle alles, was ich über den Wolf wusste – nun ja, fast alles. Dann ließ ich die Bombe platzen. »Er hat sich mit dir hier an dem Abend getroffen, als er Little Gus Palumbo umgebracht hat. Hast du ihn zu diesem Mord angestiftet? Jemand hat es getan.«

Kyle lehnte sich zurück und schien seine Optionen zu überdenken. Nein, eigentlich hatte er längst entschieden, was er tun wollte. Er war immer einen Schritt voraus.

Schließlich beugte er sich vor und winkte mich näher. Ich hatte vor Kyle keine Angst, jedenfalls keine körperliche, trotz all der Muskeln. Beinahe hoffte ich, er würde mich angreifen.

»Ich tue das aus Liebe und Respekt für dich«, sagte Kyle. »Ich habe den Russen vorigen Sommer getroffen. Ein skrupelloser Bursche, ohne Gewissen. Er hat mir gefallen. Wir haben Schach gespielt. *Ich weiß, wer er ist, mein Freund.* Vielleicht kann ich dir helfen.«

113

Ich brauchte noch einen Tag in Florence, doch letztendlich holte ich aus Kyle einen Namen heraus. Aber konnten wir ihm trauen? Der Name wurde in Washington geprüft und nochmals geprüft. Das Büro war zuversichtlich, dass Kyle uns den Führer der Russenmafia geliefert hatte. Ich hatte Zweifel – weil der Hinweis von Kyle gekommen war. Aber wir hatten keine anderen Spuren.

Vielleicht wollte Kyle mich fertig machen – oder das FBI in Verlegenheit bringen. Oder er wollte demonstrieren, wie clever er war, welche Verbindungen er hatte, wie überlegen er uns allen war. Der Name, die Stellung dieser Person, machte die Verhaftung heikel und riskant. Wenn wir den Falschen festnahmen, würde das FBI bis auf die Knochen blamiert sein.

Wir warteten daher beinahe eine Woche. Wir überprüften sämtliche Informationen nochmals doppelt und dreifach und führten etliche Befragungen durch. Der Verdächtige wurde observiert.

Nachdem diese Vorarbeiten abgeschlossen waren, traf ich mich mit Ron Burns und dem Direktor der CIA in Burns' Büro. Ron brachte es sofort auf den Punkt. »Wir glauben, dass er der Wolf ist, Alex. Craig sagt wahrscheinlich die Wahrheit.«

Thomas Weir von der CIA nickte mir zu. »Wir haben diese Zielperson in New York seit geraumer Zeit observiert. Wir vermuteten, dass er in Russland beim KGB tätig war, aber wir hatten keine schlüssigen Beweise. Wir dachten nie an die Russenmafia, nie an den Wolf. Nicht bei diesem Mann. Nicht bei seiner Position in der russischen Regierung. Wir verstärkten die Lauschüberwachung, unter anderem in der Wohnung, in der der Verdächtige in Manhattan lebt. Er trifft gerade Vorbereitungen für einen erneuten Angriff auf Direktor Burns.«

Burns schaute mich an. »Er vergisst nicht und vergibt nicht, Alex. Ich ebenso wenig.«

»Also geht es darum, dass wir nach New York fliegen und ihn festnehmen?«

Burns und Weir nickten feierlich. »Das dürfte das Ende sein«, sagte Burns. »Verhaften Sie den Wolf und bringen Sie mir seinen Kopf.«

114

Das dürfte das Ende sein. Direktor Burns' Worte in Gottes Ohr!

Das Century ist ein berühmtes Jugendstil-Apartmenthaus am Central Park West, nördlich des Columbus Circle. Seit Jahrzehnten wohnten dort wohlhabende Schauspieler, Künstler und Geschäftsleute, besonders solche, die bescheiden genug waren, die Gegend mit Familien aus der Arbeiterklasse zu teilen, die seit Jahrzehnten unter den Wohnungen vorbeigingen.

Gegen vier Uhr morgens trafen wir beim Gebäude ein. Das HRT besetzte sofort die drei Haupteingänge am Central Park, an der Sixty-second und der Sixty-third Street. Das war die größte und komplizierteste Sache, an der ich je teilgenommen hatte. Die Polizei von New York City, FBI, CIA und Secret Service waren allesamt an dieser Operation beteiligt. Wir wollten einen sehr wichtigen Russen verhaften. Den Leiter der Handelsdelegation in New York. Sollten wir uns irren, würden die Auswirkungen furchtbar sein. Aber wie konnten wir uns irren? Nein, diesmal nicht.

Ich war seit einer Woche mit meinem Partner im Century. Ned Mahoney arbeitete hart, war ehrlich und im Notfall knallhart. Er war mehrmals bei mir zu Hause gewesen und hatte sogar Nanas Inspektion bestanden, hauptsächlich, weil er auf den Straßen von Washington aufgewachsen war.

Ned, ich und ein Dutzend weiterer Agenten stiegen die Treppen zu den beiden Penthouse-Etagen hoch, da die Wohnung des Verdächtigen im zwanzigsten und einundzwanzigsten Stock lag. Er war mächtig und reich und hatte an der Wall Street und bei den Banken einen hervorragenden Ruf. War er der Wolf? Wenn ja, weshalb war sein Name bisher nie aufgetaucht? Weil der Wolf so gut war, so vorsichtig?

»Bin ich froh, wenn das endlich vorbei ist«, sagte Mahoney, ohne zu keuchen, während er die Stufen hinaufging.

»Wie konnte die Sache derart außer Kontrolle geraten?«, fragte ich. »Hier sind zu viele Menschen.«

»Und immer zu viel Politik. Daran sollten Sie sich gewöhnen. So ist die Welt, in der wir leben. Zu viele Anzüge, zu wenig echte Arbeiter.«

Endlich waren wir im zwanzigsten Stock. Ned, ich und vier Agenten blieben stehen. Der Rest ging hinauf in den einundzwanzigsten. Wir warteten, bis sie Position bezogen hatten. Das war's dann – jedenfalls *hoffte* ich das. War der echte Wolf wirklich auf einer dieser beiden Etagen?

Ich hörte eine Meldung im Headset. »*Verdächtiger kommt aus dem Fenster!* Mann in Unterwäsche ist vom Turm gesprungen! O Gott! Er ist auf dem Dach zwischen den Türmen und rennt davon.«

Mahoney und ich begriffen, was geschehen war. Wir rannten in den neunzehnten Stock. Das Century hatte zwei Türme über der neunzehnten Etage. Die Dachfläche dazwischen war ziemlich groß.

Wir stürmten aufs Dach und sahen sofort einen barfüßigen Mann in Unterwäsche. Er war stämmig, hatte eine Halbglatze und einen Bart. Er drehte sich um und feuerte mit seiner Pistole auf uns. Der Wolf? Mit beginnender Halbglatze? Stämmig? Konnte er das sein?

Er traf Mahoney!

Er traf mich!

Wir warfen uns zu Boden. Schüsse in die Brust. Es tat höllisch weh, und mir blieb die Luft weg. Zum Glück trugen wir die Schutzwesten.

Der Mann in der Unterwäsche nicht.

Mahoneys Schuss erwischte seine Kniescheibe. Meiner traf ihn in den fetten Bauch. Blut spritzte. Mit einem lauten Schrei fiel er zu Boden.

Wir liefen zu Andrei Prokopev. Mahoney beförderte dessen Pistole mit einem Fußtritt außer Reichweite. »Sie sind verhaftet!«, schrie Ned dem verwundeten Russen ins Gesicht. »Wir wissen, wer Sie sind.«

Zwischen den Türmen des Century tauchte ein Hubschrauber auf. Eine Frau schrie aus einem Fenster. Jetzt landete der Hubschrauber. *Was zum Teufel war das?*

Ein Mann tauchte am Fenster eines Turms auf und ließ sich aufs Dach fallen.

Dann noch ein Mann. Sie sahen wie professionelle *Leibwächter* aus.

Blitzschnell hatten sie die Waffen gezückt und schossen, sobald sie das Dach berührten. Unser Team erwiderte das Feuer. Nach einem kurzen Schusswechsel wurden die beiden getroffen und stürzten zu Boden. Sie standen nicht wieder auf. So gut war das HRT.

Der Hubschrauber landete auf dem Dach. Es handelte sich weder um die Polizei noch um die Presse. Er war gekommen, um den Wolf abzuholen und wegzuschaffen, oder? Jetzt drangen Schüsse aus dem Hubschrauber. Mahoney und ich feuerten ins Cockpit. Ein erneuter Schuss, und dann erstarb die Gegenwehr aus dem Hubschrauber.

Mehrere Sekunden hörte man auf dem Dach nur das Surren der Rotorblätter. »Alles klar!«, rief einer unserer Agenten. »Die im Hubschrauber sind erledigt.«

»Sie sind verhaftet!«, schrie Mahoney den Mann in der Unterwäsche an. »Sie sind der Wolf. Sie haben das Haus und die Familie des Direktors angegriffen.«

Ich wollte ihm noch eine andere Nachricht zukommen

lassen. Ich beugte mich zu ihm und sagte: »Kyle Craig hat Ihnen das angetan.« Ich wollte, dass er das wusste. Vielleicht würde er sich eines Tages an Kyle rächen.

Vielleicht mit *zamochit*.

115

Ich hoffte inständig, dass es tatsächlich vorbei sein möge. Wir alle hofften das. Ned Mahoney flog am Morgen zurück nach Quantico, aber ich verbrachte den Rest des Tages im FBI-Hauptquartier in Manhattan. Die russische Regierung hatte überall, wo sie konnte, vehement protestiert. Aber Andrei Prokopev war immer noch in Gewahrsam. Leute vom Innenministerium wieselten überall in den FBI-Büros herum. Selbst einige Firmen der Wall Street hielten die Verhaftung für fragwürdig.

Bis jetzt hatte man mir nicht gestattet, noch mal mit dem Russen zu sprechen. Er sollte operiert werden, doch sein Leben war nicht in Gefahr. Er wurde verhört, aber nicht von mir.

Schließlich erreichte mich Burns gegen vier Uhr in dem Büro, das ich beim FBI in New York benutzte. »Alex, fliegen Sie zurück nach Washington«, sagte er. »Der Flug ist schon arrangiert. Wir warten hier auf Sie.« Mehr sagte er nicht.

Burns legte auf, daher hatte ich keine Chance, ihm Fragen zu stellen. Offenbar wollte er das auch nicht. Gegen halb acht erschien ich im Hoover Building. Man forderte mich auf, zu der Besprechung im vierten Stock zu kommen. Dort warteten sie auf mich. Nun, eigentlich warteten sie nicht auf mich, denn die Besprechung war bereits im Gange. Ron Burns saß am Tisch, was kein gutes Zeichen war. Alle wirkten angespannt und erschöpft.

»Lassen Sie mich Alex auf den neuesten Stand bringen«, sagte Burns. »Lehnen Sie sich zurück und entspannen Sie sich. Es gibt da einen neuen Gesichtspunkt, über den keiner von uns glücklich ist. Sie werden das auch nicht sein.«

Ich schüttelte den Kopf und hatte ein ausgesprochen flaues Gefühl im Magen, als ich mich setzte. Ich brauchte keine neuen Gesichtspunkte.

»Zur Abwechslung kooperieren die Russen mal«, sagte Burns. »Es scheint, dass sie nicht bestreiten, dass Andrei Prokopev Verbindungen zur Russenmafia hat. Er hat sie. Sie haben ihn seit längerer Zeit selbst beschattet. Sie hatten gehofft, ihn zu benutzen, um in den riesigen Schwarzmarkt einzudringen, der sich immer noch von Moskau aus ausbreitet.«

Ich räusperte mich. »*Aber.*«

Burns nickte. »Richtig. Die Russen erklären uns jetzt, dass Prokopev nicht der Mann ist, den wir suchen. Sie sind sich da ganz sicher.«

Ich fühlte mich vollkommen ausgelaugt. »Und wieso?«

Jetzt war es an Burns, den Kopf zu schütteln. »Die Russen wissen, wie der Wolf aussieht. Er war schließlich beim KGB. Der echte Wolf wollte, dass wir glauben, er sei Prokopev. Andrei Prokopev war einer seiner Rivalen in der Russenmafia.«

»Es ging darum, wer der Pate innerhalb der Russenmafia wird?«

»So ungefähr.«

Ich schürzte die Lippen und holte tief Luft. »Wissen die Russen, wer der Wolf in Wirklichkeit ist?«

Burns Augen verengten sich. »Wenn ja, dann wollen sie

es uns nicht sagen. Noch nicht jedenfalls. Vielleicht haben auch sie vor ihm Angst.«

116

Spät am Abend saß ich im Wintergarten am Klavier. Ein Gedicht von Billy Collins ging mir nicht aus dem Kopf. Es hieß »Der Blues«. Es inspirierte mich so, dass ich mich ans Klavier setzte und für das Gedicht eine Begleitmusik erfand. *Wir hatten den Wolf verloren!* So etwas geschah öfter bei der Polizeiarbeit, obwohl niemand das zugeben wollte. Aber Leben waren gerettet worden. Elizabeth Connolly und einige andere waren gefunden worden. Brendan Connolly saß im Gefängnis. Andrei Prokopev war verhaftet. Aber den Großen hatten wir offensichtlich verloren – zumindest fürs Erste. Der Wolf lief da draußen immer noch frei herum. Der Pate war frei und konnte tun, was er wollte, und das verhieß für alle Beteiligten nichts Gutes.

Am nächsten Morgen war ich schon zu früh auf dem Reagan National, um Jamilla Hughes abzuholen. Ich hatte die üblichen Schmetterlinge im Bauch, ehe ihr Flieger landete. Ich konnte es kaum erwarten, Jam endlich wiederzusehen. Nana und die Kinder hatten darauf bestanden, mit mir zum Flughafen zu kommen. Eine Demonstration der Unterstützung – für Jamilla und für mich. Eigentlich für uns alle.

Auf dem Flughafen war bereits ziemlich viel los. Ich stand mit meiner Familie am Ausgang von Terminal A, in der Nähe des Sicherheitschecks. Ich sah Jam, und dann entdeckten sie auch die Kinder. Sie stießen mich an. Jamilla trug von Kopf bis Fuß Schwarz. Sie sah besser aus als je zuvor, und meiner Meinung nach sah Jamilla immer gut aus.

»Sie ist wunderschön und so *cool*«, sagte Jannie und berührte meinen Handrücken.

»Ja, das ist sie«, stimmte ich ihr zu, und blickte Jannie an. »Sie ist auch sehr clever – offenbar nur nicht, wenn es um Männer geht.«

»Wir mögen sie wirklich«, fuhr Jannie fort. »Das merkst du, oder?«

»Ja. Ich mag sie auch sehr.«

»Aber liebst du sie auch?«, fragte Jannie auf ihre übliche sachliche Art. »Liebst du sie?«

Ich schwieg. Das ging nur Jam und mich etwas an.

»Und – was ist? Liebst du sie?« Jetzt mischte sich auch noch Nana ein.

Ich antwortete auch Nana nicht, daher schüttelte sie den Kopf und verdrehte die Augen.

»Was meint ihr denn, Jungs?« Ich wandte mich an Damon und Klein Alex. Der Große klatschte in die Hände und lächelte, daher wusste ich, wo er stand.

»Sie ist jedenfalls sehr schön«, sagte Damon und grinste. Er benahm sich in Jamillas Nähe immer ein wenig seltsam.

Ich ging Jamilla entgegen. Die anderen blieben zurück. Als ich über die Schulter einen Blick zurückwarf, sah ich, dass sie breit grinsten. Ich hatte einen Kloß im Hals, und meine Knie waren weich.

»Ich kann es nicht fassen. Ihr seid alle gekommen«, sagte Jamilla, als sie sich in meine Arme schmiegte. »Das macht mich glücklich. Ich kann dir gar nicht sagen, wie sehr, Alex. Ich glaube, ich werde gleich losheulen. Obwohl ich ein knallharter Detective beim Morddezernat bin. Geht es dir gut? Nein, dir geht es *nicht* gut. Das sehe ich.«

»Oh, jetzt geht's mir prächtig.« Ich hielt Jam ganz fest, dann hob ich sie hoch und stellte sie wieder auf den Boden.

Einen Moment lang schwiegen wir. »Wir werden um Klein Alex kämpfen«, sagte sie.

»Selbstverständlich«, erklärte ich. Dann sagte ich etwas, das ich noch nie zuvor zu Jamilla gesagt hatte, obwohl es mir oft auf der Zungenspitze gelegen hatte. »Ich liebe dich«, flüsterte ich.

»Ich liebe dich auch«, sagte sie. »Mehr als du dir vorstellen kannst. Mehr als ich mir je hätte vorstellen können.«

Eine einzelne Träne lief über Jamillas Wange. Ich küsste sie weg.

Dann sah ich den Fotografen, der ein Bild von uns schoss.

Derselbe Kerl, der beim Haus gewesen war, als wir wegen unserer persönlichen Sicherheit evakuiert worden waren.

Der, den Christines Anwältin angeheuert hatte.

Hatte er Jamillas Träne auf dem Film?

117

Sie kamen zum Haus an der Fifth Street. Sie kamen eine Woche, nachdem Jamilla zurück nach Kalifornien geflogen war.

Wieder *diese* Leute.

Einer der traurigsten Tage meines Lebens.

Unbeschreiblich.

Unvorstellbar.

Christine kam mit ihrer Anwältin und der Sachbearbeiterin vom Jugendamt. Diese trug um den Hals ein Band mit dem in Plastik eingeschweißten Dienstausweis. Wahrscheinlich störte mich ihre Anwesenheit am meisten. Meine Kinder waren mit so viel Liebe und Aufmerksamkeit großgezogen worden; es ging hier nicht um Missbrauch oder Vernachlässigung. Das Jugendamt hatte hier wirklich nichts zu suchen. Gilda Haranzo war vor Gericht gegangen und hatte den Beschluss erwirkt, dass Christine vorübergehend das Sorgerecht für Klein Alex zugesprochen wurde. Sie hatte das Sorgerecht mit dem Vorwurf erstritten, dass ich »Gefahr wie ein Blitzableiter anzog« und demnach auch das Wohl des Kindes gefährdete.

Die Ironie bei der Sache traf mich so tief, dass ich sie kaum ertragen konnte. Ich bemühte mich nach Kräften, *der* Polizist zu sein, den sich die meisten Menschen wünschten. Und was war der Dank? *Ich zog Gefahr wie ein Blitzableiter an!*

Dennoch wusste ich genau, wie ich mich an diesem Morgen an der Fifth Street zu benehmen hatte. Wegen Klein Alex. Ich würde während der Übergabe keine Schwierigkeiten machen. Wenn möglich, würde ich dafür sorgen, dass niemand dem kleinen Jungen Angst einjagte oder ihn durcheinander brachte. Ich hatte sogar für Christine eine lange Liste mit allem ausgedruckt, was Alex mochte und was nicht.

Unglücklicherweise kaufte mir Alex das alles nicht ab. Er lief hinter meine Beine und versteckte sich vor Christine und ihrer Anwältin. Ich streichelte ihm liebevoll den Kopf. Er zitterte vor Wut am ganzen Leib.

Gilda Haranzo sagte: »Vielleicht sollten Sie Christine helfen, Klein Alex zum Auto zu bringen. Würden Sie das bitte tun?«

Ich drehte mich um und schlang die Arme um den Jungen. Dann knieten sich Nana, Damon und Jannie um ihn herum und hielten ihn ganz fest. »Wir lieben dich, Alex. Wir besuchen dich, Alex. Du kommst uns besuchen, Alex. Hab keine Angst.«

Nana gab Alex sein Lieblingsbuch, *Whistle for Willie*. Jannie überreichte ihm Muh, seine geliebte alte Plüschkuh. Damon umarmte seinen kleinen Bruder. Tränen liefen ihm über die Wangen.

»Heute Abend sprech ich mit dir und Muh«, flüsterte ich und küsste das Gesichtchen meines Sohnes. Ich spürte, wie schnell sein Herz schlug. »Jeden Abend. Für immer und einen Tag, mein süßer kleiner Junge. Für immer und einen Tag.«

Dann sagte Klein Alex: »Für immer, Daddy.«

Dann fuhren sie mit meinem Sohn weg.

Epilog

Wölfe

Pasha Sorokin sollte um neun Uhr morgens im Gericht in Miami erscheinen. Der Van, in dem er saß, wurde vom Bundesgefängnis aus von einem halben Dutzend Polizeiwagen begleitet. Die Route wurde den Fahrern erst im letztmöglichen Augenblick vor der Abfahrt mitgeteilt.

Der Angriff erfolgte an einer Ampel, ehe die Autos auf die Florida Turnpike abbiegen wollten. Sie schlugen mit automatischen Waffen und Raketenwerfern zu. In weniger als einer Minute waren die meisten Begleitfahrzeuge samt Insassen ausgelöscht. Überall lagen Leichen und rauchende Metallteile.

Der schwarze Van, in dem Pasha Sorokin saß, wurde rasch von sechs Männern in dunkler Kleidung umringt. Keine Masken. Sie rissen die Autotüren auf und erschossen die Wächter.

Ein großer, kräftig wirkender Mann schritt zu der offenen Tür und schaute hinein. Dann lächelte er fröhlich, so als wäre ein kleines Kind in dem Gefängnisfahrzeug.

»Pasha«, sagte der Wolf. »Wenn ich es richtig begriffen habe, wolltest du mich ans Messer liefern. Das haben mir meine Quellen berichtet, meine sehr guten Quellen, meine unglaublich gut bezahlten Quellen. Erklär mir das mal.«

»Es stimmt nicht«, erwiderte Pasha, der zusammengesunken auf dem Mittelsitz kauerte. Er trug einen orangefarbenen Overall, Hand- und Fußgelenke waren mit Ketten gefesselt. Von seiner Florida-Bräune war nichts geblieben.

»Vielleicht ja, vielleicht nein«, meinte der Wolf.

Dann feuerte er einen Raketenwerfer direkt auf Pasha. Er verfehlte sein Ziel nicht.

»*Zamochit*«, sagte er und lachte. »Heutzutage kann man nicht vorsichtig genug sein.«